六角亭的院墙倒了

从前 著

花城出版社
中国·广州

图书在版编目(CIP)数据

六角亭的院墙倒了/从前著. —广州：花城出版社，2023.1
ISBN 978-7-5360-9785-8

Ⅰ.①六… Ⅱ.①从… Ⅲ.①中篇小说—小说集—中国—当代 ②短篇小说—小说集—中国—当代 Ⅳ.①I247.7

中国版本图书馆CIP数据核字(2022)第187024号

出 版 人：张　懿
责任编辑：许泽红
技术编辑：林佳莹
封面设计：刘舒扬

书　　名	六角亭的院墙倒了	
	LIUJIAOTING DE YUANQIANG DAO LE	
出版发行	花城出版社	
	(广州市环市东路水荫路11号)	
经　　销	全国新华书店	
印　　刷	湖北新华印务有限公司	
	(湖北省武汉市硚口区长风路31号)	
开　　本	880毫米×1230毫米　32开	
印　　张	9.25　2插页	
字　　数	220,000字	
版　　次	2023年1月第1版　2023年1月第1次印刷	
定　　价	55.00元	

如发现印装质量问题，请直接与印刷厂联系调换。
购书热线：020-37604658　37602954
花城出版社网站：http://www.fcph.com.cn

前　言

二〇〇三年，四月一日，下午四时许，荣少从香港文华东方酒店二十四楼一跃而下、飞身化蝶。消息于次日传来，我当时常驻云南，日子原因，起初只当是可恨玩笑，次日，电视、报纸铺天盖地，才确认发生。

我是荣少粉丝，集他宝丽金、华星、新艺宝、滚石、环球各个时期的几乎全部正版CD（头两家公司，因为荣少效力时间较早，主要出品黑胶唱片，之后再版，才有CD）。电影方面，喜欢哥哥的文艺片多一些，《霸王别姬》不用讲，《胭脂扣》《阿飞正传》，都是心头所爱。

某年四月一日，人在香港。尖沙咀参加完纪念荣少的活动，忽然觉得，多年以来，因为有了唱片、电影，哥哥仿佛从未离开，他只是透过另外一种方式活着。

一直想写点什么，但我是懒人，又没定力，彼时广州生活，忙碌且随性。虽然见到美丽的笔记本，便即刻买下（包括两个笔记本电脑），并骗自己说，构思与动笔之间，始终差一个美丽的笔记本；虽然无数次对自己说，下定决心，排除万难，但只要电话一响……这事儿赖广州，广州太诱人，连一场欲望都舍不得，都怪那，都怪那，都怪那花样年华。

算上云南，前前后后外头十多年，忽然一天，回到武汉。武汉是我的家，居然有点儿不适应。无意识的表述，最容易把人暴露，一年多了，我还在说："回广州，去武汉。"之后事情，顺理成章，我不可救药地爱上了自己的家，并发誓为它做点儿什么。

二〇二〇年，春。我开始为自己的长篇小说《晴川》谋出路，那是部五十七万多字的武汉全景浮世绘。在与五湖四海的八方来客，以及本地土著接触期间，不可避免地会聊到武汉的前世今生。众人对这座城市的了解之少，非常叫我吃惊，印象最深的是这个问题：百年前，究竟汉口繁华，还是香港繁华？

答案不言而喻，彼时中国经济，上海、天津、汉口，绝对前三。一九三〇年前后，武汉人口超百万，一九四五年抗战结束，香港人口，才不过数十万。

身边人群抽样调查，十个里面，居然九个答错。忽然很想对父老乡亲说一句："每天不一样的武汉，必将更好，它证明过！"

武汉市志馆，史料现成，家里出发，不到五分钟。我将香港、武汉关联一处，用自己的方式，纪念荣少。

《十二少》大部分内容，写于武汉，但不知道为什么，一想到这部作品，脑袋里总是浮现出"五一"的桂林。大概是那几日，足未出酒店，被埋怨浪费盘缠，以致记忆镂刻颅内吧！

《血花世界》所用史料皆可考。如果说《十二少》里，最重的几个要件分别是偶像、拥趸、音乐、电影、香港、武汉，那么，《血花世界》大集合中，存储的就是民国武汉与当代武汉的故事。灵感来自一张民国报纸，它报道了一桩血花世界（武汉民众乐园旧称）门前的杀人事件……

故事时间：一九二七年，春。地点：武汉。背景：中山先生辞世后，蒋、汪争权，宁汉分流，宁汉合流。

内容：有人不断行动，试图从汪的十二人参谋团中找出关键目标，并分辨他的政治倾向，亲日？亲美？之后，拉拢或者杀掉。

九十多年后，武昌粮道街旧城改造，松林从自家隔板中找到一个笔记本。笔记中对上述事件有着详细记录，奈何残破不全，松林看过只当猎奇，觉得按照笔记主人当时的条件，任务不可能完成。

女友钟姗，理工科毕业，凡事最讲逻辑、效率，常惹男友不快。这件事上，她有不同看法，并根据笔记中的内容，查阅历史书籍以及逻辑推演。同往日一样，争论中，又使松林憋闷。男人甚至怀疑，两人的多年交往，只是一个错误。

最后的真相，要等到松林家祖屋拆迁后，房产商建楼开挖地基之时，才浮出水面。民国武汉留下的疑问，被当代武汉的一个女人参破。有缘人慢慢看书，不剧透了……

不同于《血花世界》的悬疑，《扁担山粉丝见面会》最为突出的一点是惊悚。武汉三镇鼎立，扁担山在汉阳，是一处陵园。小说家墓前，遗孀召集他生前仅有的两名拥趸，开了个粉丝见面会。随着谈话的深入，待一切浮出水面后，这里将再添新坟。

"如果某天，你见到一个叫作赵清的男人，记得直接杀掉，千万不要和他讲话……"

死亡是情非得已彻底失败，还是顺势而为逃出生天？写下各种杀人方法，却打印出来烧掉，只为闻那油墨加热后的幽香。最好看的小说，全都胎死腹中，或者被付之一炬，因为太过阴暗。

名可名，非常名。《六角亭的院墙倒了》中的六角亭，指代武汉精神病院。跟武汉土著讲话，如果对方来一句"六角亭的院墙倒了"，千万不要望文生义，因为没出口的那句，必定是"你跑出来了"。

拐弯抹角骂别个精神病的行为虽不提倡，但秀多余智商的冲动，却直接或间接地孕育了艺术和哲学，它为从出生就奔向死亡的枯燥生命，增添了少得可怜的一点意义。

院方特别担心，一旦放任"六角亭"的方法论扩散，很可能会让全世界精神科医生百年来的努力付诸东流，精神病患者与哲学家之间，本就极其模糊的边界将再次混淆。

9527，六角亭精神病院的轻症病房。身穿淡蓝色条纹装、活像一匹斑马的孙大头，同披件白大褂、气宇轩昂的唐话多，正交心谈心。

唐话多：男人善良还是女人善良？

孙大头：什么？

唐话多提示：想想你跟小白。

孙大头：女人善良！

唐话多循循善诱：男人容易出轨还是女人？

孙大头：出轨跟善良有么事关系？

唐话多：善良的人爱替对方考虑，更具道德感。

孙大头：男人。男人更容易出轨。

唐话多：剔除同性、买春、自慰等等。婚外性行为次数，包括已婚对已婚，已婚对未婚，未婚对已婚，整体出轨次数总和，男人多还是女人多？

孙大头：男人。

唐话多：错！一样多，一个巴掌拍不响，一施必有一受。

"胡说，你胡说！"孙大头哀号，"别人我不知道，但小白绝不是那样的人!"

唐话多本来直直的腰,被扯拽得无以为继。孙大头滚烫黏糊的脸,几乎贴上他的面颊,令人厌恶的湿热口气,迫使唐话多祭出撒手锏:公式是这样的,男性出轨人数×男性人均出轨次数=女性出轨人数×女性人均出轨次数。

孙大头无可奈何地点点头,眼睛开始喷火,初时像在太上老君丹炉里炼熬,只不过,最终没能如美猴王那样脱胎换骨,铜头铁臂、刀枪不入,而是随着更多的白沫从嘴角溢出,晶体逐渐暗淡无光,如肝病久治未愈。

唐话多继续:女性人均出轨次数少,意味着等式右边的乘数较左边的小,要想两头平衡,必须被乘数变大,也就是说,因为女性人均出轨次数少,势必用出轨人数多来弥补。

病房门开,护士咣叽吱嘎地推着满载瓶瓶罐罐的小车进屋。"药不能停,药不能减,药不能换!"9527的家人们集体起立,喊过口号后,齐将药片拍入嘴巴……

如果说我的长篇小说《晴川》,以写实手法全景描绘了武汉的烟火人间,那么,小说集《六角亭的院墙倒了》,则是把家乡作为目的地,进行的一次奇幻漂流。

从前

2022年5月11日

目录

1　十二少

79　血花世界

167　六角亭的院墙倒了

211　扁担山粉丝见面会

十二少

迟到十八年，作此文纪念偶像。
致敬李碧华女士、关锦鹏先生。

引子

二〇〇三年四月一日下午四时许，荣少从香港文华东方酒店二十四楼，一跃而下、飞身化蝶。

消息传来那天，汉俊没在汉口家中，因为日期的原因，起初只当是可恨玩笑，次日，电视、报纸铺天盖地，才确认发生。

"有些事，真实到难以置信！"汉俊问自己，"茫茫天地间，人去了哪里？"

窗外孤直树木，拔出自己影子，身体逆向飞驰，砸往列车尾部，云南春夜天空，一朵彤云孤悬，吊挂晚霞凄清……

第一章

> 旧的影子,旧的声音,
> 但新的痛悲,
> 你,为什么不见你,
> 只有这,耀眼繁华地![1]

1

二〇二一年,九月十一日。

演出提前结束,同行人仍按计划,休整两日再飞,汉俊几天没睡好,安眠药影响登台,一直忍住,靠闹钟强迫醒来,常常不知身在何处,天上宫阙、今夕何年。

这天事毕,汉俊想早点离开云南,可当晚,只剩全价机票,改签不划算,又想到吉他托运,心里隐隐不安。快车有商务舱,舍不得,横竖没事,索性买了张慢车卧铺,"哐当、哐当"声音,能治失眠,少吃些药。

---

[1] 你在何地:收录于张国荣1987年专辑《Summer Romance》。

飞机退票手续费，让汉俊肉痛，可即便与硬卧火车票款相加，也是几个选项里最便宜的。如果将快车商务舱，或飞机全价金额与目下花费相减，结论是，这段时间里自己赚不回这些钱，心里顿时舒坦好多。

同行几个，住宿由接待公司买单，返程折扣机票早已订好，翠湖、滇池玩上两天，何乐不为。想到这儿，汉俊再次陷入纠结，从前不这样，到底什么时候变的？

卧铺火车，从昆明开往武汉，一天一夜，这漫长旅程，像把一部分生命，密封进铁皮罐头，彼此"哐当、哐当"碰撞，实在又心安。

下铺鼾声，曲里拐弯，喉管不时憋住，汉俊听着揪心，只能继续失眠，迷迷糊糊中上厕所，忘记洗手是在便后、还是之前，借空塞半个面包下肚，提前制止腹内悲鸣，以便把胃口扣留到家，楚云会调教好它。

念头至此，汉俊一惊，又是楚云，无处不在的楚云。内衣、内裤、乐器、乐谱、父母、亲朋，全都刻有楚云的记号。

十八年前，四月二日，汉俊从云南飞武汉，抵达天河机场后，候传送带旁，立等二十分钟，吉他出来。旁边一个声音说，放行李车上吧！以为与自己无关，可手推车，已得寸进尺地横亘眼前。

不高不矮，不胖不瘦，不漂亮也不难看，这是汉俊和楚云好了以后，对其第一印象的描述，惹得人家半天没讲话，究竟是客观事实，还是故意调侃，汉俊已经忘了。

关于人的外貌，相处时间越久，越是无法正确评价。对楚云的第一印象，汉俊记不太清，换句话讲，没什么特别。

两个都坐机场大巴，不管因投桃报李，还是扮演绅士，反正楚云行李，是汉俊搬运的。那天，底部货厢满了，只好往车上拎，手一搭上大包，心中暗苦。费事弄妥，楚云说不好意思，都是帮朋友带的化妆品，瓶瓶罐罐挺重。

汉俊口说事，心想怪不得。香港拖到深圳机场，不嫌麻烦，为什么不直飞呢？不晓得没票，还是嫌贵。

航空路站到，大巴落完客，呼呼渐远。楚云、汉俊像有默契，别人要么打车，要么步行，只剩他俩立路灯底下不动，楚云先开口，一聊得知，住处相隔不远，黄兴路、岳飞街。

出租车的后厢，有个大气瓶，楚云包包放不了，推挪副驾座位，终于塞进去，两个并排坐稳，汉俊一口气喘平。

楚云下车前，汉俊鬼使神差来一句，明天五芳斋一起过早咧？楚云哼一声，是说么这跩（傲气）唦！

2

山势一路往下，汉俊的头疼，不明显了，几小时到贵阳后，鼻孔会湿润许多。

一般打鼾，只要频率变化不大，汉俊都能忍受，但下铺声音，抑扬顿挫、九曲回肠，可能出于职业敏感，耳朵被它攫住。

这样的人，睡眠质量低，汉俊理解，不忍心推搡，所幸上铺空着，如果也那样，自己就成了人肉汉堡，哦，不对，是热狗！

汉俊找出耳塞，荣少声音从手机里传来，"woo…woo…无心睡眠，woo…woo…脑交战……"他有哥哥全套正版CD，极少听了，功放一层灰。

二〇〇四年，三月某天，汉俊回武汉，楚云夜里不让睡，二次洗过以后缠着讲话，床头音响放的，也是荣少歌曲，两人扯到四月一日。

楚云说什么，汉俊没留意，心思在荣少身上，忽然问一句，哥哥会不会真的隐身某个地方？网上传得有鼻子有眼。楚云说，哪滴（里）咧？汉俊说，小隐于野。楚云接一句，大隐于市。两个异口同声，香港。

楚云这样想：周五上班，行李箱拖去，下班直奔天河机场，堵车时间，不要你接我、我接你的。直飞香港，机票贵、住宿贵，航班到点也晚，只能去酒店睡觉。

两人选在广州落脚，飞机上忍一忍，肚子留出来，待到地头，晚饭夜宵一勺烩。周六早上，东站出发，一个多小时到红磡，省得从深圳罗湖通关，那边人多，个把小时不一定过得去。走福田，可能好点儿，但落马洲上车，一样是港铁四十分钟，九龙塘换乘。

酒店选红磡附近的，一般三点入住，可以先办手续，寄存好行李，手腾出来，人就解放了。回程走深圳，一夜卧铺到武汉，省一晚住宿，周一早上例会不耽误。

汉俊本想说，四月一日前后，有极重要演出，但听完楚云安排的第一个节目，广州消夜，口里一甜，便没吱声。那一次，替补出场的后生，被来武汉的大腕相中，直接挖去了自己乐队，后来成绩，汉俊难望其项背。

为提高汉俊的积极性，楚云说，哥哥当年告别歌坛，三十三场演唱会红磡办的，这个总要去吧！汉俊嗯一声。楚云继续，溜达一圈后，我们到星光大道，转不转都行，香港唱片，通利琴行去一下，你不是要买碟片和歌谱吗？通利有西班牙手工吉他，我在网上查过，看好了别动，让我瞧瞧先。临了，带两本正版谱子回来，贵就贵点儿，尊重知识产权嘛，乐队用得上！

听汉俊又嗯一声，楚云声音放缓，温柔许多，我们坐天星小轮到中环，从那儿中转出海去长洲岛，说不定吃海鲜的时候遇见哥哥！

汉俊叹口气，还要出海？这安排也太满了吧！楚云的计划，从不考虑目的地距离、接驳方式、所需时间、么样错开堵点、哪里吃饭、体能如何调剂……

汉俊不理解女人，不理解楚云，不理解那种从天光逛街到天黑，一次次拿捏不定、一次次斤斤计较、一次次扼腕叹息、一次次志在必得、一次次功德圆满……

准备签注那天，汉俊临时排练，电话里，两人对好时间，楚云拿上证件，先去排队领号，乐队这头完事，即刻去张自忠路，安排与执行，严丝合缝。

办妥后，出入境管理处门口，楚云双手一摊，汉俊问：做乜？"Cash。"楚云说，等下还要去中国银行帮你换港纸，几幸福嘞，有这么好的老婆！

两个都不奏（作）声。

相识半年左右，汉俊父母知道后，坚决反对，老少双方对峙一段，做娘的有所松动，当爹的固若磐石，与此同时，晚辈阵营内部，也产生巨大分歧。

楚云想要孩子，汉俊没这打算，本来社会压力就大，两人越扯越僵，后来冷了好久，再没恢复之前的热乎劲儿！

以老婆自居，人家都没搭理，楚云说的时候痛快，其实心虚得很，总觉着下一句，他就会说出那蓄谋已久的话来。

汉俊算完开销，眉心纠结，倒不是心疼钱，恰恰相反，按楚云习惯，一般会多拿几倍，给自己买东西。通利琴行，不管马丁吉他，还是西班牙手工古典吉他，哪个不用几万，一旦买了，大概率会伴随自己终身。

一年来，只要乐队有空缺位子，朋友们总是热情邀约，天南海北、自由自在。楚云每每打破，说话很气人，称乐队只是歌手的活人伴奏，像卡拉OK，一只盘就能解决，存在感还不如电影里的龙套。

楚云这么说，倒不是不爱，或低瞧汉俊，恰恰相反，对他比对自己大方多了，朋友们面前，提起汉俊职业，一脸骄傲，私下从没讲过他收入不稳定，没存下什么钱之类的话。难道这就是菲兹茨杰拉德说的，脑袋里有两种截然不同的想法，还能正常行事？真是神奇的智慧！

第二章

> 香港如何飘香,乡里欢聚异乡……
> 一亩梯田容万千住户,关帝遥望天父。
> 怎么高楼似一片树林建在荒山上,
> 因这里风声风向风霜变幻无常。①

1

香港人口,二战结束后,不过数十万,因冷战期间,东方之珠作为内地与西方贸易桥梁,工作机会多,另有众所周知原因,致使广东居民大量涌入,加上国内其他省份以及西方和东南亚来的,终有今日逾七百万规模。

一九八〇年代,广州得开放风气之先,兼有地理、政策优势,不仅经济先行一步,也是外来文化窗口。因为和香港同声同气,大量粤语唱片、录像带,由南大门入,天时、地利、人和使然。当时全国,以说广普为时髦,武汉亦然。

---

① 摘自罗大佑《青春舞曲2000》。

汉俊，土生土长汉口伢，到香港没太觉着拥挤，吃、喝也对胃口，武汉变重口味，近二三十年间事，节奏快了的缘故，好多都是半成品，食材新不新鲜无所谓，反正加几勺料，一般的舌头，就对付过去了，有结根（纠结）的，自己解化学题。

香港路牌，半中半洋那种，百年前汉口也多，诸如威廉、索菲亚、夏洛特之类，还有些名字拗口，比如合作路的、圣公会圣罗以女子学校。江汉路到头道街，十里地界，洋行、医院、学校、教堂，密集分布。

小街小巷促狭，勾起汉俊儿时记忆。筒子楼，厕所、厨房公用，大热天，众人挤一处做饭，男将打赤膊，嫂子们（已婚青、壮年女性）背后湿透，中间一条带子，白的、黑的……光的。

2

楚云的计划，没到香港唱片行，就已经走形，计划没有变化快。这事儿，主要怪自己，小七见拖行李箱来上班，逼问出香港行程，自己托带东西不说，还嚷嚷到公司其他人也晓得了。

小七，楚云室友，大四在同家公司实习，之后，两人一直没挪窝。汉俊曾问楚云，室友到底几人，从这名字判断，至少七个吧？那时候学校没有空调，听这数就一身汗。楚云嘟囔，说话打死人，像不是武汉伢的！汉俊故意追问，你到底是二本、还是三本。楚云含糊其词，学校宣传口径，相当于二本。

楚云也烦室友多嘴，像个娘儿们，搞到公司里头，全都晓得了。以前帮从香港带过东西的姐姐们，不好推吧；年头刚调了薪，老板不能马虎吧，唉！

听完楚云的无奈，汉俊说，好吧！

两人到旁边茶餐厅，准备吃过东西分头行动。汉俊喜欢沙爹牛肉面，以往每次，都要加多几块，换出前一丁底，楚云念条（碎嘴），"调妖（屁事多）！"这回没作声，香港同胞面前，很温柔、很有素质的样子。

楚云最大优点，不强迫汉俊陪着逛街，也不是一开始就这样，试过几回，都是痛的领悟。分开前两人说好，三小时后，许留山碰头，通利琴行附近那家。

香港唱片，汉俊挑了两张黑胶准备送人，自己想找荣少专辑，还缺几张早期的凑齐全套，可惜没有，有些老歌也能见到，版本不喜欢，散在拼盘里。

出门后，汉俊边走边看黑胶封面上印的相关乐团、指挥、年份信息，再次确认版本，不觉来到通利琴行，一位客人，正在试弹马丁吉他，样子面善，想不起哪个节目里见过，汉俊听了一阵，上楼专心翻找各国音乐人的正版曲谱。约好的时间，眨眼便到，赶紧买单，搁入包包，薄薄数沓，港纸几百。

许留山很近，楚云没在，汉俊心里一笑，到了反而稀罕，自己不行，有时间强迫症，必须踩着点儿才踏实，墙边与人搭台坐了，要碗杨枝甘露，边吃边等。

半小时后，汉俊碗里空了，等位子的一堆人，不好意思占座儿，又要份龟苓膏。楚云迟到四十分钟，前脚进门，炖品刚好上桌，两人一小勺、一小勺同食，略苦，兑蜂蜜镇压。

楚云说，还是广州德政中路那家好吃。汉俊说，价钱也好，三十几块。楚云说，这也不便宜呀。汉俊本想说，两边消费不同，算起来，还是那边贵，味道好也应该，但见楚云不停翻看短信，估计又有朋友、同事带货单到,便没作声。事实证明,果然。

汉俊想,长洲岛吃海鲜的计划,估计要泡汤。楚云嘻嘻笑两声,扮可人儿瞄他,汉俊知道没好事,对面递一把购物袋过来,说,太重了,帮拎酒店去吧,三点可以拿房卡……

汉俊没提计划,提也没用,也好,很久没去弥敦道信和中心了,于是,两人约庙街消夜见。

分开前,楚云忽然瞪了汉俊一眼。汉俊莫名。楚云说,不许再讲我像周星驰电影《食神》里面的鸡姐。汉俊说,莫文蔚不漂亮吗?楚云生气,庙街火鸡一口大龅牙,我有吗?张嘴让瞧,像要咬人。汉俊说,有点素质。

3

汉俊回酒店放好东西,正准备出门,一个购物袋歪倒,楚云刚买的,里面掉出某大牌领带。回装时,汉俊心里一阵不舒服,颜色、花纹都难看,哪个男人这种品位!

信和中心不远,地铁坐到旺角,往油麻地方向,走不到十分钟,进门时,差点撞到个男人,样子极熟,刘以达。

"贫僧梦遗!"汉俊身边年轻些的朋友,认识刘以达,多从《食神》里念这句台词的方丈,却仅限于大致模样,名字叫不出。

达明一派,汉俊最喜欢的香港音乐组合,用两位成员刘以达的达、黄X明的明字,作大旗。荣少和校长对阵那两年,刘以达为Alan编曲的《水中花》,作曲的《第一滴泪》,作曲兼编曲的《领航灯》《刺客》,汉俊极中意。组合自己的《天问》《石头记》《禁色》《爱在瘟疫蔓延时》,以及单飞后，明哥专辑《信望爱》都是汉俊心头所爱。

信和楼上那家碟全，荣少一九八五年首版《为你钟情》卖到三千八百港币，因为价格太高，汉俊没好意思让老板拿过来细瞧。全场另一张同等价位的是《林子祥85》特辑，其中，《零时十分》唱红过他老婆叶倩文，当时，两人只是同事，也算师生。汉俊最喜欢《星光的背影》，林子祥写给徐小凤的。

当年，香港唱片进入内地，多以磁带形式，非黑胶大碟，内容多有增删，歌单外侧，能看到审批部门痕迹，如广录进字。汉俊最初接触荣少，是电影《鼓手》，对歌曲《默默向上游》[①]印象深刻：像怒海的小孤舟，冷雨凄风继续有，我愿那苦痛变力量，默默忍泪向上游。听到《Monica》[②]的时间，也差不多，小学四五年级，唔知乜意思，跟着满大街的喇叭起哄。真正系统地听荣少专辑，要到初中以后，也是通过一些盒装磁带。

以《Leslie》《Final Encounter》为例，内地与港版有别，第一盘没有《暴风一族》《放荡》两首，被换成了《贴身》和《情感的刺》的国语版；第二盘没有《禁片》《Why》《绝不可以》《爱你》四首，同样，也被换成荣少的其他歌曲。

《禁片》《Why》不像《暴风一族》《放荡》，哥哥在演唱会上飙过，所以，很多内地歌迷，并不知道它们的存在，这两首，绝对是荣少快歌里的遗珠，比起《侧面》《无心睡眠》，妙处听过即知。汉俊头回听到《禁片》，一九九〇年的盗版卡带里，接触《Why》《绝不可以》《爱你》几首，则要等到它们正式发行两年以后。

---

① 《默默向上游》：收录于张国荣1983年专辑《风继续吹》。
② 《Monica》：收录于张国荣1984年专辑《张国荣Leslie》。

某日，小伙伴手上，现荣少港版专辑《Final Encounter》，据说从一个广州朋友那儿借的，价钱是引进版两到三倍，关键是，武汉市面上极少见。汉俊印象里，中南外文书店里曾有过这类版本，品种不多，有谭咏麟一九八五年《暴风女神》、一九八六年《第一滴泪》，林子祥一九八八年《生命之曲》等几样经典。

那天，小伙伴因为当天要还，磁带随身携带。汉俊见着，哪肯放手，问，你们么时候见面。小伙伴说，两小时后！汉俊说，够了。转录一盘磁带四十多分钟，骑自行车回家三十分钟，往返一小时，够了！

磁带在两个小指头大小的同心圆之间，此消彼长，歌词抄四首就够，其余的，内地引进版都有，名曰《怀念》，更多人喜欢叫它《风再起时》，据说是为呼应一九八三年的《风继续吹》。山口百惠披婚纱，宣布永远退出娱乐圈时，唱的就是《风继续吹》日文原版，之后，大隐于世，相夫教子数十载，始终凡尘未返。

汉俊完事，骑自行车送还磁带，一路高歌汉味粤语，快活到灵魂出窍，路人见癫狂样子，以为是六角亭（武汉精神病院所在地）跑出来的。

4

庙街见面消夜，汉俊情绪低落，楚云以为是自己打乱计划，没去长洲岛吃海鲜所致，心里生几分愧，本想应承第二天，但好多东西还没买，周日下午，要赶去深圳，坐夜班卧铺火车回武汉，算起来香港这头，午饭后就得出发。

中环往返长洲岛，光船上就需两个多小时，还别谈红磡到中环这段，所以，整件事想都别想，除非疯了，大早跑去看朝阳，还不知头班船几点。楚云打个哈欠,腿疼起来,白天也没星星看,沙滩上,无人燃篝火,这篝火,到底只是电视剧里才有,还是……

楚云正瞎想,汉俊忽然搞句,哪个品位这差?楚云一愣。汉俊补充,那条领带。楚云用力过猛,嘴巴里头爆浆牛丸的汁儿,喷汉俊一脸,本来蛮好笑的,两人却没作声,汉俊喊老板拿纸巾,"唔该……"

领带准备送老板。武广,一千五六百,收礼人心里有数,你对我几舍得,尽在不言中。真买个所谓有品位的,武汉寻不了价的,贵有么用,难以量化,牌子货好处,度量衡统一,名酒名烟同理。香港妙处在于,过季打折的,只要三百多,打收礼人一个信息不对称。鬼佬精明,内地标高价、虚晃一枪,大鱼这边捕捞。

有着急送人不怕贵的,发票少不得;有用消费卡的,无所谓银子,羊毛出在狗身上;有声声不入耳,事事不关心,花钱寻开心的;大公司的小职员,比较可怜,出境机会少,但穿着谈吐必须合群……

楚云解释完,觉得没意思。汉俊脸色,慢慢缓和些,讲些俏皮话逗笑。楚云想,吃醋说明在乎我,看着脚边东西,重新快活起来。

周日早上,楚云铜锣湾补货,想让汉俊陪去港岛,说,你可以在湾仔看书等我。汉俊说,那又何必,铜锣湾旧屋楼上,好多小书店,《金瓶梅》无删节版就是那儿买的。楚云做鬼脸。汉俊知道楚云意思,开口道,真是本好书,细致的历史,带颜色部分,其实很少,质量一般,情节雷同,诗词蹩脚,场面描写乏味可笑,哪如小光盘,看到那种地方,除头前几处,都直接跳过。楚云瞄着汉俊眼睛,似笑非笑,是吗?汉俊说,自己回去看嘛,不调查,就没有发言权,人云亦云的跟屁虫。楚云见较了真,便没纠缠。汉俊说,早去早回,还要赶深圳的车,我到红磡广场坐坐,上次来,见有人打拳。楚云说,碰到卖那个的,买两张。汉俊说,卖哪个的?楚云说，动作片。又对汉俊背影嘱咐，要有情节的，莫光动物世界！

5

"任旧日路上风声取笑我，任旧日万念俱灰也经过，我最爱的歌，最后总算唱过。"①

一九九〇年的难过，源于不舍，红磡三十三场演唱会后，荣少退出歌坛。安慰剂是一九七七年开始，一系列宝丽金、华星、新艺宝歌曲专辑，《情人箭》《一片痴》《为你钟情》《Hot Summer》《Virgin Snow》《Salute》……

汉俊独坐红馆广场台阶上，维多利亚港海风吹来，回望荣少缺席歌坛，一九九〇到一九九五那几年，遗憾被电影方面的惊喜弥补，《阿飞正传》《风月》《夜半歌声》。

《霸王别姬》单说，汉俊心中的华语电影，除《活着》外，无出其右者。《活着》命苦，当年没能公映，反观《霸王别姬》尺度，影迷能看到，幸运。原以为中国电影，以此为新起点走向世界，谁承想，君却是此后三十年的高峰。

六年后，荣少复出歌坛，《红》《陪你倒数》《大热》等，塑造了一个完全不同的哥哥。这些专辑，当时看来曲风前卫，演唱会造型，令很多老歌迷不适，评价两极分化。时至今日，放到更大时间跨度里，才发现荣少超前。

离开酒店时，汉俊问楚云，么样多出个大拉杆箱。楚云反问，东西

---

① 风再起时：张国荣1989年《Final Encounter》专辑。

放哪滴（里）咧？汉俊说，准备吃点么事？楚云表都没瞧，说，先到九龙塘再讲，时间来不及的话，打包上车，进关后吃，或者，那边车站吃，再不行，就上车吃。汉俊说，不至于吧。楚云说，关口你屋第（家）开的，排不排队你说了算？汉俊不奏声。

通关顺利，火车准点，次日早上，二人抵达武汉。楚云公司旁边，有家诺富特酒店，五星级盥洗室里捯饬，下面头晚擦过，再以专用湿巾复习一遍，变回轻爽小鸟，双手拎分装好的东西，恰好有人进来，忙伸脚带住门，回头镜中又照，头发用手按按。

汉俊另打辆车，先护送箱子宝宝们回家，再去文化公司，朋友引荐了几位同行。周一早高峰，路上堵住，迟到半小时。好在他们老大，广东出差没回，下午方现身，所以多扯了些。汉俊得知，人家老大，临时改乘早班机，香港直飞武汉。

回去讲完，楚云说，有钱真好，又冒得人管，多住个把晚上无所谓，人几舒服咧！汉俊想，又不要你出。楚云心里，从冒把两人的钱分开算，这次太急，也不晓得吉他看好没有，下次，一定帮汉俊买把喜欢的。

第三章

> 负情是我的名字，
> 　　错付千般相思，
> 　　　情像水向东流去，
> 　　　　痴心枉倾注，愿那天未曾遇……①

1

　　起先，汉俊没太留意上铺女子，不存在一样，不吃、不喝、不上厕所，无声龟息。贵阳站不远了，列车员换票，才变戏法般现身，人方想起，火车开动前，确有这么一位，从脑后爬高。

　　列车员走后，女子虾退，腿先伸出卧榻，踩稳侧面铁梯，手臂钩拖行李，再往地面两步，尖起脚趾，下铺内侧点点，盲杖问路，挖出自己鞋来。

　　汉俊眼皮留缝，见女子立稳后，似盯看自己，继续保持睡姿，稳住

---

① 《胭脂扣》主题曲，未收入张国荣专辑，他1988年演唱会男声版，较梅艳芳女声版本改动一字。二段首句，负情是你的名字，变作，负情是我的名字。

呼吸节奏，待她走开，才解除警戒。

对面下铺男客，换票后赖了会儿床，起身时头顶撞到中铺，眼睛圆睁，龇牙咧嘴，手摸脑袋，双腿画弧，两只脏旧皮鞋，一左一右，散落茶几与卧榻底部。

上铺女子，盥洗室回来，白衣飘飘，明显捯饬过了，见扫堂腿到，瞪羚般弹开，男客说不好意思，女子顺势央他，帮拿行李下来，男客痛快答应，蹬掉刚穿好的鞋，脚踩汉俊头前铁梯，一股温暖的脚丫儿味道，黏黏扑面而来。

汉俊保持卧姿，像对外面世界一无所感，梦的园子里，独自玩耍，用这种方式，男人逃过徭役。

男人帮女人，社会要求是外因，内因是不切实际的妄念，总觉着人家对自己有意思，接下来可能如何如何。妄念，百分之九十九点九九没有下文，这是好事，因为绝大多数男人，不过是叶公好龙，图个小动物般、儿戏几回罢了，真闹到屋内、屋外一地鸡毛，有几个肯净身出户。

上铺女子打电话，基调欢快，情绪饱满，随着不断拔高的调门，汉俊仿佛看见一对佳偶，站台上忘情拥吻，魂断蓝桥。

男客也在打电话，口音极重，有气无力，似乎在向组织作保证，尽是些，再不如何如何，一定如何如何之类。

汉俊被动收听，以为即将挂断，哪晓得柳暗花明，男客嘿嘿笑的一刻，女子声音停了，车厢突然安静，"洗干净等我！"这一句，所有人听得真真切切，弄得男客不好意思起来，没穿衣服样的。

真空三秒后，男客小声褒笑，喉头吞咽两下，叽里咕噜土话，汉俊意会，颅内毛片。

2

火车动身,驶离贵阳,"哐当、哐当",韵律十足。正下方鼾声再次回来,像睡眠终结者,汉俊想象自己,喉咙被人掐住,刚要断气,突然又松开,马上大口喘气,如此周而复始。他长叹口气,调出一部片子来看。

粤曲《客途秋恨》,耳机中响起,汉俊想起上一次看《胭脂扣》,是在长洲岛,同楚云一起,二〇〇八年游香港,距今已十三载。

二〇〇八年的某天,手机嘀嘟一响,提醒设置,楚云习惯性拍拍脑袋说,正事全忘光了,明天要出差,公司报表还冒交,你先躺会儿,我马上就好。

床上被褥,有股阳光赋予的倦意,汉俊一觉醒来,天光大亮,据说,瞌睡虫繁殖迅速,越睡越想睡。

楚云短信留言,已在出差路上,几天返来,让自己下楼吃热干面。汉俊晕乎乎,明明要谈分手的,怎么又上了床。

洗漱完毕,汉俊临出门,瞟一眼餐桌,明知道那里,永远不会出现,电影中一夜缠绵之后,爱人精心准备的果汁、煎蛋、培根、吐司,吃什么并不重要,问题是楚云从没,哪怕表演一次。

生活中的偏好,都能迁就,不可调和的矛盾,在孩子问题上。朋友聚会,汉俊拿他们的伢,当小动物盘,玩五分钟,顶多十分钟撒手。反观楚云,常常忘记身份,比亲妈都仔细,汉俊把那样子,形容为馋!

过三十以后,楚云看到新鲜生命时,总会流露出一种失之交臂,且还将失之交臂的濒死表情。汉俊劝说,外部压力已经很大。楚云说,知道，就是脑子里总挥不去，这辈子，要是我们能带小孩，出外玩一次就好了。汉俊不知道说什么，只觉得自己是个软弱的混蛋。

母亲咳得厉害，汉俊去合作路，夜里留住过夜，电话响，朋友在那头说，光头老婆要生伢。汉俊说，讲重点。朋友说，光头是吉他手。汉俊问，哪里？什么时候？朋友说，广州。汉俊想，顶替完光头演出，正好从广州去长洲岛！

临行头天晚上，见楚云收拾行李，汉俊问干吗。楚云说，陪你去香港呀！汉俊说，我去广州。楚云说，那你动港澳通行证干吗。汉俊一急，胡乱搞句，你没签注呀！楚云还没开口。汉俊又说，算我白讲。楚云嘻嘻笑，证件眼前晃晃说，算你反应快，香港一次签两趟，上回和小七去的，没用完。

楚云收拾好，要帮着检查。汉俊说，我要先到广州忙两天。楚云说，我陪你呀！汉俊说，那你就没假期去香港了。楚云说，不行就多请两天事假。汉俊说，那又何必咧？不如你晚两天，直接到香港。楚云说，不行，声音很大。汉俊说，我们分手吧！声音很小，闷在喉咙管里。楚云一怔，抱着他说，就让我一起吧？似乎没听见汉俊的话！汉俊被自己刚才的声音吓到，楚云说什么，他只点头。

3

长洲岛上老人院不少，居住条件像放大版办公室格子间，人这一生，不过是在不同的格子里辗转。好多港人，同时兼几份工，繁荣背后，是狮子山下的实干，读书多的毕竟少数，教育很昂贵，阶级跃迁不易。

汉俊开玩笑，你一个铁路外的伢，混成如今这样子不错呀！楚云黑脸。汉俊往回兜话,三五代前,哪有么城里人吵,包括英国,最老牌的工业国家,城市化也就十几代的事儿。楚云冒奏声(没讲话)。汉俊不看脸色继续,工业革命二百多年。楚云打断,少嘚啰(卖弄,嘚瑟),原本牵着的手放开,摸到肘弯内侧去拧。汉俊反应快,连忙抽身,着背心短裤,弃拖鞋于沙滩,几步踏进海浪。平日,楚云只敢泳池扑腾,立岸边没动,伸颈半天不见汉俊,露头已二三十米开外,一个劲喊,有板眼(本事),太平洋里头来捉我吵……

晚间,二人阳台小坐,帮汉俊倒完黑啤,眼见泡沫不断生发,楚云低头抿一口,仍溢些茶几上,白沫退去,余百分之二十。

炫目霓虹缺席,今夜星光灿烂,潮浪哗啦哗啦,心跳扑扑。飞机从大屿山起飞,六十度仰角途经月亮,楚云紧张呢喃,汉俊胳膊一痛,让下手轻点儿,问躲怀内做乜嘢。楚云说,灰机(飞机,娇语)撞月亮。汉俊紧紧臂弯。黑暗中,楚云眼睛一闪一闪,称口渴要喝啤酒,汉俊递过去没接,舌尖刮他唇上遗沫。两个进屋,汉俊上马。楚云说,酒别洒了……

当男人的好处,不管女人爽不爽,自己都可以爽到,据说女人不这样,但上帝在快乐程度、持续时长上,补偿她们。汉俊无法想象楚云的感受。事后,楚云睡不着,让汉俊打开电脑,要看存的电影,尽是些荣少出演的老片子。

楚云依偎汉俊暖怀,墙壁投射,暗影绰绰。如花剧终回眸,不为十二少,只是与人间作别,歌声响起。

电影结束良久,汉俊暗处开口,怎么想起要看这《胭脂扣》。楚云沉默,忽然一声叹息,真遇着过不去的坎,你愿意像十二少一样,抛下所有跟如花一起自杀吗?

汉俊怔住,半天才说,我们只是普通人。

两人无话。汉俊难过,心想,如果真有那么一天,会和谁呢?有谁愿意陪自己,而自己,又刚好愿意和这人一起死。他沉浸在自己的世界里,完全没注意到,楚云今天反常。

楚云睡不着,又出阳台坐了。汉俊跟着,用粤语问,我算不算温馨老契体贴男人?楚云来句汉腔,休息(算了吧)!汉俊说,笑了。楚云叹口气,拖他手,看飞机撞月亮,一次一次、没完没了。

"十二少被救活以后,为么事不再死一次,害如花做孤魂野鬼,阴阳两界夹缝,苦等五十三年?"楚云面朝大海,明明是幽幽自语,男人却觉着,似在问他。

汉俊说,肯定有他的难处,然后,话锋一转,想进入正题。楚云没给机会,说,总觉得片子没完。汉俊心不在焉接话,你去问问十二少,后来么样,不就行了。楚云说,一九三四年,他自杀的时候二十四,刨去虚岁,生于一九一一辛亥年,现在都快一百。汉俊一个字没听进去,他想,分手的话,是现在、还是回武汉再讲。楚云兀自说,十二少应该死去很久了吧?汉俊不接话。两人一阵沉默。

忽然,楚云兴奋起来,可以找他儿子,问后来的事。汉俊只想快速结束这个话题,他说,儿子好像很讨厌这个父亲。楚云不待讲完,大声说,应该去找阿定和阿楚姑娘,说完阿楚姑娘几个字后,忽然停住,又念一遍,这回,楚字拖得很长。

4

第二天,汉俊一觉醒来,枕边空空。桌上,楚云留信笺一页,内容很简单,大意是:对不起!让你累到自己,那么多次,没说出口,其实,来之前收行李,你已经讲了,怪我以为自己听错,你我之间,有些话,非要说出口吗?

人潮渐散退,轮渡已去,
迎着北风追,急赶这里,
目送这班轮渡载去,记忆一千堆。①

明明是长吁一口气,但腿,为什么控制不住,绑架着身体,拼命向外狂奔!往码头的路上,汉俊满耳满脑,都是蔡国权的这首歌。

船刚靠岸,楚云还在,两个撞着,既没拥吻,也未落泪,尴尬对望,手不晓得放哪里才好。

还是楚云习惯性先开口,是不是有么东西冒拿?汉俊说,冒得吧!楚云挤出笑容。汉俊说,上船吧!楚云说,好!汉俊回头,往酒店去。楚云追下船,背后喊他。汉俊说,么事?楚云说,过三五年,会不会后悔?汉俊说,到时候就晓得了。楚云上船。汉俊刚走几步,又听见楚云喊他。转身见伏在船舷,大声说,五年太长了。汉俊说,四年吧!楚云说,还是太长。汉俊说,那就三年!楚云笑了,像个赢了游戏的小伢。

背后汽笛响。

"生命里没这人了!"汉俊对自己说着,却身不由己回望,船已离岸渐远,船舷位置,楚云还在。男人耳边,海风呼呼吹过,却怎么也掩盖不住,海上形单影孤之人、号啕大哭的事实!

---

① 《最后一班渡轮》,蔡国权先生的歌。

回到酒店房间，剩窗外海浪寂静哗哗，走出阳台，渡轮瘦成个小条，踱回屋内，四壁空空。汉俊喜欢独处，据说那是一种享受，这刻，却只想四周有点动静，不是什么都行，要人类发出来的动响。环顾左右，电脑没挪位置，点击播放，还是《胭脂扣》，他没察觉……

第四章

> 今日天隔一方难见面,
> 是以孤舟沉寂晚景凉天。
> 又只见平桥衰柳锁寒烟,
> 亏你怀人愁对月华圆。[①]

1

陈家原有男丁二人,因哥哥早亡,振邦遂成家业继承人,为显族势兴旺,随当时风气,前头加多一个十字,称十二少。

如花,穷苦家出身,十六做琵琶仔,后为倚红楼红牌阿姑。摸脚趾,一百一只不够,小腿二百,颈,一张驼背佬加两个包袱,即500(5像一个驼背人,包袱是零的意思)元,至于摆床,价格好高。

一九三三年,某个秋日,七少在金陵酒家设了饭局。当时,塘西有四家妓院,倚红、欢得、咏乐、赛花,号称四大天王。局中,月痕、梦影、花影红等各家姑娘,都来捧场。十二少晚到,进门恰逢如花女扮男

[①] 摘自粤曲《客途秋恨》。

装,雄雌莫辨,一曲《客途秋恨》,助兴各位大少。唱罢,如花换回旗袍,口称有事,席前站立,满饮作别,十二少一脸惊诧。

男女之事,哪能躲过七少眼睛,一帮朋友里,脂粉圈中没比他熟的,谁谁哪天破身,谁谁的相好,又和谁谁陈仓暗度,无所不知、无所不晓。七少侧身,附耳振邦,如此这般,道此女一番妙处,十二少虽早看出,如花恰才女扮男装,且怀中正有温玉糯糯,但魂儿,仍随那袅娜背影、远走高飞。

次日,风流倜傥的十二少,倚红楼来探如花。如花也似有意,故意请吃干煎石斑(干晾),振邦不愠不恼,将橙剥得一丝不挂候她。如花试探,说不爱食橙(粤语音惨),让孝敬姐姐。十二少答,没姐姐、也没老婆。如花又试,送妹妹也好。十二少答,没妹妹、也没老婆。两个相视一笑。

又一日,倚红楼前庭鞭炮齐鸣,壁上悬垂十二少对联一副:如梦如幻月,若即若离花。男男女女议论纷纷。

再一日,整张惠罗大床,直接吊到如花房间,倚红楼的姑娘们,又一番叽叽喳喳,更羡煞旁边一名资深妓女,说自己从水坑口做到石塘咀,从未遇到过如此的温馨老契(体贴男人),如花掩嘴浅笑。

十二少精诚所至,如花金石为开。二人侧卧,如花喂果儿予振邦,软语道,发财手入添丁口。十二少吐果核,女人接在手心,尽心伺候,男人一把抱娇娘入内室。如花双眼半合,烈焰红唇忙寻着落处,十二少道,你好淫。女人应,我知……

从此,二人一处厮缠、如胶似漆。

一日,振邦趁给母亲戴耳环之际,讲出自己想迎如花入门心思,太太没说同意,也不反对。

隔天，如花登门拜见，陈太太口称，最佩服风尘女子洒脱，叫佣人阿二端茶添点心，如花三分客套七分认真，夸赞杯中物好香，陈太太顺势借"乳前龙井"（清明前，十几岁处女，将鲜嫩龙井尖尖，放进乳兜，以香汗滋养所得。另，粤语"乳"音同普通话"雨"，即雨前龙井）故事，讥讽如花不洁，又让帮自己试穿新衣裳。这裁缝温师傅手中，是淑贤孝敬的料子，而淑贤，乃是振邦表妹，不日将与十二少成婚。

如花知道自己身份，倒不计较名分，只想寻岸上人家，从今后，河水改喝井水，若得个好男人当靠山，女人这一生，从此道路直直，没弯。

陈太太以退为进，称不担心如花，只是儿子二十四岁，心性未定，以振邦条件，三年两载厌了，遇着好的，难保不变心。

如花气苦出来，堂屋撞见十二少，振邦明白女人委屈，说，明天就搬。如花含泪靠倒男人肩头。两人摆花街租下房子。

每日，十二少窗台盘坐，目送爱人往倚红楼接客。如花着旗袍，坐人力车穿过街边鲜花铺头，石条路上，回眸一笑，男人面无表情，嘴角似动非动。

靠如花倒贴，陈振邦知不长久，也想自食其力，但既赌气搬了出来，家里生意，不方便沾边。他平素，邀朋唤友、粉脂堆里玩耍，别的倒也罢了，对梨园行却有兴趣，也会几曲，恰巧如花姐妹，唤作紫兰花的，倒贴戏子老五，老五私下喊，人前称华叔。

塘西妓馆姑娘们，日常太平戏院捧场，包堂前坐的、三元一个位子，台上台下熟极。既有这层渊源，面子总要给的，华叔听完十二少、试唱的一曲《胡不归》，点头过关，表示愿意带他入行，只是担心富人家子弟吃不得苦，于是，丑话说在了前头，须按规矩，台下给师傅端茶、递水、倒痰盂，台上龙套做起。

陈老板盛丰，与太太、淑贤几个到戏院，眼见堂堂南北行太子爷人前现眼，胸中憋气，到后台，正好撞着随身侍候振邦的如花。如花本意是给十二少解围，开口只一句，却惹陈老爷大声呵斥，我陈家的事，几时轮到外人插嘴！

幸好彼时，轮到龙套登场，振邦脱身，如花嘘气，老爷拂袖，太太冷笑，说我养的儿子自己知道，你放不放手，迟早要回来。从头到尾，淑贤无话，只交代句，我陪姨妈来的，然后嘴唇闭紧，眼睛一闪一闪，打量如花。

如花与振邦前事茫茫，女人心疼男人，男人只想终日厮守，小世界里绻缱，无外人打扰。如花试探，东西旧了如何？十二少回答干脆，扔掉。人呢？如花又问。十二少说，一样，但你不同，你有浓妆、淡妆、男妆、不化妆各种，扔一样，还有其他，怕什么。待问到如何对淑贤时，十二少答，帮她采耳，穿长衫解鸳鸯纽扣时，心里放的是你。如花伏振邦怀中，虽知是玩笑，心里却沉重。

终于，二人嫌活着辛苦，不想继续，决定服鸦片，倚红楼自杀殉情。为防十二少中途反悔，如花事先在酒里，投安眠药四十颗。

果然，临阵之时，十二少略显犹豫，如花也不催他，让饮多些，自己随着，一杯陪三杯。

两人怕重新来过后，彼此相忘，于是约定，以三八一一作暗号，即三月八日，十一点自杀……

如花用银匙，青花小罐中、一小勺先入自己口，再挑给十二少，振邦无语，闭上眼睛、默默下咽。

明明小振邦一岁，如花那刻，却似姐姐，甚或妈妈，眼见十二少毒发，口吐墨血，伸手拥男人入怀，抚着后背道："莫怕，有我一起上路！"

说罢，如花腹内绞痛，香罗帕飘零落下！

倒地之时，如花面带微笑，男人是自己的了，淑贤休想得着。

事发后，报章写道：一九三四年三月八日，晚十一点，南北行三间中药海味铺太子爷，十二少陈振邦，与倚红楼红牌阿姑如花，相约服鸦片自杀殉情，时年，陈振邦二十四、如花二十三岁。谁知，十二少命不当绝，居然被医生抢回性命，骨子（艳情小报）登载："如花魂断倚红，阔少梦醒偷生。"

一九八七年，三月六日，时隔五十三载，游魂野鬼如花，仍不甘心放手，夜里来到报馆，让袁永定刊登寻人广告。

十二少：三八一一，老地方等你，如花！

阿定女友兼同事的阿楚，初时不忿，后为如花所感，同男友一起，助她找到垂垂老矣，尚在跑龙套的陈振邦。

如花一句，"你睇斜阳照住啯对双飞燕！"迷魂烟中，十二少清醒，眼睁睁看着如花扔还胭脂扣。

了无牵挂后，如花化阵烟去，独留邋遢老翁唏嘘呢喃……

2

列车喇叭响，说长沙马上到了。汉俊一惊，好快！感觉离开贵阳，没多大一会儿。喇叭里还说，感谢乘客一路配合，家人般相处的时光，温馨而短暂，临别道声辛苦，几句祝福。

好几个到站乘客，同时打电话，湘音塞满车厢，小孩哭闹、老人咳嗽，卖东西的铁皮小车，丁零当啷挤过。

下铺客人鼾声，到列车员过来换票方住，起身后即刻开始电话，挥斥方遒,"樟树港辣椒贵呀!炒肉简直糟蹋东西,擂皮蛋算了……"

汉俊平躺,下铺客人收拾行李,眼前晃动时,见面色蜡黄,关切地问,可有睡好?那人一愣,说没睡,只眯了会儿,手腕健康黑环,伸过去让瞧,嘴里道,显示没有深度睡眠。汉俊提醒,小心鼾症。下铺客人说他没有。汉俊庆幸,没死在自己下边。

卧铺档口,六席空四,列车"哐当、哐当",离开长沙。没有鼾声捣乱,汉俊尽可以脑内作画。以往,"哐当、哐当"声音,叫人回归简单平静,当下,满脑壳缠七绕八,汉俊塞上耳机,荣少声音传来,纷扰尽去,又盲目地幸福起来,像青葱岁月……

香港分手后,楚云的朋友小七来找,前排座位上,点杯鸡尾酒装样子,趁一首歌完,示意汉俊从后头下来,拉外面讲话,酒吧实在太吵。

小七吸气、吐气,路上想好话一堆,当面对汉俊时,竟半天倒不出来。汉俊说,胀糊涂了。小七鼓眼睛,你才胀糊涂了,楚云对你……

一提楚云,小七又不讲话,新一轮吸气、吐气。汉俊在台上弹吉他的时候,就猜到小七为谁而来,明摆着的!

半晌,小七缓过劲来,说,答应楚云不掺和你们的事,但我们这样的……

汉俊不作声,静听下文。

小七紧急刹车,从包里拿出个信封,转交后扭头就走,像生怕滑入他们两人间那道危崖夹缝。

汉俊立柱样地站着。小七回头,像只确认过安全距离的小兔,忽然问句,你们台上少一个,客人冒得(没有)意见?汉俊说,键盘撑着呢!别个主要是来听歌的,我们都是龙套。小七又问,贝斯是搞么事的呀?汉俊回答,我是路人甲,他是路人乙。小七晃着脑袋准备离开,嘴里说,楚云哄我,讲客人主要是来听你的solo,贝斯也能独奏,《夕阳醉了》前奏就有,几老的歌哟!汉俊说,不老,一九八九年的。小七长叹口气,转身离去,对天讲话,别个的套路,你已经被甩了,就是不信,非一口咬死,这个约定是为考验双方,好让大家变成、理想的自己!

楚云文笔,一如既往地清晰明了,有事儿说事儿。大意为:既然已经约定,中途不会打扰,三年后见面地点,还是香港吧!日期就四月一日前后,也是我们相识八周年。

另外,自己那天坐船到中环以后,看见时间还早,鬼使神差地去了袁永定和阿楚工作的那间报馆,居然还在,只是现代人喜欢上网,看报的少,两个没在里头工作很久了。

也许和《胭脂扣》结缘,一个老编辑热情接待,七翻八找,寻到袁先生一张旧名片,至于阿楚,只知道办了移民。

三年后的相见,可能很无趣,除了吃顿海鲜,能不能给我多讲讲,关于十二少电影之外的故事,不是总嫌我婆婆妈妈,不懂浪漫吗?希望你能给我讲好这个故事!

如果,觉得没必要见面,就把这个故事寄到我妈家,记得寄纸质版,不要发邮箱。求你,之前没有,以后也不会,只此一回!

或许,是我想多了,小七说这就是分手,真那样的话,也请告诉小七,你我之间,有些话是不能讲的,前面提的请求,自动作废。

时间会稀释一切,汉俊想……

3

袁永定的电话停机了,汉俊猜,是不是因为欠费。

那一段，活不好接，他东跑西颠，经济上勉强过得去，只是好心人介绍的女孩儿，一概没兴趣。有时回武汉，父母家待不住，怕唠叨，又无固定去处，同外头没什么两样。

几个月后，暂时闲了下来，手停，嘴却不停，汉俊打算，先歇上十天，节约点儿过。他想，完全黑白颠倒也行，偏这活儿，由不得你，残薄的时候，老年专场都演过，真的，身体有些吃不消。

某天再打电话，居然通了，不是袁永定本人，一副莫名其妙腔调，应该是电信运营商，复活了死号。猛然间，汉俊有些想楚云，念头一闪而过。

电话没戏，试试邮箱，那张名片呢？好像上面印着。

有些东西，用的时候找不着，不用的时候，得来全不费工夫。睡觉前，汉俊想翻两页《金瓶梅》，好久没摸书了，打开上回地方，名片掉到床上，方记起，当时顺手作书签用了，是说手边的东西，么样会不见咧？

邮件发过好几遍，还是没结果。忙着忙着，这事搁下。时间真快，一晃跨过两个春节。

三月八日，接了个单位工会包场，女人们玩得很尽兴，称谓也由妇女，变成女神，高冷得很。多数女神，按说好的，十点半前走人，伢们都要上学。剩下的都是嗨班子，转眼过了十一点，汉俊心里着急，约了人半小时后消夜。

借上厕所的时候，汉俊打个电话，说稍许晚一点。正好，一个女神从里头出来，同汉俊洗手台并肩站立。汉俊手机，夹两腿间，挤些洗手液来回搓指缝，干干净净地弹琴，心里不硌硬。

女神忽然开口，听见你打电话，要走了？还早咧！汉俊随口应一句，不早，十一二点了？哪晓得，这是位纠筋（较真）女神，翻手一瞄手腕，

"十一点刚过,三月八日,十一点零……"

听到三八一一几个数字,汉俊像被么东西咬了,却说不出哪儿不对劲,散场后跑去消夜,两杯啤酒下去,突然一拍脑门。

二〇一〇零年,三月九日凌晨,汉俊给袁永定发出一封电邮,内容很简单。十二少:三八一一,老地方等你,如花!

第五章

> 我这无依者，
> 欲望是极难涸谢，
> 如月满光影向人反射。①

1

一九八七年三月。

阿定、阿楚的同事，偶然间听得两人谈话，甚觉有趣，不知谁嘴大，弄到老板晓得，报馆方面，希望借此机会，扩大发行量，决定让阿定和阿楚一起，以情侣身份做深入报道，宣传时更具话题性。

对于这种角色定位，阿楚坚决反对，至于深入报道，她认为应该有所保留，毕竟，要考虑当事人、十二少父子的私隐权利。

起初，阿定也赞同，怎奈老板苦口婆心，言说利害，人群中发花癫的，窥私成瘾的，入戏太深的，这种奇幻故事，得与读者共飨，销量肯定不愁，阿定你，说不定一战成名。

---

① 张国荣《Dreaming》。

阿定本宽和，对阿楚说，自己只是普通人，普通人应该因势利导。阿楚无话，为阿定前途考虑，勉强过自己一段，但因挖掘到的可靠素材有限，巧妇难为无米之炊。报馆为了热度不断，表示故事性最重要，至于考证工作，适可而止，时间上，以报纸不开天窗为原则。

到这一步，阿楚已决定退出，只是碍于阿定，所以违背心意坚持。那次，十二少来报馆，她以为是因往事曝光，专程发难，谁承想，男人虽已老到步履蹒跚、口齿不清、满面菠萝皮，但面对镜头和麦克风，居然兴奋不已，俨然当年南北行、三间海味中药铺太子爷模样，与片场自嘲"当年屙尿射过界，今日屙尿滴湿鞋"的龙套陈振邦，判若两人。

自我爆料一番后，老头得笔钱吞云吐雾，阿楚一阵反胃，决定立即退出。

十二少形象，存于想象的时候，大众热情非常，但当年近八旬的陈振邦，被刊出照片后，专栏迅速降温，只剩极少活在往事之中的痴男怨女，仍苦苦追问旧日细节。多年以后，阿定还能零星收到此类邮件。

关于此事，报馆责怪阿定，不够深谋远虑，鉴于现实情况，缩减了版面，编辑只他半个，另半个仍要做回以前工作，人工没多一毛。

阿楚为阿定不平，因为十二少的事，心里本就别扭，加上早有出国读书打算，便找老板辞工，并表示两年内不会再干回这行。热潮退去也好，阿定、阿楚重归平静生活，当初因如花到来引发的纷扰，告一段落。

不久，阿楚飞加拿大念书。

到温哥华后，阿楚生活简单，上课以外，喜欢出街漫步。这天，阳光灿烂，红叶醉人，见一家裁缝店，挂传统中式招牌，甚觉亲切，像没离开香港。进门翻看式样，闲聊得知，老板姓温，香港过来的第三代移民，手艺得爷爷亲传。

再以后，阿楚路过时，即便不做衣服，透过橱窗玻璃，但见温师傅无事，便进去坐坐。

一次，温师傅问阿楚，之前在香港，读书还是做工，有乜好玩的嘢？阿楚说来说去，说到十二少身上。温师傅眉心紧蹙，追问连连，最后一声叹息，道，你说的莫不是南北行、三间海味中药铺的太子爷陈振邦？阿楚呼吸定住。待温师傅说出自己爷爷，当年在香港常去给盛丰行陈太太，还有七少家做衣服后，才一口气喘匀。

香港这边，阿定的专栏没多久便停了，实在不能驾驭这匹天马，仍旧专心做回小编辑。他听阿楚说起温师傅的事，很感兴趣，重燃了解十二少、如花往事的热情。

阿楚也很高兴，因为不是工作，没交稿压力，像是回到当年和阿定一起，帮如花寻找十二少的日子。

据温师傅讲，从小就知道家里规矩，大烟、嫖、赌三样不许碰，一旦碰了，扫地出门。爷爷时常讲十二少的故事，作为警醒。

阿定是个仔细的人，听完十二少的事情，一律做详尽记录，按时间顺序编排。

学校放假，阿楚回香港看阿定，见了这本册子，笑他职业病不轻，该看心理医生。

见女人笑得灿烂，男人拥她入怀，背解纽襻……

阿楚作风，惯常洒脱，阿定怕一旦提出，她会勉强自己，所以没提结婚的事。女人的确有备而来，但，仍怕男人开口。

直到阿楚离开，阿定始终没说，女人从舷窗俯瞰，香港墨绿色的蔚蓝大海，如释重负，有失落少少。

送走阿楚，阿定把她带回的新信息，一一归类。这里面包括，振邦儿子的，七少后人的，也有用人阿二的。

阿定没想到，阿二原是长洲岛人，陈家败落后，她一直没离开，直到振邦孩子成人。淑贤去世前，拿出当年陪嫁首饰，叮嘱儿子，长洲岛空气好，就地寻一家养老院，给老人家送终。

关于七少后人一节，是老温师傅，给一个汉口客人做衣服时，无意中闲聊得知。那人姓马，汇丰银行做事。

这老温师傅，念书不多，教儿孙手艺时，常把自己见闻，说给他们听，唯恐以后，人生道路走偏，不知不觉中，掺杂各种轶事八卦。

阿定没想到，能探得七少后人消息。那是当年，他在汉口和一名小歌女相好，破人家身后，女子情痴，不要名分，只求厮伴。七少吸取振邦教训，家里守口如瓶。

另外，还有一个叫作幻月的女子很神秘，汉口沦陷后，不知去了哪里，十二少和她之间到底……

有些话，小温师傅只点到为止，主要是年代久远，知道得原本有限，另外，毕竟是客人的私事。怎奈阿楚记者出身，聊天时，声东击西、陈仓暗度，三五次后，知道得七七八八。

2

二〇一〇年，三月九日凌晨，袁永定收到一封电邮，内容很简单，十二少：三八一一，老地方等你，如花！

那时阿定，已经五十开外，阿楚两鬓，也添不少白发。一九九〇年代，二人曾在加拿大生活，随着岁数的增加，阿定越来越怕寂寞，那边地广人稀，天气也冷，晚上常常睡不着，出街食夜宵，还得开车进城，倒不是家里不能做，主要没那个氛围，即便城里，比起香港的夜间排档，不能同日而语。

也许是默契，也许是僵局，两人一直没要小孩，甚至都没去教堂，当着亲朋互换戒指。阿楚觉得，这一点也不影响，同阿定互为世上最重要的人这个事实。

阿定想法一样，结婚的事，始终没提。随着年纪变化，两人最终决定，回到香港生活。

返港之初，阿定找到报馆老板，老板很高兴，只是已经退休，怕帮不上忙，他女儿倒很上心，袁叔叔喊得亲热，说自己有同学干出版这行，只是内容发布平台，在互联网上。

阿楚找的工作，与报业无关，也不和所学专业对口。

二〇一〇年，三月九日这天，阿定突然说，如花回来了！阿楚笑问，要不要我腾地方，见阿定不像开玩笑的样子，摸摸他额头，问何出此言。阿定让看电邮，阿楚半天讲不出话来。

这样的读者，阿定、阿楚，以前见过不少，多年以后，还能收到此类电邮，但这种形式，第一次遇见。

汉俊终于等来回复。第二份邮件里，他做了详细的自我介绍，礼貌同时，表达诚意。

本该就此打住，可汉俊所在城市，吸引了阿定，他对阿楚说，十二少在汉口那段经历，对于我们，也是空白。阿楚说，补齐后，故事就全了……

按照要求，汉俊仔细准备。后来，选个大家方便时间，汉俊到香港和阿定、阿楚碰面。阿定问，哪里聊？汉俊说，长洲岛。见面那天，九月十二日。

一切按计划进行,都是想象中、该有的样子,唯一让阿定意外的是,汉俊长发披肩,他看着自己,似乎想问,阿楚呢?但没开口。

汉俊道歉,七少后人没找到,鄱阳街一直没改名,但那家馆子,早就没了,歌女和私生子,不知所终。

一九五〇年代,公私合营。市场经济,要等七十年代末。标志性的事件,十一届三中全会,一九七八年底的事。此前,搞了半年大讨论,检验真理的唯一标准,实事求是。

至于幻月的情况,也靠大致推测,应该是去了重庆。抗战结束后,一部分人回来武汉,再过几年,有些跑去台湾,由于运力紧张,滞留沿海一带的不少。

幻月的事,阿定知道,但没打断汉俊,心里想着阿楚,有点儿心不在焉。原本说好的,可约定的这天,无论怎么劝,女人就是不肯露面。

听汉俊大致讲完,阿定道歉,说阿楚临时有事,然后问,邮件里谈的那些内容、那些推测,有何依据?汉俊说,史料方面,要感谢汉口铭心街、武汉地方志馆的工作人员,特别是那些,一生直笔修史的老师,很多都已不在人世了。

阿定目光,看向远处墨绿色的蔚蓝大海。

两人把准备好的材料,合二为一。汉俊问,故事从哪里开始?阿定说,十二少没死,活过来了……

呜——渡轮汽笛鸣响!

第六章

> 恋爱只有一项定理,
> 不痛的爱淡而无味,
> 着了魔般我再抱紧你,
> 生生世世在一起。①

1

一九三四年,三月十日,十二少在医院单人病房醒来,喊声:"如花,口渴!"

"你醒了,谢天谢地!"倚床而立,明眸皓齿的女子,乃是淑贤。惊喜的声音中,夹些哽咽,她解开桌上一只、用棉布包着的瓷罐,里边端出汤盅,两指拎起盖儿,一股清香,满口生津。

"菩萨保佑!"用人阿二双手朝天拜拜,说,"小姐,让我来吧。"

淑贤本已将汤盅,捧十二少近前,略一迟疑,转身递给阿二。

"还是太太想得周到,每个时辰都叫从家里,送一罐热汤来备着。"

---

① 摘自歌曲《爱到死》,收录于专辑《信望爱》。

阿二说,"这医生说得也准,难不成会算命?"

淑贤微笑,专心在振邦身上,多喝一勺,便往人世间多拉扯一把。

"苦、苦!"十二少推开剩下半盅,复沉沉睡去。

"唉!苦是口苦,人太虚,没放参,这下,少爷无大碍了,我去告诉老爷、太太。"阿二道。

淑贤长出口气,软倒椅背。

"醒来就好了!"护士推门,正好看见十二少喝汤,扭头准备报告医生,脚到门口定住,回头嘱咐淑贤,"这两天辛苦,得空也歇歇,别累出病来。"

淑贤说自己没事,问后面如何调养。护士交代几句出去。淑贤长嘘口气。

十二少这一觉,又是大半日,三月十一日中午,忽然弹起,似乎想起什么,满头大汗,慌慌喊一声如花。

淑贤连忙过去,振邦抓住她双手,一脸诧异:"如花呢?"

话还含在嘴里,急急翻身下床,撞入淑贤怀中,浑身筛抖不住,想挣脱,却又瘫软无力。

淑贤托着振邦身子,眼眶里泪光涟涟。

十二少号啕大哭,问淑贤:"她是不是已经……"

淑贤点头。

十二少挣脱,寸步未行,摔到地上,口中喃喃自语:"我为什么没死?"

"能醒,就算闯过鬼门关了,现在,振邦睡的是还魂觉,放心吧!"老爷安慰完太太,叹口气道,"两个儿子这样,如今,你又来吓我。"

"少爷醒了!"阿二来到同楼层另一间病房门口,人在外头,声音先到。

陈太太一推老爷,让快去瞧瞧。陈盛丰疾步到儿子病房门口,恰好撞见十二少地上爬喊。

"让他去死!"陈老爷大吼一声,青筋绷满额前,面色紫暗,脚下发飘,"噔噔"倒退两步,幸好阿二手快扶住,淑贤顾不得振邦,先搀姨父坐下。

"死可以,"陈盛丰指着地上的儿子,长叹一声道,"总要先到旁边房间,给你母亲磕个头吧!当初,你哥哥身体不好,她那时已不年轻,怕我陈家没个管钥匙的人,怀胎十月,苦不堪言,待生你时,唉!幸好剖腹及时,搁在早几年,没这种医术,人怕是……"

见父亲委顿样子,十二少安静下来,伏地上一劲儿喘气,刚好护士找来医生,几个合力,将振邦扶回床上。

医生问过病人状况,嘱咐护士如此这般,桌前开药方时,提醒淑贤饮食禁忌,之后,让众人回避。

2

听到医生问自己,吃了多少安眠药时,十二少愣住,顿一顿说,如花怎样?

医生语带惋惜,听同事讲,他们接电话后,即刻出发,好在不远,到倚红楼门口的时候,正见几个抬你下来,还有呼吸,先就地急救,吐了一大摊,楼上的如花小姐……

十二少问,怎样?

医生说,已经……

十二少泪如雨下，半晌才问，为什么我没事？

医生说，各人体质不同。

十二少苦笑。

你酒量如何？医生问得奇怪。一般，十二少答。医生哦一声。十二少让别卖关子。医生说，只是猜测，好讲吗？十二少说，快讲！医生说，你吐了一道儿。十二少说，你意思是……

如花一杯，自己三杯，十二少回想起来，无话。

要抓住什么似的，十二少怏怏问，她样子如何。医生说，面容安详，像家里睡着，身上干干净净。十二少黯然。医生见振邦神伤，身子极弱，说，先到这里。十二少木然点头。

数小时后，医生巡房，十二少挥挥手，示意淑贤暂避。见病人问起，医生说，只吃鸦片，也能死的，服安眠药是多此一举。十二少闭着眼睛摇头。医生继续，我们在酒瓶残液里，检出浓度极高的安眠药。十二少满脸倦意。医生说，化验单显示。十二少打断。

有些话，医生没讲，一位中意如花的客人，因得不着，宠了别的姑娘，三月八日那天留宿倚红楼，黎明时分起夜，知道她和十二少没回摆花街，窗外偷听一阵无趣，打缝隙中偷瞧，发现不对劲……

一来没必要，二来也是听其他人转述，呢些嘢，哪好乱讲，只强调一点，陈少爷你能活着，实属万幸。嘴里感谢耶稣，胸前手画十字。

医生走后，淑贤和护士进来，十二少丢魂似的，目光呆滞、一言不发，任凭她们摆弄。此后两日，振邦只在进汤粥或如厕时，像个活人，终日，双眼死死盯住天花板，看吊扇叶片暗影，忽大忽小在天花板上轮回。

那日，淑贤床前正做女红，振邦开口，让从摆花街买一束鲜艳、水嫩的来,花送到,十二少缓缓起身,淑贤垫个枕头后背,振邦呆看半晌,床沿边一瓣一瓣扯落。

彼时,陈太太正由阿二和老爷搀扶,走到儿子病房门口,看到花瓣碎落同时,听见儿子口中,含糊有声,细辨之下,原来是"如花"二字反复。

妇人停住脚步,待听到儿子说出"这又何必!信不过我?"一句时,轻轻招手,淑贤懂姨妈心事,起身掩门出来。

"振邦回来了,"陈太太一声叹息,两颗泪珠滚落,淑贤原本要劝慰两句,却见姨妈面露微笑道,"终究是我的儿子!"

3

陈太太母亲,乃正房夫人,生有一儿一女,儿子是嫡长子,作为妹妹,她从小知道,今后家业,终是哥哥的。哥哥勤奋好学,只是整天板着面孔,和父亲很像。

因是嫡出小姐,陈太太嫁妆丰厚。选中门当户对的陈家,不仅考虑男方家底殷实,还在乎那块清咸丰年间传下来的招牌。

淑贤母亲,幺房庶出,能分到手的家产,与长房一支相比,天上地下。陈太太未出阁时,和同母哥哥不亲,倒是最疼这聪明伶俐的小妹,有事总替她出头。

后来,淑贤母亲出嫁,陈太太回门,再难见到,只听说她老公为谋生计,常到南洋一带走动,赚的不算少,但也仅限于一家老少平常用度,算起来,是户中等偏上人家。

淑贤母亲体弱,男人又常常不在身边,为给女儿寻个依靠,有天带着孩子，见了一次陈太太。陈太太看第一眼，就喜欢上了淑贤，也是因为没女儿，缺什么惦记什么。

按老规矩，嫡庶有别。陈太太说，都什么年月了！加上香港中西交融，思想开明，于是，淑贤人前人后，都叫陈太太姨妈。

待淑贤大了，愈发出落得好，像大户人家小姐，只言谈举止，略略碧玉作态。陈家大少早死，十二少嘴虽甜，会哄人欢心，但总不如女子恬静，侍奉左右合适，所以，淑贤常被接到陈家，与姨妈为伴，有时外人见了，误以为是母女两个。

振邦面前，淑贤从不高声一句，所有一切，老爷看在眼里。按规矩，十二少大了，应该选个门户登对人家的小姐婚配，但总没个品貌相当的，生意人家最懂变通，等淑贤再大些，竟然是老爷先提出，干脆亲上加亲。太太那边，没个不欢喜的道理。

淑贤心里，虽早当振邦是自己未来夫君，但行事极有分寸，伴姨妈左右时，家里屋外，主意不敢乱出，只帮着办些琐碎杂事。太太这边，何尝又不把淑贤当自家人，逢年节，会让裁缝温师傅，做些衣服给这未来媳妇。

原本一切安排妥当，哪里知道，半路杀出个倚红楼的如花，虽口称不计较名分，那意思当妾做婢都行，但这年月各种思潮涌动，加上香港地界，中洋结合，老皇历说不翻就不翻了，很多女人要搞自由恋爱，坚持一夫一妻的有之，主动离婚的有之，总的来说，多出一桩麻烦。

关键是，振邦心思全在如花身上，自他们相好以后，再撞见淑贤，要么不大搭理，要么一语双关，回去细想，弄得脸红，正经人哪有这般揶揄自己妻的。可淑贤，偏喜欢十二少那种，凡事无所谓，潇洒不羁样子。

三月九日凌晨，陈家接到电话，说少爷出事了，生死未卜，太太听闻，当场昏厥，家里手忙脚乱，为照顾方便，送去振邦同家医院。

阿二见老爷大悲，怕他劳累太过，恐又添意外，第一个想着淑贤，有这未来的少奶奶帮把手才好。淑贤家没装电话，叫门房跑腿送信，人去后，阿二心头一沉，少爷要没了，少奶奶就便宜别人家了。

淑贤得着消息，即刻起身，火速赶往医院，先去振邦房里瞧上一眼，仍在昏睡，再到姨妈这边，见已苏醒，才松口气。听姨父转述，说是原本体虚，加上急火攻心，卧床休养便无大碍后，回到振邦病榻前伺候，听护士讲，几个时辰前，鬼门关里走了一遭。

陈太太想着淑贤，未过门的一介弱女子，怕她心里委屈，趁来自己病房时，话比平日里，多了些客套。

哪晓得淑贤说："我自小当姨妈是娘，如果将来能和振邦一起，自当床前伺候夫君，无缘的话，也是我兄长，妹妹照顾哥哥，天经地义！"

太太听完垂泪，老爷一时，不知说些什么才好，一劲儿点头。病房另有个病人，听到淑贤这番话，待她过振邦那头后，直夸老爷、太太福气好……

4

三月十二日，太太已大好，坐儿子病床前，同淑贤讲话。陈老爷忙完生意上的事，也回医院，前脚刚到，阿二进来说，七少和一班朋友在楼下，想探望振邦。

陈盛丰不讲话，怒气冲冲往外，太太一把没拉住，跟在后头，淑贤连忙过来搀扶，刚到楼梯口，就听下边骂声传来，院内医患，窃窃私语，两人疾步下去时，七少那帮朋友，正四散而去，独他不走。

陈盛丰怒目圆睁，七少垂首站立，连说伯父息怒，陈太太拉拉老爷衣袖，使个眼色，意思让交给自己。陈盛丰见老婆这般，知已有计较，遂甩袖离开，刚迈出几步，听到背后七少自责，不该撺掇振邦、如花相识，又勾火起，转身回去，劈头盖脸地骂，还说要找他家老爷，七少瑟瑟。

太太叫淑贤，先扶老爷上楼，自己拉七少往外，正好副院长听见喧闹出来撞着，识得是前几日住院的南北行陈夫人，连忙请进办公室，方便二人讲话，自己掩门退出。

七少等太太坐下，刚要解释，妇人打个手势，罢了的意思，见对方态度诚恳，便将自己忧心的事细细与他道来……

陈太太同房病人出院后，暂时没新的进来，依陈盛丰意思，要包下这间，但院方说，与陈振邦先生那边不同，非单人病房，且太太已经好了，随时可以出院。陈家人无话。

次日，七少又来医院，老爷不在，太太招呼。七少小声讲话，妇人频频点头，随后，吩咐带去振邦房间，进门后，阿二递个眼色给淑贤，两人退到太太房里。

振邦见是七少，两行泪珠滚出，七少陪着。振邦问，如花身后事怎样。七少叹口气道，哪晓得，她家里原是有人的。振邦目瞪口呆。

七少讲，如花父亲是个大烟鬼，又好滥赌，无钱的时候，不管不顾，要把八九岁的亲女儿，卖给倚红楼，当娘的不干，哭喊拉扯，大嘴巴侍候，打到同意。

初到那边，先叫如花端茶送水、各处打杂，数年后，鸨儿见出落得日渐标致，十六岁上，请乐坊师傅教琴，做了琵琶仔。

后来，老烟鬼过身，如花回去送别，唉！她那哥哥也不争气，接他死鬼老子的班，时常找去石塘咀要钱花，每次虽不多，但叫人添烦，好在还识趣，只叫门房传话，自己巷子里候着。

这回，如花死了，倚红楼只是例行通知一声，结果，她哥哥跑来闹，说是被人逼死，想讹上一把，鸨儿不吃素，电话找人摆平，谁知，死猪不怕开水烫，好容易将要收服，谁知又引来了记者……

七少只管说得口滑，振邦着急，好容易才截住，问如花到底怎样了。七少说，香港三月天气，一天热过一天，应该已经火化了吧。振邦说，应该？说完翻身下床，往门口去。七少死活抱住说，现在不行，这样子出去，你爹肯定要我的命，再讲了，一班小报记者，最近还在那边，听风就是雨，刀笔可以杀人，你这一去正好！振邦停步。

七少叹口气道，都过去了。振邦斜一眼，没作声。七少从包里拿出骨子（桃色新闻小报）递去。振邦接过，正好看到这样一句，"如花魂断倚红，阔少梦醒偷生。"不由喃喃自语，"我偷生，我偷生！"忽然浑身瘫软，骨子掉落。所幸七少抱住及时，嘴里大喊来人。

淑贤先到，见振邦涕泗横流、呵呵傻笑，嘴里念念有词。"我什么都不要了，什么都不顾了，我偷生，呵呵，好吧，我偷生，"说着，要往窗边去，"今日我死了，不算偷生吧！"

两个扯住振邦，七少苦劝："跟小报一般见识做什么，让你看这个，是想叫你明白，不疯魔不成活的事儿，人家眼里，只是茶余饭后的香艳八卦。"

正在那时，陈太太门口现身："你死，总要死个明白吧！"妇人一手扶门框，一手攥紧淑贤胳膊，浑身战栗，但说出的话，锋利如刀。

"跟我讲讲安眠药的事情。"陈太太从地上捡起骨子，点点下边几行，大意是说,二人不仅吞服鸦片,还在酒里放了安眠药。振邦扭脸,盯看七少。七少连连摆手说,不是我、不是我,我也是看了骨子才晓得,小报记者好狠,肯定有知情人卖消息。

"振邦啊振邦,有冒搞错,"陈太太冷笑,"你以为自己演了一出书里写的、电影里演的罗曼蒂克,依我看,这是地地道道的谋杀!"

十二少听完,瘫滑地上,号啕大哭,淑贤要劝,太太拦住:"总要闹一回的,发出来就好了。"

七少站也不是、走也不是,眼睛又不敢看振邦,正窘迫处,太太指他鼻子,厉声道:"那个女人,无论埋哪里,你知道了,一定告诉我,不会便宜她入土为安!"七少心想,我哪里知道,她家里收了去……

百多日后,旧历七月,十二少寻一僻静处,烧纸钱给如花,口中反复念着:"三八一一、三八一一。"飞来一只彩蝶,野花冠上停歇,海风吹过,任凭茎儿如何摇摆,总也不去。

"如花,难不成这是你投胎变的,听见暗号过来揾我?"十二少说,"三月八日,晚上十一点,吞鸦片自杀,像是上辈子的事。"

山下,海浪拍打礁石,山上,十二少喃喃自语:这么久,你已重新投胎了吧,安眠药的事,我不怪你,也许是天意,要不是喝那么多酒!话说到此,十二少喉咙堵住,泪眼婆娑,半天才能发声,苦了你,黄泉路上一个人……

第七章

> 且恁偎红倚翠,
>
> 风流事,平生畅。
>
> 青春都一饷。
>
> 忍把浮名,换了浅斟低唱。①

1

陈老爷、陈太太都觉得,让振邦出门走动走动也好,一来散散心,二来历练历练。七少毛遂自荐,说南洋有些家产,正要过去打理,两人正好搭伴。陈老爷摇头,心里不想他两人一处,故意说上海那边朋友多,早想带振邦去一遭。

陈太太倒觉得无所谓,男人嘛,年轻时多见识见识不坏,包括对女人。如花的事,就是振邦这孩子心太实,不过那女人的手段,唉,孽缘!兴许他们真到一处,也还……

念头转到此处,太太连忙打住。她知道儿子不会想和他老子同行,

---

① 摘自柳永《鹤冲天·黄金榜上》。

正好,听淑贤母亲讲,她男人近日也要去南洋,有个放心的人跟着,加上日后都是一家子。

想到这儿,太太劝老爷,答应了七少。

时间一晃,过了圣诞,眼见快到春节,淑贤父亲,同当地人因生意上的事情,起了点摩擦,依七少想法,花点儿钱摆平就行了,自己就是这样办的,简单得很。

淑贤父亲,毕竟有几分年纪,凡事求稳,心想生意嘛,实在不行,不做也罢,哪儿养不活人,他怕年轻人冲动,叫振邦和七少先回香港,自己争取腊月底赶到,一家过个团圆年。

见儿子回来,黑了一圈,却干练不少,陈盛丰很高兴,陈太太虽然心疼,又想念到哭,但老爷年纪大了,日后家里,总得有人接这大串钥匙吧!

陈盛丰想着过完年,让儿子到上边走一趟,考虑时局不稳,只叫去华东,以上海为中间点接驳。

小年过完,淑贤父亲赶回香港,虽说事情暂时了结,但心里总不踏实。

陈太太问他,上回同振邦一起,南洋之行如何,淑贤父亲只拣当讲的讲,待问到女儿婚事,不多言,只叫太太做主。

某日,太太和淑贤上街,试探她的意思,回说不急!自如花那桩事后,淑贤讲话,更加注意分寸,像是一下老了好几岁。第二天,太太叫振邦给自己戴耳环,问打算什么时候娶淑贤。振邦说,随便。太太心头一紧,真是找打,如果换成别个,家里纵有万贯家财,也舍不得嫁淑贤过去,叫人不痛不痒地当摆设,可是,振邦是自己亲生儿子。

出了正月,老爷叮嘱振邦,只江浙一带走动,别跑太远,江西虽也有些地道药材，但没必要冒险。

因劝得振邦回心转意，加之同下南洋两桩事，七少将功折罪，陈太太觉着，虽外表油滑，其实人真不错，故意试探道，家里在上海一带可有生意？

七少明白意思，回话时留了个扣，答，虽没有，但粤汉铁路贯通后，汉口那边走动很勤，得空带振邦见几个朋友，如果对我这点茶叶生意有兴趣，再叫汇丰银行的朋友指指路，他专投钱在俄罗斯这条线上，发了不小的财。

太太知道振邦，不想死守祖业，等到三十而立年纪，也要自立门户，本又是爱茶的人，点头说好。

又一日，七少来振邦家里，太太想着去年春天，到医院探望的事，别人都叫老爷骂走，独他不去，看来，还是有些担当、可以说点心腹话的，便唤阿二，请自己屋里讲话。

七少听太太问起，开门见山，说那件事后，振邦不提如花，也没找过别的女人。太太说，你这么肯定。七少一笑。太太说，是不是对女人寒心了。七少说，有那么点儿意思，但没到那个程度，下半年，等我回来，得空再劝劝振邦。太太问，这是要去哪儿，七少说，汉口。

2

岁月无声，两年里时局变化不小，对陈家来讲，重要事有两桩，九龙开设分号，振邦、淑贤，定于秋天成亲。

十二少意思，等到那时，除了接管家里钥匙，正式迎娶淑贤外，还得有一番自己开创的事业。太太冷眼瞧着，怕是雷声大、雨点小，好在有老爷坐镇中军。

七少那边,先在汉口,跟日本人闹了点不愉快,后来跑到南洋,被当地人绊住,花钱按住,方才脱身。

一九三七年春夏之交,振邦同七少一起,到汉口筹办茶叶生意,顺利的话,两个月能准备妥当。

振邦这次入局,表面想在华南一带,除海货、药材之外,也经营些洋茶,心里却盘算,如果能把祖上自咸丰年间传下来的秘制中药,通过这条路径,卖到国外,再进口一些西洋药品……

十二少心浅,藏不住话,七少听了说好,让陈家加投些钱,老爷想着人生地不熟,又不是本行,稍放点水之后,落下闸刀。

一九〇〇年开始,历经三十余载,到一九三六年,粤汉铁路终于全线贯通,最南端是广州黄沙站,最北到武昌徐家棚。

听说全程只要四十多个小时,振邦拉着七少取道广州,到武昌后,换轮渡来到位于长江左岸①的汉口。

汉口这边,七少很熟,经他疏拢,事情办得顺利,七月初,一切料理停当,比原定计划,快了十多日,振邦定要请各路朋友聚聚,聊表心意,出门在外,全靠大家捧场。因七少地头、人头两熟,又知别个私下癖好,自然托他安排。七少说,这里头关系夹缠,容想想。

次日,为使振邦知其所以然,七少从头讲起:汉口,自一八六一年开埠,华洋混杂,使领馆数十家。自己父亲,是广东商会成员,专做茶叶买卖,几经周折,通了汉口到俄国的商路,随着生意蒸蒸日上,各方投资进来,建起茶叶加工厂。

---

① 汉口在长江左岸,武昌在右岸。

英国人见有利可图，也要出资，由汇丰牵头。德国人原本很活跃，但欧战败北后，当初的地盘被收回，气势大不如前，加上英国股东强烈反对，所以，只能另寻财路。

河东三十年，河西三十年，日本经甲午、日俄两战以后，巨额战争赔款到手，兵强马壮，忘乎所以，横行东亚，声称脱亚入欧，其汉口租界区建筑，原本在几国里最为矮旧，如今已大为改观，自一九三一年后，愈发嚣张起来……

振邦问，怎么安排最好？

七少道，原本这种局，到西商跑马场①办最有规格，即使不是赛季，也可以打高尔夫解闷，但鬼佬霸道，平时立有"禁止华人入内"的牌子，连何应钦、吴国桢，都吃闭门羹，只老蒋、宋生、张将军几个受过邀。赛季到了，仍不许华人走正门，刘歆生不信邪，叫看门的印度人死活拦住，你想从前，半条江汉路叫什么，歆生路！结果，刘大老板不忿，弄了个华商跑马场②，偏与洋人对着干……

振邦说，唔讲耶稣③得唔得！

七少瞠眼、扮不快要走，振邦抱住，两个俾闹一阵方住。七少继续，说要把有交情的几国洋人，一齐邀去西人打球场，玩过以后，俱乐部里喝红酒、食西餐。振邦咂嘴，太简单了吧！七少道，洋人直肠子，只要赚到钱，吃不吃饭，其实无所谓，客气客气，礼仪尽到就好。十二少说，内圈朋友呢？七少眨眨眼睛，大票子备好，听安排！

十二少请客当天，洋人带来打球场的，既有洋妞，也有中国女人。

---

① 今武汉解放公园一带。
② 今航空路、万松园一带。
③ 啰里啰唆。

振邦瞟眼七少。七少小声说，如寿里①那边的咸水妹，专接鬼佬生意，只要上了这条路，就得一条道走到黑。振邦问，为什么回不了头。七少两手示意尺寸。振邦推他一掌，回头招呼客人去了。洋人这边，走完过场。振邦说，结束了吗？七少笑笑，说怎么会。

节目正式开始，两个转场到三分、四成②一带。

> 三分里内多少钱，夜游秉烛争为欢。
> 燕钗蝉鬓环席前，一笑能掷千万钱。③

七少带来这处妓馆，名唤弦雨，进门时，屋内已有三位客人，十二少心里，骂赞七少会办事，来这几位，都是平素生意场上聊得来、极趣致的，分别是汇丰银行马生，俄工部局梁生，征收局唐生。

几位姑娘，也不用妈妈引，跟着十二少两个前后脚进来，各自坐平日熟识的客人身旁。七少早就安排妥当，吩咐酒菜蔬果上桌，振邦抢先付了小费，僅儿说多谢白水，两个讲白话的，四目相对一笑。

七少探头，对马生旁边的寻香说，你小妹寻幽几时破身，记得揾我。寻香伸手要拧男人胳膊，恰好怯玉进门撞见，猜到七少又说了讨打的话，用食指戳点完男人前额，转身作状要走。梁生相好的伸手拉住，说妹妹这身行头，跟电影明星一样，烫钳夹过的卷头发，是不是林师傅那里做的？七少顺势，拖怯玉到大腿上坐了，伸手入怀掏礼物，另一只，罩她乳上。

---

① 今汉口天声街、友益街交会处东北侧。
② 今汉口义成总里、东里、西里一带。
③ 蔡寄鸥诗。

陪唐生的，唤作梅梅，娇嫩欲滴，偏扮熟艳，穿件深色中袖短褂，大概白天学堂里上课累了，不睬众人，只叫男人帮着剥荔枝，说今天的桂味好吃。

　　　　十家八九是苏扬，更有长沙与益阳。
　　　　夹道东西深巷里，个侬浑似郁金香。①

歌姬操琴弄曲起来。七少问振邦，要个怎样的。振邦摆摆手。七少说，交给我吧。唤妈妈进来，故意愤声埋怨，为何叫我朋友陈十二少，身后萧条、后顾茫茫。妈妈赔笑，准备多唤几个姑娘，好让贵客相看，近来，苏扬、湖南一带女子，新到了几个。七少提手止住，指名叫幻月服侍。妈妈面露难色。七少说，不早就嘱咐过吗？一张大票子，从无袖长衫腋下塞入去，妈妈弹开，用两只眼睛恶狠狠地挖，像要掏开男人肚肠一般，见恩客也正盯看自己，霎时脸上春暖花开，忍胸前肉粽胀酸，揉搓而去。

七少扭头问马生，老沈人呢？说好一起的。马生说，临时有事，不过说好了，天上下刀子都来，叫我们莫急着散了。十二少问，老沈何许人。梁生插话，汉协盛营造厂沈老板的亲戚。唐生打断，么亲戚呦，纯粹帮工，不过是宁波人，又碰巧和沈老板祝山同姓罢了。十二少问沈老板何许人。马生说，长江边的汇丰银行建得么样。十二少挑大拇指。马生说，他家设计、建造的还有：横滨正金、盐业、金城、四明，洋行九家，西门子、太古，工厂十家，普爱、中西、同仁、协和、梅神父，医

---

① 罗汉《竹枝词》。

院五家,武汉大学等学校四所,另外就是汉口总商会、璇宫饭店……

振邦啧啧称奇。七少说,这得赚多少钱去。唐生说,都打了水漂。梁生帮忙解释,投标修武大的时候,恰逢一九三一年武汉大洪水,耽误工期,废了材料。马生说,不晓得欠的债,还清冒(没有)。唐生叹口气,为了兑现合同,沈老板一辈子赚的都搭进去了。马生说,武大校长王四杰,赞汉协盛质量过硬,别处不讲,我天天汇丰银行里,进进出出……

> 你不该命康玉下书来到,叫孤王领人马出了王朝。
> 一霎时马儿跑错道,人马来在江东桥。
> 一半儿郎遭火炮,一半儿郎水上漂。

几人正说话间,耳畔一个高亢激越声音响起,十二少问唐生这是哪一出,刚好梅梅一颗荔枝,白白嫩嫩的,塞男人嘴里。梁生接过话去,汉剧《江东桥》中陈友谅的一段。马生补充,陈友谅墓就在武昌蛇山脚下。七少开玩笑,说陈友谅埋那里,是为了近距离见证辛亥首义。唐生囫囵吞完荔枝道,说是衣冠冢……

十二少眼睛,只在唱戏人身上。见一袭长衫、一顶小帽,背对大家,折扇轻摇,一段唱罢,转过身来,俏佳娘女扮男装。振邦心道果然。

第二出,武汉本地《竹枝词》,声音莺莺燕燕,七少等她一曲唱罢,拉振邦椅旁坐下。振邦目眩神迷,刚要喊声如花,七少一巴掌,轻轻拍在肩头,这位是陈十二少,她叫幻月,男人忙着两头勾连。

幻月一笑,说十二少好,各位好!然后自斟一杯,要敬众人。七少知道有事,没等幻月开口,先发制人,说今晚哪儿都休去。幻月无奈,只好陪饮一阵,十二少心生亲近之感,两个小声说话。七少看出有路,让振邦和幻月合唱粤曲,竟自哼起,"你睇斜阳照住啊对双飞燕,独倚蓬窗思悄然!"又附在十二少耳畔蚊声道,离香港好远,没事!

振邦似有松动,幻月推辞道,粤剧不会唱,白话识听唔识讲!七少笑眯两眼,撮合十二少教她。

正嬉闹尽欢时,两扇门向后弹开,躬身相迎来客,一个男人火急火燎撞入,不管不顾喊道:"打起来了!"

"么事打起来了?"马生迎上去,"老沈,你慢慢讲!"

其余几个,虽不晓得具体何事,但从老沈言行,能感觉事态严重,一起围拢,让细细说来。

老沈抓起桌上也不管是谁的酒杯,佳酿一口吞入肚中,定定神道:"卢沟桥,在卢沟桥和日本人打起来了。"

男人们个个汗如雨下,墙边冰块融化殆尽,到这时,众人好像才意识到,正身处武汉火炉七月。妈妈进来,七少挥手,女人尽出。

十二少半天回过神来,刚投下去大把银钱……

第八章

> 去年你种在你花园里的尸首,
> 它发芽了吗?今年会开花吗?
> 还是忽来严霜捣坏了它的花床?①

1

七七事变之时,日军按预定计划,分三路侵犯华北,第一路经热河包抄北平,第二路进逼北平南侧,第三路在北平东部形成合围态势。天津方面,日本空军,集结飞机二百余架助战。

宋哲元部,二十五、二十六、二十七日,与敌激战平郊,随着日军部队源源增加,八月四日,放弃北平,同时,天津保卫战,因力量悬殊城陷。

日军以一部,扼守平津要塞,其余全线出击,张家口、保定、石家庄相继失守。忻口会战,郝军长梦龄②殉国。十一月上旬,太原城破。

---

① 摘自艾略特《荒原》。
② 郝梦龄:抗战中,第一位牺牲的军长。收回日租界后,武汉政府重新命名道路。将张自忠路、郝梦龄路、陈怀民路,这些写着抗日英灵名字的路牌,镇在当年的日租界内,可谓用心良苦。(一九三八年,二十多岁的镇江小伙儿陈怀民,阵亡在武汉天空。他在战机中弹起火后,断然撞向敌机殉国。)

华东方面，日军觊觎已久，多次在上海蓄意挑衅，八月十三日，淞沪战事即告揭幕。十一月九日，松江被陷，淞沪阵地侧翼，受到重大威胁，乃全线撤退。

日军一路追杀，十二月十二日，南京雨花台不守，沦陷之后，城内变为地狱，机枪扫射、焚烧坑杀、奸淫掳掠……

南京之后，日军企图深入武汉，迫使中国放弃继续抗战。一九三八年，六月十二日，先犯安庆，打通与合肥之间公路，再于六月二十三日，海陆空齐攻马当，七月二日，杀到湖口。

马当、湖口作战，日军使用毒气攻击，两要塞分别于六月二十六日、七月五日失守。日军在九江附近登陆，遂展开武汉会战，敌分四路进攻。国军在大别山脉、庐山山脉、幕阜山脉布下重兵，并于田家镇两岸，构筑江防要塞。

此一役历时四月又半，大小战斗数百次，双方海陆空军，一百几十万人，投入绞杀。十月二十五日，敌占武汉，因损失巨大，无力继续西进，攻打重庆。战争态势，始由退却，转为相持。纵观八年，武汉会战是双方投入总兵力最多、战线最长、伤亡最大一役。

2

卢沟桥消息迅速传开，振邦与七少不敢久留汉口，七月底回到香港，距东部战场开仗，已不足月半，此后，粤汉铁路遭到破坏。陈太太见儿子回来，一颗心放回肚中，妇人担心，香港也受战事波及，老爷陈盛丰却说，应该不会，除非日本对英宣战。

战事消息，通过电台、报章密集传来，十二少终日闷闷不乐。一天淑贤到访，先去老爷、太太屋里问候，出来在堂屋撞见振邦，知道正为汉口生意烦恼，两人相顾无语。

从淞沪战场的激烈程度来看，不知道还能支持多久，一旦上海失陷，接下来就是南京、武汉。老爷、太太想着国难当头，到秋天，儿子的婚事从简办理。

一天，十二少上街遇个熟悉背影，近前见是裁缝温师傅，墙边偷偷抹眼泪，手里拿的，像是封信，问为何，回说仗越打越大，老家人逃难，打听香港这边状况。

市面原本萧条，听了温师傅的话，振邦越发烦闷，正好七少一班朋友邀去喝酒，众人感叹，不知该去哪里玩耍。其中一位大少说，两年前禁娼，倚红关门，七少骂一句，都什么时候了！

猛然间，十二少忆起如花，胸口疼痛，嫌众人吵，找个由头走掉，一个人躲着抽大烟。

大婚之日，十二少行尸走肉一般，酒宴结束，寥寥数桌散去，回屋见淑贤独坐床头，心生怜惜，拥她入怀，女人软倒，浑身微抖，让先熄灯，振邦不许，端着下巴细瞧，还是十几年前那个不知手放何处，也不敢讲话的小女孩。

十二少定神，起身取酒来，端两个杯儿，也给淑贤满上，女人摇头，振邦说只今天一次，两指启开樱口灌入，然后，自己陪了三杯。淑贤脸色潮红，接下来两杯并未推辞，十二少则按女人一杯，自己三杯奉陪。

淑贤脸儿绯红，抚振邦的手叫熄灯，男人哪儿肯，放落两只酒杯，来解鸳鸯纽扣，女人说先取耳环，男人目眩，两次没成，女人待他的手放稳，端坐不动，这回得了，嘴唇淑贤腮边轻点，带股酒气，话说得含含糊糊。

待解完小腹前最后一颗鸳鸯纽,十二少说的,淑贤听真切了些,心头一震,但不敢咬死,刚喝了酒,怕是听错。

那夜,淑贤第一回,手僵腿紧,十二少费了些工夫,待得哼嘤入了,双手由双肩下穿过长发,紧紧抱死,面颊贴在女人耳侧,轻唤一声。女人浑身一颤,身体更加僵直,男人自顾自动作,忽然战栗,抖缩数次,叹口气下来,瘫软睡去。

夜半,十二少头一遭梦到如花。如花问,你去了哪里?害我好找!十二少说,去年南洋,今年汉口。如花说,怪不得没见着,又问,难道你不认识我了,暗号没忘吧?十二少不知怎么回答,只好不发一声。如花含羞,小声说,是不是有了淑贤忘记我?十二少对天赌咒,一心一意在你身上,帮她弄耳环,想的是你,解鸳鸯纽扣,念的是你。如花忽然落泪道,记着来找我,三八一一,老地方等你。振邦伸手,空空不见,却抓一人,并排躺于身旁,刚喊声如花,猛然清醒过来,扭头见淑贤一双眼睛,直直盯着红绡帐顶,眶里珠儿,闪闪滚动。

女人缓缓将男人手,从身体上推开,振邦撑住不动,却抵抗不了,倒不是淑贤力量大,而是带有某种决绝又绵长的断然,让人知道执着下去没用。

3

参加完振邦的婚礼,七少又去了一趟汉口,陈家老爷、太太以新婚为牵强理由,拒绝儿子同往。自生意受挫于战乱,十二少消沉许多,迎娶淑贤以后,大烟抽得更凶,知道妻子只会顺着自己,人前作登对样子,背后我行我素,言语间故意往痛处着力,好像没她的话,一切不会发生。

倚红早就没了，振邦几次想问，如花葬在何处，又不知去哪儿打听，女人面孔，逐渐模糊起来，偶尔抽过大烟记起的，竟是幻月样子。男人从未想过，如花变了游魂野鬼，仍在下边苦苦揾佢，只到五十三年后心死，化一道烟去。

一九三八年初，七少从汉口返香港，说国民政、军要员，齐集武汉，一场大战迫在眉睫。苦于船只紧张，能搬去大后方的物资有限，加上空中常有日机袭扰，即使能运走，费用极高，别的没有，只随身带回茶叶一批。

话到这里，振邦不好再问，投资还剩几何。虽然生意是七少牵的线，但决定都在自己。

不久以后，七少道别，说要下南洋。陈家老爷、太太都劝，风雨飘摇之时，一动不如一静。七少说，何尝不想留在香港，但一大家子要吃饭，汉口那边财路断了，所幸还有南洋生意，不容再有闪失，父母年纪大了，只能自己跑一趟。振邦本来想开玩笑，说早该将生意重心，迁回香港，但不知时局如何发展，便没开口，只互道珍重，相拥而别。七少临走又回头，拉振邦到一边，小声说，幻月去了重庆，不知跟了哪位大员。

七少离开后，振邦出门更少，因嫌父母唠叨，索性搬去九龙，名义上是照看生意，实则图个耳根清净。淑贤跟在身边，从不多话，二人偶尔也作鱼水之欢，但淑贤忘不了新婚之夜，丈夫在进入一刻，呼唤如花时的感受，那两个字，化作利刃于深处绞杵，疼痛从下体传遍全身，让人恨不得立时死去才好。没了妻子的呼应，振邦每每草草了事，书房小床上，一杆烟枪做伴，云山雾罩下，当迷魂大仙。

淑贤父亲，把南洋生意变现为几条黄鱼（金条），回来悄悄告诉女儿，要未雨绸缪，以备不时之需。彼时七少，因为汇丰银行关系，同英国人打得火热。

一九四一年，十二月七日，太平洋战争爆发，日军海陆并进，奇袭珍珠港同时，进攻东南亚。一旦撕掉与英美之间的遮羞破布，日军动作迅猛，七十天席卷马来半岛，俘虏英军十三万人。攻陷香港，仅用十八天。

大战前夕，振邦带领着淑贤与几名伙计，回到港岛，母亲喜忧参半，喜是因为儿子、媳妇平安，忧的则是老爷陈盛丰，死活要去九龙，说在汉口损失惨重，兵荒马乱的，那边生意，得有人看着，自己换儿子回来。

太太说，不要了，不安全。老爷反问，香港岛就安全吗？

日军十四日拿下九龙后，开始炮击香港，十八、十九日，登陆东北角，二十六日英军投降。

局势稍稍缓和一些，振邦到九龙寻找父亲，铺面在战火中垮塌半边，货物损失殆尽。

没有找到陈盛丰，有说战火中丧生，有说竭力维护铺面时，死于非命，至于尸体，可能被集体掩埋。

陈太太病倒卧榻，身子虽弱，但脑子清醒。十二少因父亲凶多吉少，又见战后惨状，回来后，丢魂儿似的，指望不上。她让淑贤，继续遣人寻找老爷。

兵荒马乱之时，只有最信赖的人，才能依靠，淑贤不着粉黛，穿阿二粗布衣服，同她一起，想办法过海到九龙。也许是精诚所至，居然在一家临时救助医院，寻到了老爷陈盛丰。

4

陈老爷忽然精神矍铄，当时就要与淑贤、阿二回港岛。阿二高价雇人，周折一番后，全家团聚。太太喜极自不必说，十二少站在一边，涕泗横流。

得知淑贤刚有身孕后,陈盛丰悲喜交加,终日不眠不休。

一天,叫淑贤到屋内,让太太关好门,有事交代。淑贤见公公样子古怪枯干,心内害怕,嘴里只往宽处说,时间不早,以后有的是机会,眼睛看姨妈,也是婆婆。陈太太低头垂泪,老爷淡然地笑。

交代完毕后,陈老爷终日昏睡,像在弥补一生辛劳拖欠,半个月后,医治无效,撒手尘寰,全家人忍悲处理后事。

根据老爷生前安排,由太太出面,将陈家南北行的三间海味、中药铺面,折现给了别人,门房、司机、帮佣遣散,只留阿二一个,房子换小。

淑贤虽不解,但因身怀六甲,不方便抛头露面,加上振邦除了躺在书房抽大烟外,常常不知身在何处,外头的事,只好暂且搁下。

有人向陈太太报告,少爷常去一名叫作幻月的风尘女子那里。老人心如明镜,仅微微一笑,嘱咐别叫淑贤知道了,钱不够花,自会回来。后来,消息越来越具体,那女子由重庆过来,先前在武汉。太太好奇,国统区不待,跑这沦陷区作甚?

幻月到香港后,根据旧年在汉口交换的信息,联系上振邦,两人似熟极故人,话讲不完。只是这女人,交际甚广,很有些神秘,即便十二少问到嘴边,也只搪塞过去,立一根指头唇上,说是为了振邦好。

十月怀胎,淑贤生个男孩,有了老爷留的家业,虽不能与兴旺时同日而语,但日子过得倒安心实在。阿二和太太都是帮手,有没振邦无所谓,因不需要抛头露面,倒也没麻烦上门,几个女人,都佩服老爷苟全性命于乱世的智慧。

一九四二年夏,中途岛海战以后,太平洋战事逆转,依靠强大工业后盾，美军全面反攻。一九四五年初，美军攻至日本太平洋门户。幻月失踪。

美军因在琉球、冲绳作战中损失惨重，军方重新评估，如果在日本本土登陆，死亡人数将在百万左右。一九四五年八月上旬，美国先后在日本广岛、长崎投下原子弹，霎时间，天崩地坏，炼狱降临。八月十五日，裕仁天皇通过广播宣布，日本无条件投降。

5

七少回到香港后，来见振邦，因见物是人非，二人唏嘘不已。闲谈中，问及各自打算。十二少说，现在时局逐渐稳定，能不能北上发展。七少一笑，意味深长地说，风雨欲来！十二少说，近来见过华叔，经此磨难，已娶了紫兰花为妻，正想着，找合适机会复出，还开玩笑说，给我留个角色。听到熟人消息，七少压低声音问，知道幻月的事吗？振邦摇头。七少说，马生你是认识的，他那边消息，都是从英国人那里来的。振邦说，知道可靠，快讲！七少说，没想到，那女子替重庆方面做事，终被日本人晓得了。振邦焦急，到底怎么样了。七少用手作刀，比画了个抹脖子的动作，想想觉得不贴切，又在腹部来回杵。两颗泪珠，从十二少眼里滴落……

一九五〇年代，电影越来越受欢迎，华叔逐渐退隐，这里面有年纪原因，但戏曲式微，也是不争事实，陈宝珠的经历，好像缩影。

十二少不惑那年，陈太太去世。家里靠留的一点家当，坐吃山空。淑贤身体不好，一心扑在儿子念书上，至于振邦，既不讨厌也叫人不记挂，回家便回家，不回家随他，好在伸手要钱，并不太多。

儿子十几岁的时候，振邦从粤剧舞台龙套，转去做了电影龙套。一次，儿子悄悄跑去片场，父亲吹牛说的某某、某某大明星，全是自己朋友一类谎话，不攻自破。

小孩子眼里看到的是，父亲蹲墙角，随叫随到，有时被人踢飞，有时又被乱枪打死。那天正好下雨，导演不喊停，父亲扮演的死尸，只能泡泥水里，一动不动。

起初，儿子喊父亲"死龙套"只是好玩，慢慢地，这个叫法固定下来，两个渐渐习惯。振邦觉得，与儿子后来羞于提起自己相比，那一段，算是父子间的幸福时光。

一九六〇年代初，淑贤父亲去世前，跟振邦聊天，当讲到南洋生意一段时，说如果可能，还是劝七少把生意迁回香港！

真等两人见面，振邦说得轻描淡写，七少听得如耳旁风过。

一九六五年十月初，印尼屠华消息传到香港。七少那边，联系不上。后来，证实遇害。不知道为什么，每当振邦想起这个交往数十年的朋友，镜头永远是，一个男人拼死守在铺头门口，暴徒铁棍挥舞，背后狼烟滚滚……

一九六五年前后，张彻、胡金铨两位导演，佳作频频。十二少觉得自己运气不好，要不是年纪大了，一定能出演重要角色。

淑贤的等待，给了振邦某种暗示，似乎仍有成功的一天，这种无形的鼓舞，持续到女人死那一天。

儿子很早就到英国念书，之后，谋到份不错差事。本与父亲没话讲，母亲走后，几乎不见他面。

一九八七年三月的一天。垂垂老矣的十二少，烟雾中听到一句，"你睇斜阳照住嘅对双飞燕！"

难道，是如花回来了！

接过扔还的胭脂扣，振邦蹒跚追赶，嘴里喊着如花，如花……

后来，这位自称南北行三间、海味中药铺的少当家，再未现身片场，报馆里倒是见过一回，但随着众人的遗忘，十二少销声匿迹。死后，不知埋骨何处。

终章

> 是谁在对岸,露台上对望,
> 互传着渴望,你熄灯,我点烟。
> 或是有一天,当你在左转,
> 我便行向右,都不会遇见。①

1

换票了!换票了!

"渡轮也要换票?"汉俊问阿定。

阿定说:"船票的事要问阿楚!"

汉俊说:"阿楚呢?"

阿定说:"她没上船!"

汉俊困惑:"刚才没好意思问,她人呢?"

阿定看着手机说:"天上,飞温哥华的航班,刚刚!"

汉俊一脸茫然。

---

① 摘自张国荣歌曲《这么远、那么近》。

阿定说:"阿楚喜欢无拘无束,所以从没跟她提结婚的事,如果……"

忽然,汉俊很想很想楚云。

么温哥华吵,说梦话吧!武汉快到了,前边武昌站!

汉俊一惊,问,我在哪里?

乘务员说,昆明到武汉的火车上。

2

"快点、快点,姜冒得了!"汉俊刚进门,就被楚云撵去菜场,"明明记得还有的,肯定是你屋第(家)老娘,昨天过来搞卫生的时候丢了,老姜冒得看相,泥巴又多!"

菜场在楼下,倒是很方便,汉俊二次进门的时候,洗澡水放到一半,换洗衣服已经搁上毛巾架子,赤条条进去缸里半躺,水漫到脖子,汉俊打个冷战,身子慢慢热起来,鼻涕咸咸。

"起篓子了!"楚云推门,一股夹杂酱油味的菜香同来。汉俊等着继续,但没,伸手扯条袱子,帮擦鼻子,脸上神情,看不出半分嫌弃,倒像对住个伢。

"起么篓子了?"汉俊问。

"是不是火车高头窗户冒(没)关好,"楚云答非所问,没提意外买到野生鳝鱼的事,"寒气跟鼻涕一起流出来就好了,等哈(下)莫喝啤的,你走之前,剩的半瓶洋酒,冒得人动。"

"手往哪滴放呀?裤子都搞湿了!"楚云眯眼睛嗔,轻轻拍拍汉俊,出去看锅灶,"外头么味呀?"

莫睡了！换票了！到站了！唉！乘务员不耐烦，忍不住轻轻拍拍这叫不醒的乘客。

楚云的菜没入口，汉俊被强行唤醒。昆明到武汉，一天一夜，白驹过隙，又漫长得如同一生。

汉俊身子打滑，一个药瓶滚开去。想起几小时前，屁股底下"咚"一声响，下铺男人摸脑袋的好笑样子，汉俊睡意渐消。有了前车之鉴，不敢动作太大，轻轻滑半边出来，脚点无人卧榻，借力后落地，鞋在老地方。想把助眠药瓶放进行李，拿在手里摇摇，空空。

列车即将进入城区，棚户绵延铁道两旁，外地人容易犯迷糊，这是哪里？有一桩事，不知道是否属实，听说南巡专列途经武汉时，老人没有下车。

百年前汉口，人口已近百万，坐拥三家跑马场，居民用电、喝自来水的时间，早于沪上。一九二六年秋，北伐军攻克武昌城，共产党、国民党要员纷纷来汉，这里成为全国政治中心。一九二七年春，三镇合并为武汉市，国民政府从广州迁都到此。

历史像走马灯，先是宁汉分流，之后又是宁汉合流，一九二七年九月，国民政府定都南京。武汉一九三〇年代的人口，稳定在百万以上，经济只较上海稍逊风骚。爷爷说，掉队了！不服周（不服输）的伢们咧！

"这是哪里？"看着铁道两边林立的高楼，汉俊张大嘴巴！

"武汉呀！前边就是武昌站。"列车员小心翼翼地回答，然后侧身挪动脚步。

"哪一年？"汉俊问，额头冒汗。

"二〇二一年！"列车员带着几分哭腔回答。

还想再问，人已不见，汉俊手抖着，从口袋里搜出刚换回的车票，日期，二〇二一年，九月十一日。

卧铺枕头底下找到手机，《胭脂扣》电影仍在循环播放。日期，二〇二一年，九月十二日。

手机快没电了，两只耳塞，吊在长长的白线下端晃荡……

3

屋里一层灰，拉开窗帘，月光证明嗅觉靠谱。

"咚咚"，汉俊回头，忘记关门了。

胸前挂牌子的，明显是房屋中介。"您这房子卖吗？"年轻人问。

"几十年的老屋了，破……"汉俊话没讲完，中介旁边的男人开口，普通话，"是对口鄱阳街小学的吗？"

打发走二人，"砰"一声关门，汉俊熄灯，月亮被云彩遮住，他坐到窗边，回想和楚云的最后时光。

二〇一一年，四月一日，汉俊、楚云按照约定见面。

别后三年，两人之间，完全没有陌生感觉，像是昨天还在一处。星光大道旁，二人全程牵手，参加完张国荣先生的纪念活动，又去庙街消夜，这里，没家附近的顾虑。

楚云送给汉俊一张碟，知道他没有，荣少的《Crossover》，主打歌曲，《这么远、那么近》。

趁汉俊高兴，楚云让他猜猜，自己的心意。汉俊说，这歌是从几米的漫画《向左走、向右走》中得来的灵感。楚云说，孩子我领养了。汉俊定住，下一步该往左，还是右？

两大一小，勉强了几个月后，汉俊、楚云决定结束。那天的酒，喝到转钟,汉俊说,现在都九月十二号凌晨了,回吧!楚云说,几号?汉俊说,九月十二号,目光歇在凌晨无人的街。楚云说,等我。

十分钟后,楚云回来,手里拿个小面包,塑料袋封着。汉俊问,干吗?楚云说,偶像的生日。汉俊愣愣看着楚云问,用这个充当生日蛋糕?蜡烛么办?楚云说,冒得办法,只有二十四小时便利店开门。随后拿出火柴,倒栽一支面包上边点燃,因为棍儿太短,生日歌只来得及唱第一句,两人鼓气吹灭。那回,是汉俊记忆中,楚云最浪漫的一次。

二〇二一年,九月十二日。汉俊依然清楚记得,十年前的这天,二人说过什么。那是他们最后一次,深情相拥,当时,汉俊还想再讲,楚云止住,你我之间,有些话,何必出口……

楚云不笑更好看,吹过火柴后,他酷酷地说,祝唐先生,身体健康!汉俊闭上眼睛,双手合十:祝哥哥生日快乐!

全文完

血花世界

注：

血花世界：现武汉民众乐园，旧称汉口新市场、中央人民俱乐部、汉口特别市民俱乐部、兴记新市场、明记新市场。与上海大世界、天津劝业场都是当时著名的娱乐中心。

太平街：今武汉江汉路江边至鄱阳街。

怡和街：今武汉上海路。

阜昌街：今武汉南京路至中山大道段。

华昌街：今武汉青岛路。

宝顺街：今武汉天津路江边至鄱阳街。

粤汉码头：今蔡锷路口，江滩公园入门处。武汉百余座码头缩影，1922年前后，用作平汉、粤汉铁路旅客渡江换乘码头。

余老板：余洪元，汉剧泰斗老生。

小翠喜：汉剧名角，花旦。

第一章

一九二七年，二月二十二日，夜。汉口"血花世界"门外，章光祖准备杀死齐连陆。

"血花世界"牌匾是蒋先生赠的，取"先烈之血、主义之花"之意。

元宵已过，照理说，市面上应该恢复热闹，但街上身影，零落寥寥。

人们以正月未出、年没过完为由，窝在家里继续懒散。自上年十月，北伐军拿下武昌城，三镇硝烟，飘散已小半年了，但火药味，似乎仍徘徊鼻尖，总叫心中难安。

北伐还要继续，那边生意，断了念想。近来，湖南米商囤积粮食，弄得市面上很是紧张，汉口老板们，捂住钱袋子，能歇的暂都歇了，不输当赢，市面上，观望者众。

明明初春时节，感觉却比冬天还冷，那种慢慢把人点滴耗尽的阴寒，如锈刀子杀人。

章光祖特意穿件厚棉袄，但倚墙根暗处久了，牙关还是忍不住磕碰，热气哈到左手掌心，迅速冷却后的潮湿，让人筋肉收缩，只想屙尿。"没事，没事，不是紧张，天冷而已！"杀人者宽慰自己。

一辆黑色轿车停下，司机除外，里面四个男人，穿深色西装，均面无表情。章光祖瞄眼汽车,又斜睨南洋兄弟烟草公司大楼,那是国民政府的办公地。

车灯引领,又一黑色轿车过来,与刚才那辆,像是孪生兄弟。更巧的是,里边乘客,同样四个男人,同样穿深色西装,同样面无表情。

章光祖目送八位,走进"大发"麻将馆。二楼,正对血花世界的两间包房灯亮,黑暗中,像两只巨大的眼睛。

血花世界门外,忽然热闹起来,大概是什么节目散场,章光祖伸长脖子。待人群将尽,齐连陆并未现身。

远处,江汉关钟声传来。夜,被人群泛起的涟漪扰动后,复又如镜,昏沉无边。水塔,像个孤苦巨人,心事重重地耸立暗处,百米外的斑驳躯体,裸露在湿冷雾气背后,影影绰绰。

街上没几个人,若要想方便,天地间都方便,章光祖贴近血花世界外墙暗处,左手掏放水后,腿肚子发飘,船儿卸了压舱货似的打晃。

两辆人力车,斜依大门边,车夫穿灰旧薄袄,双手衣袖里互笼,有一搭、没一搭地讲话。热气从嘴巴冒出,让人想起蒸汽火车头,只不过,铁龙吃煤,能量源源不断,而他们单薄着身子、大汗淋漓地揪心奔跑,随时会燃尽生命,倒毙在为了养家糊口的兜兜转转之中。

一大帮子人,不知哪儿冒出来,仍然没有齐连陆。空气乱糟糟,却让这夜,平添了些快活。先生、小姐们,将赴下一处消遣,牌局、饭局地点不会太远,平安街、花楼街、扬子街一带,大铁门里头,愈夜愈美丽。

人力车夫,从黑夜里生长出来,嘈杂过后,没揽到活儿的,猫聚避风处玩骰子,对空气里的尿味无感。

有人走到昏黄灯光能够照顾到的最边缘处,也就是章光祖刚畅快过的地方停下，覆盖了旧痕迹后，大张嘴巴，深吸口气，像在问候，挣扎于夜、急着冒头的春。

车夫们只关心骰子，任由章光祖伸长脖颈，将目光抛过自己的后脑勺，坠入人肉围成的圆井中央。男人眼睛里边，尽是点点，可拼凑起来，不是判别输赢的大小，而是麻子，齐连陆脸上的麻子。目光无聊，街灯昏黄光雾中，鬼鬼祟祟。

血花世界门帘不时掀起，偶有三两人出来，章光祖观其大略。男人不停跺脚，身上暖和劲儿，随时间流淌，携带不多的杀气，湿冷空气中，即将稀释殆尽。寒冷让人兴奋，除维持对杀人的渴望外，还平添恨意。齐连陆真该死，虽然素昧平生。

《汉口中西报》《国名新报》文章说，汉口的水、电等公共设施建设，国内领先，这里的市民喝到自来水的时候，连上海都还在取用地下泉河。但，对一个随时可能丧命的人而言，所谓生活，没任何意义……

血花世界门外，不知第几次热闹起来。一张捂得通红的脸，鼻直口阔，五官均匀排布。

"齐连陆！"绝对是齐连陆，章光祖不确定自己，有没喊出声音。他遇到麻烦，右手无法从怀中拔出，一柄短斧，纱布缠定，挽于掌内，慌忙中，同衣襟绞绊……

短斧费力，难一击致命，形式大于内容，古代对战，劈开对方木盾好使，当下，哪有利刃体贴，脖子一凉，想做防备时，发现颈动脉早被切断，锋口如轻舟，已过万重山。

转眼，齐连陆已十步开外，借助人力车靠背，男人差点儿逃脱了章光祖目光的看守。

扫视中，再次寻到目标，章光祖的心，就定、就安了。肉在锅里，只隔层盖儿,好饭不怕晚。

奔跑时,右手仍揣怀内,重心左偏。章光祖使劲拔出凶器,胸口衣襟割裂,棉花绽放。斧头裹着纱布,黑暗里上下翻飞,像只白头夜莺,杀出生天,真真快活。

"不与你相干,闪过一边!"章光祖对人力车夫高喊。显然,这句台词让他满意,高高在上,优雅又专业。男人僵硬的嘴角,微微扬起。

想着即将发生的死亡,章光祖脚下添劲,超过人力车的瞬间,反身一斧劈去,没中要害,但肯定入了肉。车身惯性向前,创口加深,三个素不相识的男人,同时惊呼。

齐连陆捂住嘴巴,支支吾吾,手掌里有东西,往外咕嘟,伤口应该由鼻尖裂到下巴,牙齿和在肉里,疙疙瘩瘩。

人力车夫嚷叫,条件反射,回头看明白,再出声儿,没第一下清脆,闷喉头里"咕咕、咕咕!"像只蛤蟆受惊。

章光祖变成怨妇,埋怨对方缩头,今晚,好多事做,添乱!

人力车夫手撒双把,与此同时,齐连陆踹出一脚自救,皮鞋顺着章光祖棉袄袖子刮擦,高高地从眼前划弧而过,之后失去平衡,人随车厢翻倒,双手在空气里扒拉,像乌龟游水,嘴巴"噗噗"吐着酱红唾液,里边裹杂碎牙和唇舌残肉……

弄死齐连陆,比想象中费劲,男人倒卧地上负隅顽抗,人力车变作龟甲,交替踢出的双脚,让皮鞋化身武器,一时间居然近身不得。

"求你了,不就是死吗?"章光祖声音不大,但态度诚恳。

齐连陆不理解,更不配合,两只皮鞋跳舞,让人火冒三丈。

风吹过,背后有人,章光祖回头,空空。路人皆默契,二三十米外隔岸观火,戏院包厢似的两个麻将馆房间,十六只人眼,聚精会神。

一轮狂踢过后，齐连陆动作渐缓，待招式用老，章光祖挥斧劈去。没来得及逃走的脚踝，死硬且滑，刹到骨头的声音，像金属刮过玻璃，凄厉、扎心，弄得人又想屙尿，幸亏斧头被纱布绕缠掌内，否则一定脱手。

因为嘴巴受伤，齐连陆的叫声古怪，加之脚又痛极，频率放缓，左脚虚张声势，右脚抠抠唆唆。站在翻倒的人力车旁，章光祖不时劈上一斧，像个专业、冷静的杀手，这才是原该有的样子，生命中这刻，他对自己很满意……

齐连陆又坚持了半分钟，体力无以为继，那高高举起的双腿，像投降后急欲上缴武器的手臂。

"还不死、还不死！"章光祖嘀嘀咕咕，像正跟大人顶嘴的倔强孩子。

趁齐连陆动作迟缓，章光祖寻个空当，一斧狠狠劈下，偏离靶心，但没关系，肚子面积，大到足够容错，握着木把，如同号脉，似乎能感觉肠子蠕动，热乎乎的。

"没必要了！"章光祖恳求，"何必呢，早死早投胎。"

齐连陆死死抓住皮包边缘，幸好有它隔在斧头和内脏中间。哀鸣，即将冲出嘴巴的刹那，戛然而止，像是不慎吞一大口盐，给齁住。齐连陆勾起头，几乎蜷成个豆虫，接着又迅速躺平，像个输掉游戏后，累得粗气直喘、连连摆手、玩不下去的孩子。

"马上就好！"章光祖叫嚷，不知安慰对方，还是自己。

齐连陆喃喃说着什么，无非讲条件，但章光祖没兴趣。一九二七年，二月二十二日，夜。汉口"血花世界"门外，章光祖准备杀死齐连陆。

平安街那头的英国巡捕房很近，理论上，虽不会过这边管闲事，但毕竟讨厌；杨麻子的洪帮堂口不远，叫他们闻着腥味，搞不好鲨鱼会游过来；附近还有国民政府警署……

齐连陆很自私，不能体谅对方的苦处。章光祖压上身体重量，斧头完全没入隔着皮包的肚子，"吱吱"作响的金属摩擦声，由包里一只打火机提供，让人很想屙尿。齐连陆勾起身子，几乎挨到章光祖面如土色的脸，仅凭表情，搞不懂究竟谁在杀谁……

女人的惊声尖叫，慢了好几拍，但冷清街上，毕竟热闹起来。

章光祖像被自己所作所为吓到，却又不敢承认的孩子，猛地撒腿逃跑，对玩具不管不顾。

危险解除，人们拥向伤者。齐连陆从皮包里拿出一沓钱，求送医院。男人的声音混沌不清，但人力车夫善解人意，接过钱后，拖着昏昏沉沉的伤者，径往万国医院而去。

码头附近，不像白天吵闹，黑漆漆地叫人放心，章光祖闯入时，看门人没反应过来，他大着舌头，喊叫着起身，试图阻拦，但动作迟缓，想必是喝了不少老酒。

章光祖跑上埠船，人群迅速逼近，黑乎乎的长江，像个大坑。手电筒的光束，晃得眼睛暂盲，男人冲到船边急刹，回看一眼人群，仿佛要跟什么告别，脱掉棉袄后，没再犹豫，纵身跃入水中。

长裤裹绊双腿，想脱掉，却不能，害得章光祖呛一大口水。缓一缓，憋气猫腰入水弄妥鞋带，踢落江中后，终于轻松不少。水流很快，要打起精神，别撞上前方连片货船。

另有些怪物巨大，趴深水处，那是洋人军舰。距离最近几艘，应该是英国人的，原本就不少，上月又开过来些，总共十几条了，章光祖不敢拢边。刚才杀人的时候，右手力气耗光，一入江就有点儿抽筋，左手加双腿，拼命划开去些，那帮家伙凶狠，太近的话，水兵看见了，一定开枪。一月三日，各界群众在英租界附近集会，庆祝国民政府迁都武汉和北伐取得阶段性胜利，中央军事政治学校宣传队正在江汉关钟楼旁边演讲，英国水兵们全副武装地出了租界，端刺刀不管三七二十一，杀入人堆，当场捅死一个，伤三十多。

纱布早松了，散拖在水里碍事，章光祖忽然想起，斧头不知道掉哪儿了。往远处游，绕过危险，看到熟悉的江汉关，心头顿宽，一码头到了，章光祖心里默数，一码头太平街，二码头怡和街，三码头阜昌街，四码头华昌街，五码头宝顺街……

第二章

三天前。大雨按头儿通知的时间，大清早乘船过江，赶往武昌粮道街。前些日子，作为长江右岸的活动基地，组织在龟山脚下，买了一所小院。

为避免不必要的麻烦，房产暂挂私人名下。由于手续刚办完，时局又变幻莫测，小院尚未正式使用，目前知道地方的，只头儿、大雨、老丁三个。

"有些事情，不得不信命，蒋先生江山美人得兼。能跟宋三小姐出双入对，多少男人的春秋大梦，包括一堆洋先生……"大雨进门时，老丁正讲话，他和头儿，武昌都有住处，先到了。

"嘿嘿！前年春天，孙先生临走时，汪先生还是托孤重臣，遗嘱是他听着口授，记录下来的。"见大雨到了，头儿指指空凳又道，"仅隔两年，当年那个引刀成一快，不负少年头的翩翩少年，如今党内声威，已大不如前了。"

"是啊，遗嘱里，孙先生明确表示要与苏联合力共作，携手并进。"老丁接完头儿的话，又往自己喜欢的题目兜，"你说这宋家三小姐……"

头儿没理老丁，扭头对大雨说："汪先生与日、美接触频繁，列强搅局,南京那头,局势愈发诡谲,你怎么看?"

"风雨欲来。"大雨顺完头儿的话,垂首道,"听您吩咐!"

"开始吧!"头儿冲老丁示意,老丁点头。

"近来,汪先生动作频频,要搞清楚他下一步的方向,头儿意思,最好集中火力,从十二名贴身参谋入手。"老丁言简意赅,明显做了功课。十二个人的名字,分别用一到十二,数字代表。姓不变。化名依次为:赵一、钱二、孙三、李四、周五、吴六、郑七、王八、冯九、陈十、褚十一、卫十二。

头儿下巴点点,老丁继续:从广东,他们一路跟到汉口。一来时间仓促,二则局势变化太快,三因工作需要,参谋们暂时住在一处,分三幢小楼,每楼有卧房四间。"一到四号",居"天"字楼;"五到八号","地"字楼;"九到十二号","人"字楼;每幢小楼客厅,装电话一部。

"这种住行组合,有无什么特别讲究?"大雨问。

"倒没别的,主要是习惯上合得来。比如,冯九、陈十、褚十一、卫十二,都不爱打麻将。"老丁说,"一起久了,摸到各自脾性,对调过三两次,之后就这么固定下来。"

"哦。"大雨点头。

"日、美领馆内,都有我们的人。"头儿补充。

"我的任务,就是安排兄弟们盯紧,想办法搞清楚他们下一步的动作,对吧?"大雨需要确认。

"还有政治倾向,亲日、还是亲美。"头儿强调,"能拉拢则拉拢,否则做掉。"

屋里三个,都是聪明人,事情很快谈完,扯罢两句没油盐的闲话,大雨以为会一起离开,但头儿和老丁,完全没挪窝意思,看样子,正要商量点什么。

"哦,今天有新人来报到,"大雨见四只眼睛,直直瞄着自己,忙把戏份演完,"先走一步。"

出了小院,大雨反手关门,退后时没留意墙边老树,差点儿撞到,转身一脚踹去,摇摇欲坠的枯叶本不多,猛摆过后,几乎掉光。

汉口南洋兄弟大楼办公室,大雨刚进门,屁股还没焐热板凳,老弗来电话,具体事没讲,只说请兄弟助一臂之力。二人定两小时后,血花世界见面。

老弗从苏联过来,公开身份商人,列尔宾路茶厂管事,实则由内务部派遣,只圈内极少人知道。他全名叫作弗拉基米尔……后头一长串,加上头衔、爱称、绰号,最少得写三行。为图省事,熟人都喊他老弗。

老弗到汉口数年,几国租界人头很熟,兴趣与别的洋人不同,喜欢听余老板、小翠喜唱汉剧,平时爱哼两句,一来二去,他的中文里头,常夹汉腔。

汉口人说"助、臂",音儿像官话中的"臭、倍",所以,大雨在电话里听到的是:"请兄弟臭一倍之力!"

除了汉剧,大雨也喜欢柴可夫斯基、芭蕾、列宾、托尔斯泰,研究不深,社交需要,别人不说,很对老弗胃口。

电话挂断,大雨又看了会儿材料,案头堆厚厚一叠人员履历,专挑汪先生的十二个参谋,别的都是障眼法。除了个人的,居然找到一张集体合影,摄于北伐前夕。笔记本上,记下几条后,大雨拉开抽屉,里有张照片,六期同学合影,蒋先生也在。原来压桌面玻璃板底下,近来汪、蒋关系紧张,暂且收起,免碍人眼。

壁炉暖和,烟味薄薄,像家乡灶台,味道没那么浓郁。大雨下楼,血花世界不过数十米，时间尚早，想着转一圈，活动活动筋骨，刚走到巷口，听见有人喊："算翻，算翻，姐妹花、节节高……"

附近有几家档次不同的麻将馆，声音从一间小屋传出，大雨往里头瞧去，烟雾缭绕中，目光撞上谭世宗。这家伙手气不错，两手推倒雀牌同时，嘴巴抢着过瘾。

"上把一条清龙。"下家叹气。

"这还么样玩！"上家接话。

谭世宗见是大雨，牌搭子也不顾，咧开嘴笑，转到麻将馆门口，点头哈腰上烟，说些好久不见，有事只管招呼，愿效犬马之劳一类套话。

大雨笑笑，不置可否，刚要走开，就听巷内有人喊："哎哟，哎哟，我晒的雪里蕻！"声音不大，但很清脆，是卖烟的薛姐。血花世界门口，常聚几个小贩，只要薛姐在，大雨单照顾她生意。

叫声中，一位长衫先生，正努力挣脱两位妇人的揪斗。里分过道边边，堆的煤球、晒的衣服、大簸箕里晾的腌菜，随六条胳膊、六条腿起舞，翻散遍地。

长衫先生不还手，只顾护着头脸，脑袋上几处被薅的地方，像公鸡掉毛屁股。两位妇人，动作娴熟，咬抓撕挠，尽往要害处招呼。男人左耳，鲜血淋漓，摇摇摆摆，不知哪一刻会甩落。

小巷如蚁窝，人们涌出各自巢穴，一时间，脑袋瓜儿黑黑一片。其中一位，口中念念有词，对身边某人，掰扯经纬。与别个不同，讲话人愁眉不展，焦点明显不在热闹上，听话人厌恶地挥挥大手，仿佛驱赶一只苍蝇。

讲话人叫章光祖，大雨识得。前一段组织扩编，也来报考，文化方面凑合，到了靶场，手一直抖，子弹全部飞脱。测试完毕，章光祖不走，想多要次机会。

大雨是现场考官，问道："可有什么特长？"

"游泳。"章光祖回答，意识到玩水对于从小在江边长大的汉口市民而言不算什么，又补充道，"冬天也不间断。"

大雨没作声，只打量了眼这个身材中等的男人，然后点了点头。

又是枪枪脱靶。临走前，章光祖对大雨说了很多感谢的话，骂自己不是干这行的料。

"主要是心理作用，"大雨很同情，"子弹射出的瞬间，不要想着杀人，而要想着救人，因为我们杀的都是坏人，他们死掉后，更多的好人才可以活。"

"杀人是为了救人！"转身离开时，章光祖喃喃自语。

章光祖挤到大雨身边，想说什么，欲言又止，为免尴尬，讲起挨打之人：男人姓陈，前政府部门文书，按理说收入还行，怎奈清水衙门，积蓄不多，国民革命军打来，摊儿顿时散掉，小半年来，没拿一毛钱家去。

打人二位，一老一小，母女关系。当初，做妈的就不大赞同这门婚事，主要是嫌陈先生赚得少。自己女儿念过洋学堂，划不来。彼时，恰好被一位老板相中，想尝尝念过洋书的妇人，滋味何处不同。

为此爆发的那场争吵，老街坊们记忆犹新，母女两个，当街叫阵，老的说，找男人到底为么事？小的说，爱情！理直气壮。

老的怄不过，嚷道："我出钱叫上洋学堂，就是为找好的，现如今翻脸不认人，×长你裆里，想给哪个×，老娘管不了，读个×书，把小×子读苕了，莫看汤老板堂客还在，都打听清楚了，他屋第（家里）那个病秧子，要不了几天就会过脚（死）……"

后来，老的说的，事实兑现，小的后悔，但为时已晚。多年来最让人闹心的，是汤老板娶了小的一个同学，冒得两年，堂客果然升天，顺势将她扶正。

那个姑娘伢，陪小的跟汤老板吃过回把饭，鬼的姆妈晓得，眼皮子底下，小婆娘么样跟男人搞一坨的。二位闺友，从此断了联系。混得好的忘性大，混得栽的终生记恨。

婚后，小的和陈先生倒也恩爱，但总觉着有么东西哽塞喉头，尤其回娘家，老的讲话含沙射影，加上小两口一直冒怀毛毛（小孩），终于有天，小的向老的低头认错。母女二人的和解方式，是到法租界做头发，各人顶一蓬花儿，香喷喷地出来。

小的好多同学，都把老师教的道理，自己学校里发的誓言，抛去了东湖水洼国。一个班上，最终到社会上做事的才两位。洋学历不过是前往达官贵人、商贾巨富床铺的通行证罢了。

老的想着小的年轻，以后路还长，又没小孩，便开始留意合适对象。功夫不负有心人，还真给她觅着。外省人，来汉口读书，他老子手下，有百十条枪。

看过相片，小的觉得合适，母女极默契，都没提陈先生这一出，两人同心协力，只等那头求婚，定心丸吃过，这边马上办离婚手续。

于是，陈先生丈母娘家，就成了小的幽会男人的爱穴。一来二去，小的嫌麻烦，索性跟陈先生正式分居，猫家里，装姑娘伢，喜欢赖床，男的来时才起身，娇羞梳云鬟。

这天，陈先生不知是想老婆，还是听了风言风语，跑到丈母娘家时正好撞见。预备役金龟婿，没急着发飙，先看看阵势，再听听对白，瞬即猜么回事。冤大头不当，反正该得着的，早得着了，得着的东西，味儿就不鲜了。三十六计,拜拜!

煮熟的鸭子,扔下两句得了便宜卖乖的话后,飞走。小的又恼又臊,又被自己男人逼问得躁狂,一时毛了,劈头盖脸地打,陈先生擒住女人腕子,虾退出屋,老的怕姑娘吃亏,杀来助战。拉扯中,新仇旧恨涌上心头,嫌手上力弱,牙齿帮忙……

看热闹的人,越聚越多,血花世界一带,交通严重堵塞。警署老王边走边骂,那头罢工,刚维护完秩序,这边又出一摊子×事。看热闹的喊,让哈子(一下),让哈子,警察捉人了……

大雨看了回戏,见时间不早,拍拍章光祖肩膀,说有事先走。章光祖紧跟不放,说自己遇到大麻烦,想请先生帮忙。

大雨看看表,让回头再讲,刚要脱身,却被谭世宗对面迎住。男人笑容绽放,麻子盛开,上支烟后,把愿效犬马之劳的套话,再讲一遍。最后落脚点,有活儿叫一声,提携提携小弟。

大雨应付着,险些撞到薛姐,女人端着簸箕,笑眯眯的,目光追随男人背影而去。血花世界门口,大雨往回瞄,薛姐忙低头。

"需要我干吗?"吵闹的杂技舞台下,大雨问老弗。

"杀人!"老弗递过一张相片。

"齐连陆!大名鼎鼎的马贩子,情报掮客。"大雨皱皱眉头道,"杀他干吗?"

"莫斯科的意思,"老弗看着空中飞人,目不转睛地说,"胆子太大了!"

"对面那男的,失手没接住么办?"忽然间,大雨关心起舞台上的女演员来。

"最近有一份内务部远东特别公干人员名单,流了出去。"老弗继续讲正事,"最近会在汉口交易,买方要么日本,要么美国。"

"为什么不自己动手?"

"可能会和两国情报人员交手,近来国际局势很微妙,没必要弄成外交事件。"

"还有呢?"大雨讲话时,目光一刻不离前方舞台,好像老弗并不存在。

"就这些!"俄国人淡淡地说。

"有事先走了!"大雨欲起身。

"我们不确定他们已经知道了多少……"老弗讲话,不情愿的样子。

"所以,你们一定会调整远东的人员部署,保全自己,误导对手,也就是说,让对手知道得越多越好……"说话时,大雨仍看前方舞台,"既然如此,真有杀人的必要吗?"

"亡羊补牢!"老弗叹口气道,"不过,这家伙确实讨厌!该换手套了。"

见大雨不接话,老弗的目光更柔,莫名其妙地说:"一个人!"

"一个人总有失手的时候。"大雨看着舞台,会错意思。

老弗笑了,神态和烟囱里冒出来送礼的圣诞老人,一模一样。

"汪先生的参谋虽多……"见大雨兴致起来,老弗故意放慢语速,"但他只听一个人的。"

"你的意思是……"大雨似懂非懂。

"挖出这个人,"老弗说,"蒋先生那头,想不飞黄腾达都难。"

见大雨沉默不语,老弗对着舞台,目不斜视来一句:"兄弟的办事能力,圈子里头,哪个不晓得,只怕是有小人挡道!我的处境,你也知道,同病相怜。"

大雨不接话，眼前浮现一棵老树，枯叶落尽。

"欧战后这几年，德国人算是消停了。汉口租界也被收回，原先最破矮的日租界，容光焕发。英租界美国人极多，海员俱乐部日日笙歌……"老弗兜圈子。

"消息可靠？"大雨正色道。

"绝对！"老弗面带微笑，"以莫斯科大胡子的名义发誓。"

"你的办法多，"见大雨不说话，老弗回到重点，"帮我办成那事后必重谢，改天先到法租界喝酒……"

大雨表情缓和下来。

"花酒！"老弗强调。

"弄成意外也好，财色争斗也罢，反正不沾政治的边。"大雨一笑，拍拍搁着照片的胸前口袋道，"是这意思吧！"

"齐连陆知道汪先生身边那个关键人物是谁，他现在恐怕正拿着我们的东西几头喊价呢！"老弗说完，大雨沉默，两人起身，分头去了。

第三章

　　一天前。监视汪先生十二名参谋的事,终于安排妥当。大雨刚要喘口气,却接到头儿的通知,全员转战江西。

　　"什么?"大雨脱口而出,"白忙一场!"

　　"你也知道时局变化莫测。"头儿没作过多解释,只催促快些准备。

　　"还有……"大雨刚想提后面擦屁股的事。

　　头儿已经猜到:"剩下的,老丁会安排。"

　　"老丁不走?"大雨问。

　　"当然。"头儿有些不耐烦,"汪先生在哪儿,老丁就在哪儿,得到部长先生的信任,当上他的管家容易吗?"

　　"管家不容易!"大雨龇牙,"一线出生入死就容易?"

　　"别看只是打杂,知道的还真不少。"头儿说完,递支烟给大雨,还帮着点上。

　　大雨要透透气,拖两条枯腿下楼,前行百十步,血花世界。快到门口时,听见背后女人喊:"先生,新市场去玩呀!"

　　大雨正想心事,猛地一惊,回头见是薛姐,随口应道:"新市场已改名血花世界了。"

"新市场喊习惯了。"薛姐说话像唱歌,"汉口的姑娘生得傲,麻纱裤子穿一套。红缎子鞋,皮底搁;燕子头,反镜照,新市场买戏票,三层楼上靠一靠。"

大雨笑,细端详女人,捧个盛香烟的木头匣子,尺半大小,顶乳下,非卖品双峰,一并端着,吊带脖颈牵挂。

眼睛明明瞄的是"哈德门",可手指摸到"骆驼",大雨叹口气、摇摇头,习惯真顽固,顺手拿盒"双喜"火柴。

薛姐收过钱,叨咕一句:"几时有人请客,新市场面对面地看'小翠喜'就好了!"

"那可是黄孝花鼓淫戏。"大雨一本正经。

"乱讲!"薛姐嗔。妇道人家,心里一码事,嘴巴贞节。

大雨刚要点烟,薛姐手快,火柴刮燃候着。

冬日江边,寒风割面,不知怎么,竟被双脚带来这里。大雨呆立,一处黑点,越来越大,近前才看清,冬泳者章光祖。

"冻不死吗?"大雨问。

"冻死倒好,一了百了。"章光祖答。岸边有个布包,男人掏出干毛巾擦头发,忽然开口道:"想听听我的事吗?"

章光祖的小生意,遇上战乱,几乎赔得血本无归。如果真那样倒好,不至于拿剩下的钱赌马,输得一塌糊涂不说,还债台高筑。男人亲笔写下字据,如某日前不清账,老婆、女儿跟债主走,至于干什么,人家说了算。能借的,男人早借一圈了。

大雨脑海里,出现两天前看热闹时,别人对章光祖摆手的画面,满脸轰苍蝇表情。

"只要您出面,没摆不平的。"章光祖说,"钱肯定还不上,但叫我干什么都行！"

"包括杀人？"大雨半开玩笑。

"包括杀人！"章光祖异常坚定，"您不是说过，杀人是为了救人吗？我想救家人，随时听吩咐。"

章光祖离开后，大雨又站了会儿才走，人已冻到麻木。他准备先到办公室，趁收拾东西的间隙，给老弗去个电话，告诉对方，前两天拜托的事做不了。

办公室没人，地上一片狼藉，同屋的已经撤离。抽屉收到一半，电话铃响，老弗打来的，消息真灵通。

大雨刚想说抱歉，老弗先开口："有句话想讲很久了。"

"等等！"大雨手滑，俯身拾起掉落的六期学员照片，"你讲。"

"不要前功尽弃，以你能力，还有同蒋先生的渊源，抓住一次机会就……"老弗声音，模糊不清。

目光从照片正中蒋先生，挪到后排不起眼的自己身上，大雨心头一荡，把相纸端到眼前，仿佛要钻入去似的，老弗的"喂，喂！"声，徒劳传来。

骤然间，大雨目光炯炯，如神降临，一切豁然开朗。电话重新搁到嘴边，大雨讲话像放连珠炮："参谋十二个，但重要的事情，汪先生只听其中一个人的，齐连陆知道那人是谁，包括政治倾向，对吗？"

"没错！血花世界里，我已经讲过。"老弗斩钉截铁，"这份情报免费，人不叫你白杀！"

"明天晚上，齐连陆会去血花世界，平时不好找人。"

"厉害，什么事都知道？"

"也不是百分之百，"老弗说，"我也会去。齐连陆是票友，明天有余老板的演出……"

大雨没接话，要不是人在电话这头，脸上肯定挂不住，平时惯以酷爱文艺自居。

"干这种活，带保镖树大招风，按马贩子的风格，车都不会开，应该是独来独往，完事后，坐人力车或者步行离开。"老弗很体贴，"二十分钟内，我的人会把他的详细资料送过去……"

大雨听完，眼睛一亮，桌上排开十二张名片，从一到十二，标记好数字，又在正面写一个"日"字，背面写一个"美"字。

摆弄一番后，拍拍脑门，骂自己一句"笨蛋！"然后拿起电话，给头儿打过去。电话接通，大雨讲话时，双眼放电。

十来分钟，老弗的人到了。大雨坐上人力车，一路看着资料，往约好的地方赶，感谢主，头儿在汉口。

齐连陆，祖籍山东，天津出生，外头生人面前，自称三代土著。几十年间，眼见着老宅边上，各色人等多了起来，前清遗老遗少、退位军政要员、收山富商买办，应有尽有。大家都是寓公，生意上偶有照应，议论时政就要看人，多数时候点到为止。

齐连陆家境一般，没什么背景。别看屋子附近的外来户，多是夕阳残照，可依旧搭不上他们边。好在齐连陆擅为人、心眼又活，因住得近，同大铁门里的跟班、门房，低头不见抬头见。那些人，多从京师追随而来，对天津卫，说熟也不太熟，搭上腔后，由齐连陆带着四处街巷走玩，这家伙海量，喝过几顿后，大家便兄弟相称了。

听一大哥说，张园里有龙，齐连陆没明白，下回见着问明究竟，惊得险些魂飞魄散，据说，旧君被冯先生手下鹿将军撵走后，就住那里。

齐连陆不关心留辫子、剪辫子的事，只一门心思赚钱，有回，被那大哥带去马场道玩，嗓子都喊哑了，虽是天津土生土长，若非有人领着，这赌马场面，还真没见过。

其实，大哥早就有心，见上道，就带着入行，帮忙从天津贩卖赛马到上海，头几遭很顺，钱没少赚，换身行头后，也人五人六样儿。

齐连陆常跑上海，经介绍，认识了为沙逊洋行做事的一位先生，据说，他背后的陈氏家族非常厉害。后来，汉口万国跑马场开张，加上之前的西商跑马场、华商跑马场，那叫一个热闹。为开辟新战场，齐连陆在汉口买下房产……

混天津的时候，齐连陆通过旧君随从，就是那位大哥，搭上了日本人的线。当然，陪吃、陪玩肯定入不去人家内圈，众人得以打成一片，跟马匹买卖、博彩有关。

大玩家下注，出手阔绰，绝不会通过市井小报消息，一掷千金。他们对骑师、马匹的研究，甚至操控，全幕后进行。齐连陆的马源在蒙古，汉口赛场上极多见那种。各方势力中，俄国人最大。爱玩、又玩得起马的，非富即贵，他们中间，很多既是玩家，也兼做这行，齐连陆同这些人来往，为他们在天津、上海、汉口三地间搭桥，帮人家，当然也帮自己，赚得盆满钵满。一来二去，许多政军方面、不便露脸的大人物，都乐意隐在幕后，由他台前张罗。

俄国人爱喝酒，偏偏齐连陆海量，该知道、不该知道的，晓得一堆，好多还是重要的第一手消息。借着谈资，马贩的圈子更上层楼，生意人脑袋好使，很快摸出门道，迅速成为多方势力中，一个关键信息节点。其实，大家都是明白人，好多时候只是借他的嘴，情报嘛，还不是真真假假。齐连陆是聪明人，看破不说破，纵横捭阖、浑水摸鱼。几年下来，圈子里居然离不得他……

利益大了，麻烦上身。马贩齐连陆，把俄国人的情报卖给日、美，其中几桩，涉及远东国际事务，搞得莫斯科很被动，加之又牵扯到宿敌日本，高层震怒，责令查明后，命令直接做掉此人。大胡子的特使老鲍，特意过问了这事。

齐连陆同时为日、美效命，正好暗合大雨目标政治倾向的两种可能性。看到此处，知道老弗所言不虚，他所提供的情报，虽极具价值，但大雨有自己的打算，人不可以一棵树上吊死。

"三天，给你三天！搞清楚汪先生背后拿主意的人是谁后，马上到江西跟大伙儿会合，不然，人家还以为你临阵倒戈！"头儿说话，相当严厉。

"五天，五天行不行？"大雨一脸讨好。

"三天，只能三天！"头儿不打商量。

"那明天不能算，二十三号算起。"大雨还价。

"唉！"头儿叹口气，"还要搞清楚他亲日，或是亲美。"

"明白。"大雨说，"保证不误事，二十三号算起，三日后，赴江西同您会合，但有一件事，只能劳烦您。"

"讲！"

"老丁会留下，对吧？这几天之内，他和他手下所有内线，听我调遣。"

"没问题！"头儿应允。

"必须三个人当面讲清楚。"大雨坚持。

进门的时候，老丁明显不痛快，但只要有人看着，或者自己开口讲话，样子立马会变谦和。他问："就这几天？"

"就这几天。"大雨回答完，半真半假道，"要不要立军令状？"

老丁龇牙笑，头儿也跟着，扭头对大雨眨眨眼睛，然后高声问道："有什么要求，现在赶紧提！事情办成之时，我正好人在江西，直接找蒋先生，为两位兄弟的通力合作请功。"

"确实有桩紧急的事，得烦劳丁哥。明天晚上，可以安排两桌麻将吗？"大雨冲老丁抱拳道，"两个包房，一、二、三、四号一间，五、六、七、八号一间，都要能清清楚楚地看见血花世界大门。人不能搞乱，打电话还要方便，可以吗？"

老丁鼻子，差点气歪，拿个鸡毛当令箭，这么快就开始指手画脚，但见头儿正瞄自己，忙借笑容掩护。

"你丁哥，多老的江湖。"头儿黑着脸数落大雨，"还什么可以吗，屁大点儿事，肯定可以嘛！对吧，老丁？"

"可以、可以。"老丁笑容可掬，"我来想办法！"

大雨出发时，天已经黑了。道上这么久，章光祖那样的见多了，别看答应时痛快，胸脯拍得啪啪响，其实和动物没两样，只凭感觉和食物行事，若要问他恒定好恶，即信仰，没有。为丁点面包渣，随时可以出卖兄弟，当然，兄弟只是叫法，方便抱团而已，与字面含义无关。对于动物，利诱永远不够，还得拿上鞭子。

大雨登门拜访，要的是出其不意，当然，也因为时间紧急。章光祖老婆开的门，恶躁得很，满嘴脏话，男人想拦，没来得及，见老公连连摆手，大雨又一副彬彬有礼样子，妇人虽不明白背后玄机，但凭本能，面孔立马换掉，可亲得很。

进屋后，大雨掏出手枪，缓缓退下弹夹，满仓状态，上面一粒，油灯下黑乎乎的，待夫妻俩看清楚后，重新推入弹仓。

章光祖的表情，逐渐凝固。大雨让妇人眼睛追随枪口，缓缓抵达自己老公前额，二人面部肌肉，像夜里，手电照住的田间青蛙，一动不动，连抽搐都忘了。

大雨拍拍章光祖的后背，男人把牙签咳出来，一口气续上。大雨让找来工具箱，他很乖，工具箱里有老虎钳子。

妇人反应过来，背靠墙，往门口缓缓挪移。大雨拉响枪栓说，迈一步、吃一颗花生米。妇人腿软，顺墙根滑地上，坐不住，干脆半躺半卧。

大雨说："起身。"妇人说："动不了。"章光祖说："冲着我吧，我是男人。"大雨问："为这样的女人值吗？"章光祖叫鼻涕和痰噎住，讲不出话，只顾点头，半天才挤出一句："虽然老丑，但就她一个真对我好。"大雨点点头，又冲妇人说："三声过后，拖延一秒、吃一颗花生米，一二……"

妇人扶着小煤炉站直，炉火灿烂，也不怕烫。大雨说："叫你女儿回来。"妇人说："不晓得哪滴（里）。"章光祖旁边附和。大雨说出个地方，进门前就摸清楚了，多简单的事。夫妻两人，同时看自己的鞋。大雨瞟眼腕表，对妇人轻言细语道，十分钟不回，他死！妇人瞟眼丈夫。章光祖点点头。大雨不确定，她会不会直接逃走，真那样的话，自己计划泡汤。不过，计划泡汤比骑虎难下好。

目送妇人离开，大雨回头，章光祖面如死灰，半天挤出话来："为什么？"

"嘘！"大雨竖起食指，压住嘴唇，屋内静极。

声音响起，妇人领着女儿推门，里头两个男人正喝茶，老熟人一样。妇人有点儿恍惚，似乎自己弄错了，刚才什么事都没发生。

女孩发育不错，一副冬天也埋没不了的好身材。大雨说这伢真俊，声音很好听。夫妇俩赔笑，女孩也笑。大雨告辞，夫妇俩挽留，女孩附和，笑容美好活泼，不像爹妈一副噤若寒蝉样子。

"长江边的话，算数吗？"大雨问跟出门的章光祖。

"可以不算吗？"章光祖问。

"可以！"大雨回答，"不过……"

章光祖屏住呼吸。

"我会杀她们娘俩。"大雨的声音，越来越温柔，"别瞎想了，不管成不成，酬劳都会给到你老婆手上，从今往后，没人欺负她们娘俩。"

"债主呢？"章光祖问。

"债主有钱吗？"大雨反问。

"债主当然有钱！"章光祖说。

"穷人会，"大雨笑起来，心情很不错的样子，一只胳膊搂住对方肩头，"有钱人不会嫌命长！"

"你真的要叫我杀人？"章光祖问。

"瞎讲，"大雨说，"我是让你救人！"

"我会有事吗？"章光祖问。

"当然不会。"大雨非常笃定，"老婆、孩子还等你团聚呢！"

第四章

二十二日,杀人当晚。

章光祖砍人时,"大华"高级麻将馆灯火通明,两个临街包房的大玻璃窗亮亮堂堂,从外头看过去,很有些咄咄逼人的气势。街上声音越来越大,八名观众先后走到窗边,进入大雨的视线范围。

大雨下巴微仰,清点完毕,随后目光平视,在人群中寻找老弗。似乎瞥见,终未看清。目送章光祖的背影消失,大雨跨上摩托,迎风而去。下一步,两人会在粤汉码头碰面。

粤汉码头,泳者由汉阳门出发,横渡长江后,汉口的惯常登岸地点。

大雨给章光祖的故事版本如下:几天后,人们会在阳逻找到一具面目全非的浮肿尸体,通过落水时间、身高体态、穿着打扮,由熟人指认,那就是他。一连数日,报纸应该会接连刊登"血花世界"杀人事件,两具尸体都已验明正身,被害人,天津马贩齐连陆,死于劈砍之下的失血过多,凶手,本埠居民章光祖,溺亡。杀人用的斧头,或于逃亡途中寻获。为了持续销量,可能还会报道警局调查后的一系列推断。比如,本次恶性事件起因分析,章光祖痴迷赌马,欠下高额债务,之所以要杀人,多半是为钱财。家中寻到其亲笔字据草稿,本月某日前还不清欠账,同意债主带走老婆、女儿。另有一种可能，杀人属于随机，凶手因赌马输钱、迁怒马贩，总之，为了钱，讲什么都有可能……

比较确定的是，通过凶手尸体口袋内遗物，警方判定，死者就是章光祖。而章光祖本人，最喜欢听这一段，他想象自己趁乱远走高飞，外头快活一段后，待风头过去，老婆、女儿齐来团聚。新的城市，全家人开始一段崭新生活。当然，所有的麻烦，也随着自己的死亡，一笔勾销。

等待一个杀人者，对大雨来讲，不是头一遭，但仍然兴奋，夹杂隐隐担忧。他是一个乐观的人，可凡事喜欢往最坏方面想。每次任务前的准备，要求都极为严苛，为此，兄弟们常有怨言，新加入的更是怪话一堆，大雨懒得解释，这行里，任务的成功率，意味着存活率。天堂是个好地方，但干这行，能到炼狱已经不错，地狱才是最终归宿。

既然性命攸关，凡事必须靠谱，能跟各方合作愉快，情报方面，不仅需要新鲜出炉的烫手货，做事原则，也得被大家认同，尽量少死人，尤其无谓牺牲。上头要结果，兄弟们要钱，前提是有命去花。二十多年前，莱特兄弟飞机能上天，凭借的就是计划周密，如果没数百次的风洞实验，只管鲁莽行事，哥俩纵猫有九命，也不够摔的。当然，由于时局多变，任务紧急，准备时间不够时，只好自求多福，能做的、也就是平时加强训练，凡事多留心眼，出手别拖泥带水。

随着一次次的成功，大雨更加乐观，当然，脾性没改，凡事未谋胜、先虑败。大事之前，常常三天不发一言，别人以为，那是因为局面困难，或者心中烦闷，殊不知，讲话也有能量损耗，再说，有章可循的成功过程，本就像一幕非凡戏剧，大雨创作了它，自然要凝神聚气，好好欣赏。剧中，大雨可以支配人的生死，如同上帝，只可惜，它仅上演一回，弥足珍贵的死亡表演，浅尝辄止哪能解渴，可要想再次享受，只能重新努力,一切得从头再来。

大概,这也是这行的乐趣所在,一分钟前,凡事神一样尽在掌握,一分钟后,已暴尸街头,得个囫囵就不错了。所有一切,周而复始,至死方休。行里所谓的成功,除了惯常意义外,特指寿终正寝,作品再多,泼一次,性命丢掉,变成反面教材,被形容为大意失荆州,就算每天十二分精神打起,分分钟也可能阴阳两隔。

上得台面的事,轮不到,脏活出了状况,头儿只会装傻,组织利益为先,撇清还来不及。生死关头,多靠兄弟照应,夜壶没法见人,更谈不上青史留名。看到一些高阶干部在自己面前,瑟瑟发抖样子,一切憋屈,顿时烟消云散。总有些弟兄,整人的时候,出手特重,恨意叠加恐惧。没什么好多说,也不怕报应,人死一了百了,哪管身后洪水滔天。汉口是个大圈子,五国租界区内,使领馆数十家,光鲜耀眼、藏污纳垢,像个菜市场,买卖内容不同,情报或性命。

江风割面,筋疲力尽的章光祖,如约而至,距讲定的位置,几十米以内,果然冬泳高手。

大雨可以选择,让章光祖活着离开,但这么一来,相当于埋颗炸弹,多年努力,随时付诸东流。章光祖看着无害,可把自己的命运,托付别个良善之上,大雨没这习惯,微笑着,他伸出手去。

章光祖累到不行,衣服脱得只剩下贴身的。第一把,男人没抓住橄榄枝,重心失去,向后翻仰,再回冰冷浪花之中。章光祖不服输,摇摇晃晃爬起来,好容意挣脱江滩湿滑泥巴,双膝跪在浅滩。

"怎么样?"拍拍对方湿漉漉的肩头,大雨没话找话。

"斧头没刀实用。"章光祖不停喘气,像要把肺掏出来似的,"阳逻顶替我的尸体备好没有?"

"当然。"大雨一指暗处。章光祖刚扭头看去,忽然脖子一紧,出不来气。

"几分钟后,尸体不就有了吗?"大雨用手肘钳住章光祖,脸贴脸地说,"骗你干吗!"

瞬间,章光祖明白了自己处境,他扬了扬手,示意不做无谓挣扎。

"说吧!"大雨叹口气,胳膊松点儿劲。

章光祖想讲点什么,但没声音,水从肺里咳出来。

"家里的事,你请放心!"大雨非常严肃。

顿时,章光祖四肢瘫软。他点点头,把首级埋入水中,勉力扬起手,勾勾食指。

大雨单膝跪压垂死者的后脖颈,章光祖的耳朵,灌满寒冷江水后嗡嗡作响。死亡默默走来。

尸体出现在阳逻、粤汉码头或什么别的地方,对大雨来说并不重要,章光祖才需要那故事。

清晨,沿江巡视者,发现溺亡人时,夜仍未尽、寒星若醉、虫泣凄清、冷月无声。

二十三日,清早。大雨见到老弗时,主动表示事情没办好,但会亡羊补牢。老弗叹口气,说没办好就没办好吧,还把马贩子兼情报掮客齐连陆,弄到万国医院,那可是俄租界。添乱!

大雨抱歉地笑笑,说纯属意外,大概是马贩子给钱太多,人力车夫也是好心,把昏昏沉沉的恩客随便扔一间小诊所不地道。再说了,那个时间,除了协和、万国,接诊的医院能有几家。

两人谈到正题,老弗说真是糟蹋了戏票,马贩子忙得很。当时自己隐在后排,清楚看见,齐连陆和一个日本人嘀咕一阵后,迅速转换场地到杂耍那边，美国人已经候着了。估计，交易应该还在报价阶段，这种不见兔子不撒鹰的家伙……

分开前，老弗表现出担心，但说话留了余地："蒋先生的班底撤得可真快！"

大雨附和："你最近状态有点不对头，是不是为升职的事，心情……"

"到底行不行？"老弗打断大雨，语气很重。

"我心里有数。"大雨回答。

"抓紧！"老弗拿起帽子，离开前不忘叮嘱。

"如果，老弗这事搁我头上，今后听老丁直接指挥，"大雨喃喃道，"生不如死。"

比想象中，老丁要积极多了，大雨获得情报如下：杀人当晚，汪先生的十二人参谋团正好开会。会议结束，简单吃过东西，冯九、陈十、褚十一、卫十二打道回府。一到八号，分两个包房，到高级麻将馆"大华"打牌。返驻地四人，各自回屋，没可疑行为。

老丁借安排消夜，陪四位参谋在客厅吃东西的机会，把发生在血花世界门口的事，讲了一遍。马贩子齐连陆，即便不认识，也都听说过，大家很感兴趣，讨论一阵后，才各自回屋。

那之后，两个电话打出。老丁的手下能干，很快有了调查结果：冯九号母亲病了，想接来汉口协和医院治疗，电话打去一个医生家里。至于陈十，应该是同相好的煲电话粥，电话打往洛克比路（今珞珈山街）某女士公寓。

看着通话时长，大雨疑惑地瞟了老丁一眼。老丁说为保险起见，已专门找人跑了一趟，给过票子后，门房透露，头天晚上，有位年轻的先生，在那间公寓留宿。

大雨苦笑，怪不得才两分钟，陈十电话就被挂断。奴家好忙……

另外，日、美领馆内线，各把夜里打入电话的时间记录送来。

"领馆内……"大雨想说，内容也太少了吧。

"领馆内能弄到这个，已经相当困难了。"老丁知道大雨想问什么，抢着开口。

"好吧。"大雨笑笑，起身离开。

大华麻将馆后巷。

麻将馆服务生开口道："客人们问街上怎么回事，我跑出去找打听，据人力车夫说，被砍的是做赛马生意的齐老板。叫车时衣领竖起高高，杀人犯逃走后，大伙儿到近处才认出来。"

大雨点点头。

"熟人吧？"服务生问。

"什么意思？"大雨反问。

"我打听清楚，进屋回客人话时，听几个人议论到齐老板。"服务生道，"外头光线不好，能隔着窗户把人认出来，应该不只是认得吧？"

大雨忙问："哪边包房的客人有议论到齐老板？"

"两边都有。"

听服务生说完，大雨鼻子喷气，说声："好吧！"

服务生递给大雨两张纸条。大雨瞟一眼，掏出几张钞票。服务生说不用，昨天给过了。

大雨问："记得每个电话分别是谁打的吗？"

服务生摇摇头："他们穿的衣服都一样。"

大雨问："分得清这些电话分别从哪个房间打出吗？"

服务生点头，大雨用怀疑的眼神看他。

"两部电话的通话记录，两张纸条分开写的。"服务生说，"我有意让两个房间客人，分别用走廊两边的。"

大雨笑着拍拍服务生的脸，话锋一转道："认得我吗？"

服务生露出牙，忽然间笑意收起，面孔一板道："不认得。"

大雨把钱塞入服务生的上衣口袋后离开。

服务生的纸条上，清楚记录着一到四号、五到八号两间包房的人，分头出来打电话的时间。剔除掉章光祖砍人前的一个电话，再比对日、美领馆接到电话的时间。一到四号中，有人跟美国人联系过。五到八号中，有人跟日本人联系过。

大雨翻看报纸，没见血花世界杀人事件的相关消息，头版登着：汉口在摆脱旧军阀的控制后，国民政府想要多照顾工人，确也这么干了，平均工资涨幅百分之十，还要推行十二小时工作制，每月休假四天。

大雨知道，想法倒是不错，可真算下账来，因为工资起点太低，也就加了几块钱，到手总共二十出头，这哪儿够一家人的开销。

上头登了个女人，每天记账，掰指头算钱过日子，可两口子生了一儿一女，每月最低花费接近三十。文章结尾，借女人之口叹气，说今年物价又大涨了……

大雨心里有事，既然没自己想看的东西，便把报纸丢开，准备跑一趟万国医院。血花世界门口，人力车最多，迎面险些撞到薛姐。

女人刚卖出几支雪茄，正对着客人挥手，待扭脸过来时，笑容尚存半个，近距离观看人脸，哈哈镜里的变形意象。薛姐说对不起，眼珠子却肆无忌惮地在大雨身上摩挲，像挑剔百货店里某件商品。

大雨不习惯妇人这般样子，那是男人的事。一秒钟，薛姐表情恢复常态，重新匹配其社会位置，扭头瞬间，像匹识趣的牝马。人类的生物学属性顽固，理性来得比条件反射慢半拍。

大雨笑着说没关系，如果非要论对错，各人一半，谁叫自己走路心不在焉。临上车前，大雨问薛姐明天有空没空。薛姐忽然严肃起来。大雨说想让陪着去趟医院，朋友病了。薛姐笑起来，说大雨先生真有心……

往万国医院途中，大雨把薛姐的情况，脑袋里重新走一遭。国民政府办公楼，血花世界，薛姐能混这地头，不可小觑呀！如果能为自己办点事，倒是挺好，至少不要成为别人耳目，所以，薛姐那点家底，大雨早就派人盘过。

她是外省人，男人给吴司令当兵，只身来武汉投亲，因为时局动荡，孩子暂且寄养父母家中。本想安定后接来汉口，可男人听说广东有变，夫妻二人商量，觉得一动、不如一静。

国民革命军北伐，男人上了战场，几个月没消息，生死未卜。薛姐原在血花世界门口卖烟，收入贴补家用，现今断了主要经济来源，更不肯走，也怕男人活着寻回，不见影踪。

大雨关心的，不是薛姐家事，而是这个人很适合，偶尔帮自己干点什么，缺钱其次，关键是即便死了，短时间内，也不会有人找她。要的是出其不意，还没后患。

医院门口，大雨买些水果，扮成探望亲友的访客。护士那里，问到齐连陆病房，一个单间，位于二楼走道左侧尽头。

大雨二楼左转，距离病房七八米开外站住，门是关着的，对面长椅上，散落一堆报纸。他左右看看，想瞅个空当，贴拢过去听听。正这时，连接外挂消防铁梯的小门一响。大雨赶忙转身，走出几步蹲下，俯身装系鞋带。扯散再还原。目光从两腿间回钻，一个身披寒风的大块头，像是从墙里冒出来。

大雨直起身，朝有厕所标志的方向走。刚要进门，一个精瘦男人迈步出来，随手扔掉烟头，踩灭时一副凶样儿。原本无尿意，硬挤两滴出来。齐连陆病房那侧，没见从消防铁梯进来的大块头，倒是厕所门口遇到的精瘦男人，靠坐病房门口的长椅之上，边上一堆报纸散放。

精瘦男人点烟，吐圈圈后，伸出舌头，似乎想讲点什么，机械地两头看看后，见没事，吞完唾沫，双手端平报纸，罩住脑袋。

报纸背面全是广告，最显眼的是一男人头像，顶上七个字，右边竖写"专门"，中间从右往左，"张文海"，左边竖写"烫发"两字。头像下面是正文，启者敝人自离六国饭店理发馆已自办本店开幕以来已半载有余颇蒙各界欢迎现由沪聘请名师理发手艺绝妙室内空气适宜设备清洁摩登仕媛……明星理发店启。底部留地址，法界中街七号路公懋汽车行对过。理发馆广告向右两栏，竖着四列文字：西医俞素吟女士，专门产科妇人科，奉送产妇育婴宝鉴，两索附邮票一分（只限本埠）。

大雨眼睛往回瞄，视线被理发店的广告挽留。血花世界后巷，母女和好如初，法租界做头发，两女揪斗一男，章光祖很狼狈，薛姐蹲地上拾"雪里蕻"，谭世宗说愿效犬马之劳，老弗请求帮忙杀人，头儿和兄弟们，应该正在去江西的途中……

既然要搏，就搏到底吧，谋事在人，成事在天。找到汪先生背后的关键人，说不定日后飞黄腾达，比这样整天冲前头，给人当枪使好。

大雨起身整整衣装，迈步离开万国医院。路上总感觉不对劲，故意绕大弯，不时回头看看，到住处时，真累坏了，皮鞋蹬掉，衣服没脱，一会儿便着了。

第五章

二十四日。

老丁要忙着完成大雨布置的任务，心里很不痛快。回想起那天粮道街小院内，头儿打发走大雨，跟自己交底，说汉口这边，以后就交给他了，于是自我安慰，小不忍则乱大谋，退一步海阔天空。

大雨希望老丁，能请一到八号吃顿饭。老丁知道自己一旦答应，大雨肯定会让自己在席间试探，至于出什么题目，反正事成之后，狗日的一拍屁股走人，而自己，极有可能暴露身份，前功尽弃不说，搞不好还惹杀身之祸。

老丁说自己可没这么大面子，的确是实情，即便人家同意，局面也很古怪，十二参谋，只请其中八个，还要讲些聪明人一听就懂的话，不摆明作死吗？

大雨没有坚持，表示请四个也行，老丁依旧拒绝，说即便现在能联系到头儿，他亲自发号施令也没用，这事儿，自己真办不来。大雨问老丁，司机听谁的？老丁说听自己的。大雨说那就好办了。

方案讲出来，不痛快归不痛快，老丁没法拒绝，因为能力范围以内。否则，日后大雨向头儿或更高阶的大佬告状，自己真说不清楚。想到这里，老丁心头一凛。

大雨说丁哥出马，没办不成的事，但究竟是一到四，还是五到八号坐的车会坏，晚一点再告知。另外，一大一小，富吉餐厅的包房、隔间，可以先预订下来。

大雨约见老弗，问汪先生十二参谋中，可有熟识的？老弗说都不大熟。老江湖话没讲死，但事情推掉。

"不地道，大家都以为汪先生拍板，依据十二个参谋的集思广益。"大雨笑笑，话讲一半，"你怎么晓得是一言堂，那边没个靠得住的人，恐怕……"

"我不能把人家卖了，"老弗说，"规矩你是懂的。"

"保证不坏规矩！"大雨说完，拿出一到八号名单，"挑一个，请出来吃晚饭。"

老弗关节灵活，手敲桌面如奏吉他轮指，半天不发一言。

"杀齐连陆，你欠我一份情。找出十二参谋中的关键人，你又欠我一份情。"大雨说。

"不对，十二参谋中有一个是关键人，这条消息是我给你的，是你欠我一份情！"老弗反驳。

"遗嘱里，孙先生说，国民党是自己遗下的。明确表示要与苏联合力共作，携手并进。那慈父般的口吻……"大雨顿一顿又道，"不久前得到情报，汪先生与日本方面接触频繁，加上英美等西方列强搅局，南京那头局势愈发诡谲。各国关系中，被削弱最多的是谁，是你们！"

老弗不作声。

"关键人何止低调，分明是刻意隐身。连十一位同仁都只是推测，有这么个人物存在，但搞不清他是谁。厉害！"大雨喝口茶，放慢语速道，

"找不出这个人,你们受损更大,谁欠谁的人情,您倒是说说。"

见老弗仍不作声,大雨又道:"当然,这事对我们也很重要,算起来,最多是双方合作,两不相欠。"

"需要我做什么?"老弗问话,干净利落。

"很简单,挑一个人出来,晚上请他吃饭!"大雨说。

"只是吃饭?"

"只是吃饭。"

"不用露面?"

"不用别人见着他,"大雨说,"但要让他看见别人!"

老弗空拳敲敲桌面,再用食指,点点郑七。

"十二个参谋中,存在一个关键人的话,你是听他说的吧?也许这人根本就不存在!"大雨学老弗样子,用食指点点郑七的名字。

"我不这样认为。"老弗说,"不止一次,汪先生临时变招,决策时间之短,说难听些,简直就屙泡尿的工夫。"

听着老弗的中文俏皮话,大雨笑笑。他有同感,品品一些事,转变之快,处理之妥当,往往令人叹服,关键还在于,汪先生的态度,时常一百八十度大转弯。

背后有高人相助,且赋独断权力,这事说得通。另外,陈姑奶偶尔会抱怨,说帅气老公心里,另有其人。试想,以陈姑奶的暴脾气,假使汪先生真有这么一位红颜知己,还不以醋泼天。侧面说明,汪先生身边,的确有个关键男人。

"还有一种可能,郑七就是我们要找的人,故意把水搅浑。"大雨建议,"不如顺便,也掂量掂量他的斤两!"

"需要做什么?"老弗愿意配合。

"参谋们都熟吗?"大雨问。

"不是全部。"老弗答。

"这个人呢?"大雨拿出十号的相片。

"熟!"老弗扑哧一笑说,"你可真会挑人!"

大雨当然明白老弗的意思,故意说:"不熟就换。"

"酒吧里碰到过,"老弗摁住照片说,"不是一回两回了。"

"说不定,今晚上他带的女人,你也熟。"大雨坏笑。

"四海之内皆亲戚嘛!"

"来汉口,学坏了!"

玩笑过后,老弗看着大雨递过来的另一张相片,说这就是老丁吧,只一面之缘。大雨说没关系,都是聪明人,你们配合不会有问题。老弗心头一沉,没多说什么。大雨此举,相当于把老丁给卖了,至少多一个人知道,他是蒋先生这边的,更要命的,知情者还是同行。

"从办公地去驻地,沿后城马路途经黄陂路附近时,一到四号坐的车需要坏掉。"电话里,大雨对老丁说,"没办法,还要丁大总管及时现身,抱歉之余,修车这段时间,只好请人家在富吉餐厅用膳了。"

"好吧!"老丁带女人味的声音很悦耳,但大雨听得出里头的无可奈何,他把需要老丁干的活,细细拆解……

最后,大雨不忘提醒一句,消息出来了,包房里扔两份报纸,中英文都要。

大方向定下后,还有两件事要办。从老弗那边去洛克比街,只几步路,大雨按地址找到二十二日晚上、十号打去电话的那幢公寓。

女人刚起床不久,说话很冲,听口音是湖南辣姐。大雨不多纠缠,既然人家不要钱,开门见山更简单,他写下陈十的名字,并告诉女人,二十二日夜里，之所以两分钟不到，就挂掉这位先生的电话，是因为屋里另有一个男人，还很年轻……

"只是邀他晚上到富吉餐厅吃个饭？"女人识趣地问，"就这么简单？"

"就这么简单！"大雨说，"哦，对了……"

女人一惊。

"凶的样子更好看！"大雨起身要走。

"讨厌！"背后，女人娇嗔，大雨不想看那张做作的翘嘴，反手关门。

"烟，哪儿不是卖？"薛姐笑着说。

"夜里，万国医院门口，可没血花世界热闹。"大雨说，"要是耽误了你生意……"

"怎样？"

"包赔！"

"怎样包？"

大雨没掏钱，变魔术似的献上一束花去。

"谢谢。"薛姐大大方方接过，忽然冒一句，"小时候也是念过书的。"

大雨拿出一张相片。

"认人对吧？"薛姐接去没看，直接放入兜里，见大雨满脸狐疑，笑笑说："等会儿看。"

大雨更糊涂。

见男人那样子，薛姐笑着说："误不了事的，干这行，位置除开，认人最关键，暖洋洋一声张先生、李太太，给喊了名的，多半会照顾我生意。走吧，先看看地方，晚上只我一人过去，对吧？"

大雨走神。想着头一天，从万国医院出来后，老觉着脖子凉飕飕的，又说不上什么不对劲。

"辛苦了。"男人接话,慢了半拍。

薛姐坚持回家放烟匣子,她住血花世界后巷,一脚路。大雨不好多说,再见妇人时,已换身浅色小袄,领口绣朵小红花。

间隔十米,二人分乘两辆人力车,前后脚往万国医院去。大雨回头,女人看相片的样子很认真。冬日阳光下,粉黛淡施,约约绰绰,比模模糊糊印象中的、年轻不少,背后梧桐树叶翻出绿来,汉口一众洋楼,脚底像装了滑轨,头上亮黄穹顶,以透视点为中心,越来越小。

"阿列克谢耶夫街(一九二五年改名黄陂路,今黎黄陂路)到了。"大雨不想惹人眼,提前下车后一指,"前面就是万国医院。"

"这不是叫黄陂路吗?"薛姐愣愣地指着路牌。

"前年改了名,老不习惯。"大雨有点儿不好意思。

"那你还笑我把血花世界叫成新市场。"薛姐说话的时候,大雨注意到女人的牙很白,忽然心头一沉,后悔不该叫妇人过来。

"你真想好……"大雨小声道。他原本想说,你真想好帮我干盯人的事吗?如果女人露一丝犹豫,他就会说,那就算了吧!

"你真好什么……"有车鸣笛,薛姐没听清,追问大雨,像是故意的。

风吹过,脖子凉,昨天离开万国医院后的不安,再次袭来。大雨打个寒战,说:"你真好看!"

薛姐笑起来,真的很好看。大雨龇牙应景。

载着赵一、钱二、孙三、李四的车,后城马路、黄陂街口如约坏掉。

"四位对不住,请稍等,立马让办公室派人过来看看到底怎么回事。"司机说,"以前送客人,到路边那家福吉酒楼吃过几次饭,认识门童,借个电话就来。"

三分钟不到，司机向四名乘客报告，丁先生说他马上在福吉酒楼安排包房，等四位吃完饭，车也就修差不多了。

话刚讲完，福吉酒楼的门童过来说："是丁先生的客人吧，房间已经备好了！"

老丁早就候在附近，但二十分钟后才现身，得把从办公室坐人力车过来的时长消化掉。

对面咖啡馆等候期间，老丁看见郑七跟一个洋人，走进了福吉酒楼。

老丁结账出来，过街确认老弗座位。木屏风象征性地帮隔间阻拦外面视线，郑七背对大门方向。老丁跟老弗，表情波澜不兴，彼此确认完毕。

陈十和一位湖南籍女士，仅仅同他们，相隔不到五米。而一号到四号，就在斜对面的包房里头。

大雨计划中，福吉酒楼所有人到齐，老丁最后一个出场，同俄国佬确认彼此后，走入自己为一到四号订下的包房。

老弗很放松，也许是俄租界内缘故，他把自己的状态，传染给了郑七。

二十分钟后，老弗借上洗手间的由头，走到陈十所在隔间的侧面，专候对方目光撞过来。

陈十正和美人相谈甚欢，猛抬头看见老弗，先是一愣，然后礼节性招手，让隔间里头坐。老弗就坡下驴，把陈十往里头挤挤，自己将屏风侧面视角占领。

这隔间，同老弗那边的一样大小，四人都不挤。十号问老弗几个同来。老弗打马虎眼，说朋友还没到。然后话题一转，夸赞女士珍珠项链漂亮，还故意猜出高价，逗对方快活……

老丁看看时间，借口外头催菜，走到十号隔间，从侧面和老弗确认位置。返回自己包房时，男人面色凝重，一言不发。

屋里几个，觉得古怪，赵一问那里不舒服，众人附和。老丁吞吞吐吐，把见到陈十的事说了，讲正跟俄国人谈事。

几个人听了很兴奋，要去看看，老丁说不好，钱二也说太乱。大家决定，孙三、李四跟随老丁探风。

屏风侧面，老弗瞥见老丁几个过来，故意指着女士的项链大声说："好买卖，非常非常不错的价钱！"陈十跟着笑，女士不作声，大概正偷乐，也可能在洋人面前装斯文。

陈十笑着笑着，突然来个急刹车。孙三靠太近，几乎碰到屏风，隔间内外，四只眼睛胶住。

老丁故意挤孙三，目的实现后，连忙现身打圆场，说真太巧了，这是缘分，都请移步至包房……

隔间三人过去后，老丁叫服务生重新摆盘、添菜。待房门关上，李四故意问陈十："什么好买卖呀？"

陈十挤出笑脸说："珍珠项链。"

老弗不作声，只顾着低头喝汤。

"非常非常不错的价钱！"孙三把话接过去，惹得一屋子人笑。

老弗说要看朋友到没到，走回自己隔间时，郑七的鬼影儿，已无一个。

老弗小坐，再去老丁包房时，赶上陈十和女人起身告辞。众人客气一番，放两个走掉。老弗说自己的朋友快到，不打扰了，仍回自己隔间，小酌几杯后，也不声不响地走掉。

包房里，讨论没想象中激烈。钱二阴阳怪气，说时局动荡，人心不古，大家不接话。翻报纸的李四忽然兴奋起来："原来，他就住在对面的万国医院呀！"

"谁呀？谁呀？"众人问。

"就是前天，我们打麻将那晚，血花世界门口被砍的齐老板……"李四说。

赵一把报纸要过去，报道很详细，不仅登载了血花世界门前杀人事件的经过，还调查了杀手的背景，分析了动机。文末几句是齐先生已无大碍，面部缝了数十针，腿伤需要时间恢复，现在医院治疗，祝早日康复云云。

"英文报纸也登了！"老丁瞧着另一份道。

第六章

大雨的直觉很对,头一天从万国医院出来,背后确实跟了人。住处门虚掩着,想退已经来不及了,被人推入房中后,肚子先吃一拳。加上从外头进来的,屋里共有三位客人,灯也不开,黑暗中,只顾呼哧呼哧干活,大雨双肘护头,不喊不叫。不作无谓反抗,桌子踹翻,稀里哗啦,腹痛难忍,唾沫咸鲜。

"俄国人要杀齐连陆,"大雨跪在地上,说出早就准备好的话,"我能救他性命!"

"先救自己的命吧!"众人笑。大雨的话,徒增兴奋点,下手更狠。

眼睛渐渐适应了黑暗,大雨借着窗外霓虹灯光,认出一个大块头。万国医院二楼走道,他推开小铁门,从外挂消防梯进入,背负一股寒流。

大块头发话叫停,众人住手,他凑近大雨耳畔问:"知不知道,为什么要往死里打?"

大雨摇摇头,又点了点头,然后昏死过去。醒来时,屋内亮盏小台灯。单人沙发里,大块头摁灭烟头说:"走一趟吧?"

"万国医院?"大雨起身,又跌坐床边,声音含糊不清,"给我杯水。"

"收拾收拾再出发。"大块头说。

梳洗一番，西装皮鞋另换，大雨还是之前那个大雨。一小时后，大雨坐到齐连陆的面前。马贩子瞟了一眼大块头。大块头说："问候过了。"

"刚才只是开胃前菜。"齐连陆苦着脸，对一面镜子讲话，"听说你能救我性命？"

大雨没有吃晚饭，又挨顿好打，直犯迷糊。

"欺人太甚！"齐连陆说话漏风，听起来像"欺银带粪！"

大雨等着对方，把牢骚发完。

"什么烂人、烂斧头，刃不好好磨锋，膂力还弱，砍不是砍，砸不算砸。"齐连陆絮絮叨叨，"好歹叱咤江湖多年，找这么个生瓜儿办老子，太不尊重人了吧。"嘀咕完，对镜子龇牙端详，像在数数。

"针缝得还行。"大雨开口，"为什么要杀你，用讲吗？"

齐连陆摆摆手。

"需不需要做个自我介绍？"大雨故意放慢节奏。

"既然要谈，简单点儿，废话少来。"齐连陆不耐烦，"你知俄国人动我的原因？"

大雨点头。

"俄租界！"齐连陆瞄着床头医疗卡片，狠狠喷出三个字。

大块头全程安静，泥猫一样。

"说说吧，我怎么能够活着离开？"齐连陆摇摇头，"既然俄国人想我死，住哪个医院，其实不重要。汉口，就这么大个地方！"

"紧走慢走，三天走不出汉口。"大雨有些心不在焉，顺嘴接完话，低头看了眼腕表，夜已经深了。对面福吉餐馆，应该早完事了，不晓得，薛姐有没回家。

"门外不是有你的兄弟吗？"见齐连陆盯着自己，大雨打起精神道，

"拼死杀出汉口!我来策应。"

"你来策应?"齐连陆冷笑,"知道自己能活多久吗?"

"后台老板也不搭救你于水火之中?"大雨转移话题。

齐连陆起身,拄拐单脚挪到墙边,缓缓推开一扇窗,对着树上鸟巢,忽然发句感慨:"能变鸟儿就好了!"

"变死人呢?"大雨说。

"金蝉脱壳?嘿嘿,瞒不过的!不过,也没什么好办法。"齐连陆皮笑,忽然转头瞪着大雨,面色凝重如铅,一字一顿,"你找来的蠢货?"

大雨点头。

"明显不是来要我命的,对后脑勺一枪多简单,不像俄国人的行事风格。"讲话时,齐连陆盯着大雨眼睛,像是能从里面掏出点什么。

大雨面无表情。他知道,话到这份上,齐连陆肯定想合作,谁不要活命。

"撇清还来不及,甘冒国际争端,搭救我的烂命?"齐连陆揶揄自己,"大雨先生真会讲笑话!等着接位子的人多得很,怕是早就不耐烦了!"

"不懂!"大雨摇头,直起身子还没迈步。大块头已横住去路。

"命,要就拿走。不要,我还有用。"大雨拍拍拦路虎的肩膀,侧身绕过,径往门口去,"恭喜了,你肯定有更好的脱身办法。"话出口时,把手已旋转一半。

"等等,"齐连陆的声音,陡然增大,带些讨好,"知道俄国人为什么还留着我吗?"

"是我留着你!"

"你?"

"他们办事的风格,你是知道的。"

"为什么不执行指令？上头不愿意掺和？"

"上头，嘿嘿！上头都去了江西。"大雨正色道，"因为你有我要的东西！"

"我有大家都想要的东西。"齐连陆冷笑，"要真能帮我脱身，价钱算便宜点儿。"

"我要的是一个名字，不是那份名单。"大雨道。

"就这么简单？"齐连陆问明白大雨要什么，叹口气道，"我们合作过，人还不错，唉！以后断条财路。"

两人讨价还价半天，终于讲定，待齐连陆活着离开武汉后，便告诉大雨，十二参谋中，关键人是谁。

两人议定方案如下：假齐连陆面窗背门而坐，使障眼法争取时间，半小时就够了。

下楼顺序：大雨第一，大块头第二，如果一切正常，齐连陆戴上假发、口罩，拄拐跟进。

路线：不往后城马路，太打眼，而是往俄国巡捕房方向迂回。感觉不对劲，齐连陆就先到洛克比路（今珞珈山路）、事先安排好的一间屋子里暂避。那地方，距离巡捕房只有一百米，要的就是灯下黑，乱过之后再想办法脱身。

当然，不出状况更好，只要能穿过列尔宾街（今兰陵路），到达界限街（今合作路），计划就成功了一半。界限街另一边是英租界，从那里开车走，很快就能离开汉口。

齐连陆同意这个方案，相对从医院门口开车硬闯要稳妥。虽然自己辛苦一些，但为了活命，拖着伤腿，多走几步，实在算不得什么。

这个方案，是两边妥协后的结果。理论上，大雨留在病房，陪着假齐连陆最妥，免得树大招风。但大雨不同意，他问："你金蝉脱壳跑路，我被人家瓮中捉鳖，合适吗？"

"好吧！既然如此，他也跟着。"齐连陆一指大块头，"不然，我可是先出俄国人的虎口，再入你大雨的狼窝！"

……

"现在是一九二七年，二月下旬，武汉这名字，只存文件里头。"条件谈好，大雨揶揄马贩子。

"两个月内，三镇合并，这也算秘密？"齐连陆像是受到侮辱。

"再免费告诉你个秘密。"大雨眼睛放光。

"还有我不知道的事？"齐连陆耸耸双肩。

"知道为什么，你能活到今天？"大雨道，"这五国租界区，可是杀机四伏。"

"无非借这张臭嘴，帮着四处传些假消息，误导一下对手罢了。"齐连陆苦笑，"这活儿，已经干到头了。夜壶得定期换换！"

大雨离开万国医院时，夜已深，人力车上，习惯性地回头。后面跟着一辆，居然坐着薛姐，遇见男人目光，她从车夫背后，小幅度地摆了摆手。

二人默契，血花世界旁，前后脚下车，各自付钱离开。薛姐不作声，默默地跟着大雨，往反方向走出百多米，水塔黑影里，男人站住。

"看见他们带着你走进医院，没事吧？"薛姐抢先开口。

"没看到你呢？"大雨问。

"我帮不上忙，想着别给你添乱，故意站到杂货店后头。"薛姐又问一遍，"没事吧？"

大雨苦笑。

"你交代的事,没不尽心的,相片看得烂熟,福吉酒楼里头的,没有一个进医院,还以为离开后有人会转头,可你看,都几点了。"薛姐说话时,嘴里冒白烟,身体一直抖,"但……"

大雨精神一振。

薛姐垂下头,从怀里掏出相片。男人碰到女人冰冷手指,相片掉地上,两人不说话,在水塔这孤苦巨人的注视下,大雨弯腰时,顺手抓句话:"辛苦你了……"

薛姐笑笑,像是揶揄自己。当男人的手,经过眼前时,女人勾着头,用指头在相片上,轻轻点了两下:"他俩进过医院,但不是你要的人。"

薛姐说的两人,是周五和吴六,打火机小小光晕下,大雨的一只手,已经挠入自己头发当中。男人血往上冲,完全没在意女人倾斜的身体,更谈不上倾听她的小声嘀咕:"一个买烟的人,有些面熟……"

"谢谢!"皮夹子里,大雨拿出一沓钞票,像要摆脱什么,"真的……"

"不用了,"薛姐目光讶异,带点儿惊恐地说,"真的不用了!"

见男人没收回去的意思,女人淡淡地说:"实在要谢,明晚请我吃饭吧!"

"明晚万国医院还有事。"大雨说,"要不后……"

男人想起对头儿的承诺,后天晚上,如果还活着,他应该在去江西的路上。

"谢谢大雨先生!"从男人手上,女人几乎是夺过钞票,妩媚到冷若冰霜。

时隔仅一天,大雨非常懊悔。那刻,是他最后一次,看见活着的薛姐。

第七章

二月二十五日。

大雨和老弗联系，彼此交换信息。老弗说了个半截话："情况有点变化……"

"什么变化？"大雨追问。

"如果，老丁变成你的顶头上司……"老弗仍说半截话。

大雨听懂了。老弗的同事升上去了，直接管他。大雨知道，这种时候，无论老弗做什么，都是错。接下来，俄国佬的动作，可能来个一百八十度的大转变。他下定决心，绝不让这种事情，发生在自己身上。他要那个名字。

老丁很配合。福吉酒楼吃饭当晚，日、美领馆内线的报告，与十二参谋驻地话务记录交互印证，两头，未发生过通话。

谭世宗，一个外围混混，没有想到，南洋兄弟大楼的大雨先生，真会主动联络他，而理由，竟是自己那一脸大麻子。

大雨说给谭世宗听的，很简单：万国医院一间病房里，他将被纱布缠住口鼻，会留小洞出气，一只脚如法炮制。之后，只管安静地坐着。

谭世宗睁大眼睛问："测试合格后，我就是你们的人了？"

大雨点头，很庄严。

黄昏。电线上有麻雀瑟瑟，非均匀分布，杂乱无章，一点儿都不像五线谱。

"北平离天津太近，熟人多，大隐于市很难，上海和汉口，我都出过事，不方便，成都偏安一隅，大城市里，广州最合适，日后有麻烦，跑到香港也方便……"齐连陆面朝窗外，兴奋的样子，让大雨想起章光祖。

"都是命！"齐连陆感慨完毕道，"开始吧！"

马贩子嘴里，大雨觉出一股煎饼馃子味儿，那是另一个齐连陆，一个思家的旅者。

谭世宗动作麻利，内衣翻起，露出两肋排骨，一吸一呼，一鼓一凹。他敞露出的身体，比大雨想象中单薄多了，纯粹靠一张宽脸撑排场。白纱缠高了些，几乎挨到眼睑，口鼻位置，疏通好一眼小孔，尽量让呼吸舒畅。

齐连陆拿出两件贴身衣物，叫谭世宗裹在腰间，裤带扎住，再让穿上病号服。齐连陆换上谭世宗的衣服，明显偏小，双肩像是被人押解到后边，肚子鼓鼓囊囊，似乎有什么东西，马上就要破茧而出，他不理会自己，倒是盯着谭世宗的额头，埋怨一句："麻子生的地方不对。"

大雨敷衍："配上墨镜，两个一起，谁还分得清！"

"黑灯瞎火，谁戴墨镜，找死！"齐连陆是个明白人。

刚要行动，一个端盘子的护士推门，大雨迎上前接住药片，马贩子迅速趴下，伏地上龇牙咧嘴。谭世宗很从容，冲背后挥了挥手，护士留了些药片，对大雨嘱咐两句后离开。

眼见护士拐去另一间病房，大雨刚要掩上屋门，大块头急匆匆进来，附齐连陆耳边低语几句，马贩子面无表情。

按计划，大雨先下楼。临行前，他走去窗前，拍了拍谭世宗的肩膀，竖竖大拇指，意思刚才表现不错。

"有事？"谭世宗受宠若惊，一时找不到话。

"没事？"临战前，这种婆婆妈妈的状态，容易误事，像在提醒自己，大雨忽然骂一句，"穷家小户，起这破名字，弄得世家子弟一样。"

"可怜天下父母心。"不冷不热，齐连陆来一句，惹几人干笑。

大雨推门，廊灯全亮，但比起外面初春昏黑的夜空，反而让人觉得冬般惨淡。

明知大雨看不到，齐连陆还是冲他背影挥挥手，像道别，又似诀别。

街上很安静，但大雨觉得不对劲。没一会儿，大块头走出医院大门，也不打招呼，径往俄国巡捕房方向去二三十步。

第三个出来的不是齐连陆，而是谭世宗。

"你出来干吗？"大雨惊问。

"您的朋友……叫我……"谭世宗扯着纱布，让嘴巴痛快些。

"我的朋友……"大雨吼道，"笨蛋！"

谭世宗怔住，刚想说点什么，不知从哪儿，传来"啪"的一声响。他倒退几步，坐倒在地，肩头冒红。

万国医院往洛克比路方向，只听一声口哨吹响，霎时间，黄陂街像开锅一样。大块头在前，一群人跟他后边，冲大雨二人直扑过来。他手握黑乎乎一团，随奔跑上下飞舞，不用细看，肯定是枪。

大雨瞧得清楚，队伍里，还有俄国人，其中一个正举起右臂。

大雨眼疾手快，抬手就是一枪，几乎同时，那人的枪也响了，两人倒地，俄国人和大块头。

从街道两边，拥出好些人，二话不说，对准大块头身后，拼命射击。

"啪嗒啪嗒、嗒嗒嗒。"一时间,黄陂街枪声大作。地上趴一片,也分不清就地卧倒、还是中弹。

谭世宗浑身发抖,子弹全往这边招呼,要不是大雨反应快,即刻摁他在石头台阶侧边隐避,早被打成了漏瓢。

大块头被两人架着,撤到前边不远的门洞里,痛得哇哇大骂。三个人在一起,发生化学反应,大块头的腔调都变了,一口煎饼馃子味,扶他的人,同样口音。

"怎么全是天津话?"谭世宗呼吸有些急促。

"废话!天津来的,可不就说天津话?"

"天津话没什么稀奇,我也会,姐姐……"谭世宗的声音,明显小了。

大雨帮他扯掉脑袋上的纱布,问道:"会打枪吗?"

"待会儿不用再裹了吧?"谭世宗伸出右手,那意思,枪拿来,嘴巴不忘讨嫌,"早晓得这麻烦,该找女朋友借月经带一条,口鼻处系好了也不解,白纱布随用随塞,哪儿像这样,搞几麻烦呢!"

"放屁!"大雨骂人。

"我会死吗?"谭世宗忽然来一句,"钱给我妈!"

"好。"大雨闷声回答,话出口,立马后悔,他俩之间,并未谈过钱,只拿加入组织相诱。

大雨帮谭世宗查看肩膀,子弹擦过,没伤到筋骨,嘴里骂道:"笨蛋、笨蛋、笨蛋……"

"怎么了?"谭世宗心虚地问。

"俄国人开枪,射的是大块头!"大雨答。

二人说话同时,列尔宾街方向一声巨响,像亮起盏红黄彩灯,小屋子大小。

"走!"大雨喊完,站起来就跑。谭世宗没动,仍穿着齐连陆那件病号服,猫原地不动。

大雨掉头,嘴里大喊:"快脱!"谭世宗这才如梦方醒,用挣出来的那只手抓牢大雨,边甩脱衣服,边往后城马路方向飞奔。

二人背后一声爆炸,气浪助推,大雨跌跌撞撞。谭世宗没拖累人,跟得很紧,手都忘了放开。眨眼间,他们已经由后城马路,拐到了列尔宾街。

前方不远处,一辆小车翻倒街边,有个人正往外爬。大雨对谭世宗说:"看来,马贩子早有准备,想从医院后院爬墙逃跑,腿脚倒是麻利,把我们当幌子,把俄国人当傻子……"

耳鸣阵阵,连自己的话,大雨都听不完全,谭世宗不吱声,放任自己越来越重。大雨低头,顺胳膊往下看,十指被死死扣住。

谭世宗腕子上,戴一块廉价手表,玻璃壳碎掉,可怜虫的小臂不粗,汗毛燎尽,大冷天的,什么都没穿,胳膊肘到肩膀一段很白,同焦煳小臂,形成鲜明对比,像刚准备上炉烤的带皮羊腿。肩膀过了就是脑袋,不是长在那里,而是由乱七八糟的皮肉筋膜、医院格子衣服扯烂而成的细条条牵绊在那里,叮里咣当地上拖行。眼眶空了一个,眼球不知遗失何处,另一只眼睛半合,一层乳白色胶质样的东西裹住,似乎得了白内障,又像没睡醒,嘴巴微张,两排牙不错,舌头拼命顶出个尖儿,别的没了,大男人谭世宗就剩下这么多……

"别傻站着,快来帮忙。"齐连陆想喊,又喊不出,冲这边使劲招手。

大雨使劲甩甩脑袋,确定下是不是自己的。前方站几个人,俄国朋友老弗也在。人们正兴致勃勃地观看齐连陆表演马路爬行。马贩子两腿僵直，像假肢样地挂在腰间，星星火苗，裤子上蹦蹦跳跳。

老弗挥手，示意大雨靠近。汽车里还有个人，医院走廊里见过，此刻一动不动，应该已经死掉。

"给我几分钟，答应过你的……"对老弗说完，大雨转身走到齐连陆跟前。

马贩子艰难地扭过脑袋，什么时候了，居然还面带微笑，真是个做生意的好材料，把和气生财刻在脸上！

"全部告诉你，帮我个忙，求他们放一马，手雷当保龄球，真他妈准，东西交出后，保证从此消失。"齐连陆的样子，相当诚恳。

大雨拍拍耳朵，想制止一下耳鸣。齐连陆谄媚地滔滔不绝："先赠送一个开胃菜，过两天，跑马场有个局，你就买……"

"什么？"大雨蹲下身子。

齐连陆以为大雨不相信，连忙证明自己："老周、老吴，假惺惺来医院看我，不就是想问这个吗？"

"老周，老吴？"大雨头晕。

"汪先生的红人！"齐连陆提示，"就昨天的事。"

"你说的是周参谋和吴参谋？"

"还能是谁嘛！"齐连陆长嘘口气，"说起来是朋友，人都这样了，还问买哪匹马……"

原来五号和六号，是为这事去的医院。眩晕过后，大雨一通百通。昨天夜里，听薛姐说起时，一直在想，难道关键人物有两个，否则，说不通呀！

"不骗人？"

"这都什么时候了！"

"其实，我不是个喜欢占便宜的人！"大雨说，"这忙帮不了，关键人的事，您还是带进棺材吧！"

"免费，免费怎么样？还有很多这样的机密情报，全都免费……"

"真不用了，信不过。"

"人之将死，其言也善。"齐连陆一脸委屈。

"这枪算相识一场，赠送给你。"

齐连陆睁大双眼，看来死亡真的很恐怖，哪怕之前见过再多，轮到自己的时候，哭出来不丢人："名单你要吗？"

"告诉你个秘密！人都要换了，名单你留着。"大雨凑近齐连陆的耳朵，"想知道的，我都知道了。"

齐连陆呼吸急促，嘴巴微张。

大雨顺势把枪管，伸到马贩子的口腔深处，门牙破碎后的锐角，磨得枪管吱吱咯咯直响，忽然想起章光祖，这声音激起的反应，正如他讲，"好想屙尿！"

"关键人的事，我才知道，就刚刚，你亲口讲的！"大雨说完，扣动了扳机。

子弹把齐连陆的后脑，爆开个大洞，面部没破坏，马贩子的双眼圆睁，充满了疑惑……

老弗把大雨拉到一边："跟齐连陆嘀咕半天干吗，东西问到没有？"

"不重要了，答应你的事都办了，别骂我不靠谱就成！"大雨说，"没要有你名字的那份名单。"

"正好给上头，一个换血的理由，故意这么干似的！"老弗叹口气，语气很低沉，"以后帮不上忙了。"

"明白。"

"今天会死很多人,如果是我,不会这么蛮干!"老弗说完笑笑,"一朝天子一朝臣,对新登基的老大来讲,多死几个老家伙,挺好!"

"见招拆招吧!"

"今天的事,有人找过我们新老大。"

"明白!"大雨说完笑笑,"你还欠我顿酒,三分、四成一带的。"

老弗空手瞄准,做个打枪的姿势:"啪啪!"然后眨眨右眼道,"花酒!"

界限街这界限二字,指的是俄、英两租界的边界。英国士兵来得真快,这么会儿,枪全端上了。大雨背后凉飕飕的,他的脚已在界限街这边,英租界内。回头看去,老弗正向另一个俄国人讲着什么。那人一副全神贯注的样子,大雨知道,他此刻一定心不在焉,想着如何处理一帮老东西……

第八章

二十一世纪,转眼过去二十年。武昌老城蛇山脚下的粮道街,拆迁当中。这一天,松林家接到公安局电话,说是他们老宅地下刨出尸体,埋没好深,共有六具,法医判定,五男一女,死很久了,快一百年……

因为房子,松林跟钟姗的婚事,一直拖着。朋友们都记不得,他俩一起多久了。男方曾多次提过领证的事,女方只说,我不想孩子将来,在那样的房子里长大。

钟姗口中的房子,不是他们目前暂居的出租屋,特指松林家老宅。老宅位于粮道街旁的一条斜巷内,沿宅前坡道翻过一道坎,背后就是蛇山。

滚滚大江东流,一桥飞架南北,京广铁路,蛇山梳窄,火车变成灌肠,绳头不疾不徐,抛挂对岸龟山。

蛇山前面那道坎,也有自己名字,哑巴山,一幢幢高楼生长需要营养,本就瘦弱的坡体,渐渐被蚕食干净。

上学之前,外婆规定松林活动半径的极限,是哑巴山顶,但小伢哪儿管得住自己,有几次,禁不住世界尽头以外的诱惑,擅自跟着大伢们爬过蛇山。

钉子，尤其钢质伞骨，是制作小刀的绝佳材料。铁轨高头放正，不能超出边边，火车轮子锻造后，趁热在石头上磨出尖刃即得。不止一个孩子，因铁路边玩耍，致残或者死亡。禁忌即诱惑，于是，蛇山轨道附近，就成了勇敢者的游戏场所。

好在，松林这群伢中挑头的，算有分寸，天黑前，必领着大伙儿归家吃晚饭。不走回头路，是不成文规定，胭脂路折返，常规操作。对松林来说，第一次冒险带来的新鲜感，等价于长大后首次出游世界。

最妙的是，大伢们总能弄到废铜烂铁，再不济，也会通过火烧垃圾堆里的漆包线，提取少得可怜的铜丝。铜丝交废品收购站，换来的钱有限，街边铺子玻璃罐诱惑可见。

话梅尚未拈出，口水已汩汩吞咽，平均下来，人手不到一枚，伢们出生时，脑壳已预装朴素的原始共产主义软件，人之初、性本善，梅子咬过一口后，泥巴小手里流转，见者有份。

头儿住松林家对面，由于相互包庇得当，他们的行踪，一直没有暴露。

即便武汉土著，也有汉口、武昌、汉阳之分，对故土，大家理解不尽相同，更何况钟姗，一个外乡人，听男友故事无感，正常。小时候，她没见过火车，对铁皮灌肠，亲热不起来，如果聊飞机，兴许凑合两句，卧草地，望云端，银亮小不点儿天上挪移，蓝色背景板，画白线如烟。

松林，典型文科生，讲起话来口若悬河，但钟姗眼中，逻辑漏洞百出，好口才谈不上，充其量算爱说。松林做钟姗的思想工作，屡次无果，老宅里办婚事的想法，只能暂且搁置。外头新房虽好，但要品质、地段满意，几百万跑不掉，二人既凑不足首付，也不想因贷款压力过大，影响生活质量，好在近两年，从学区开刀，楼价波动可期，看来大大说的，房住不炒果然。索性静待拆迁,尽管年纪一天天大,钟姗却不慌不忙。松林问,以后生不出来么办?钟姗答,么办,豆拌(武汉话,爱咋咋地),冒得也蛮好的,老了实在想要,抱一个去。男人说,伢是自己的好。女人说,偏见,都是人类后代!

钟姗是理科生,逻辑缜密,尤爱数学,二者互为因果。有悖常理的内容,细品却在情理之中,只她嘴里出来,格外噎人。说来奇怪,理工科学校,男女比例失调,向来僧多粥少,大学四年,居然一个异性朋友没交,最后落到松林手上。

松林的校园生活,不说姹紫嫣红,至少是多姿多彩,拿下钟姗以后,多少有些好奇,一个女人居然挨到这把年纪,经验为零。男人本想赞美两句,女人却看着天花板,若有所思地自言自语:"早晓得这舒服,真不该拒绝他们,何至于等到今天!"

松林差点儿吐血,这可是要当老婆的女人,别的忍了,"这第三人称的使用,能不用复数形式吗?"他问。

"没毛病呀,光足球队就有三个追我!"钟姗斜眼睛看人,一脸不解地说,"你们学文科的,老跟语法较劲干吗!"

不止一次,松林吃瘪到怀疑彼此未来,他试图找出症结所在,但总回忆不起两人交往原点,究竟该从哪一天,或者哪桩事算起。

关于两人情史,男人心里,糊涂账一笔,只好把初次欢好日子,当成纪念日。钟姗听完,翻着白眼说,这倒记得清楚。松林没顶嘴,想起梅梅,第一次溃不成军,心里叹息,真没啥好纪念的。钟姗见神情古怪,再翻白眼一个。

既过日子,磕绊难免,习惯成自然,某天与钟姗拌嘴,输是难免,情绪跌到谷底,事后,松林为自己找个理由,叫作君子和而不同,顿时否极泰来，再吵架，学会主动服软，虚怀若谷不少，但男性基因里的控制欲，仍偶尔出来搅局。

话少是女人优点，也同为缺点，明明心里早有答案，偏懒得开口，钟姗兴趣，躲深邃星空背后，尽管嫌男友讲话修辞过多，但因为爱，当对方是嘀咄（嘴碎）小伢。

松林瞄着窗外霓虹，描绘小时候、同外婆的生活片段。古朴老宅，自然不会缺席，大门插锁，电视里见过的那种老物件，钥匙是根两寸长、半厘米宽的扁铜棍，头上小耙子样的，锁眼里轻轻一送，"咔嗒"，开了。

左侧厢房竹窗栏外，一口水井，蹲小院正中，旁边大树，学名叫不出来。听到这儿，钟姗叹口气，看来城里孩子，五谷不分是真，唉！玉兰也不认得，武汉好多这树。

好容易，松林怀旧讲演结束，钟姗提了两个问题，上厕所，以及漏雨如何应对。松林说，痰盂放木围桶中间，坐着排放，感觉和马桶一样，每天清晨，听见青石板路上摇铃响，各家端着头一天的……

钟姗打住，直直看着男友。松林无趣，把天晴弄瓦、待雨打芭蕉，躺椅里静听岁月流金的话咽回。

说白了，就是房子太老，趁有太阳，屋顶瓦片、油毡整好，这种事马虎不得，雨大再逢屋漏，床上那叫一个稀里哗啦。

终于，拆迁消息传来。母亲跟松林交代，外婆临走前，嘱咐屋子归你，谁叫家里两代单传。爸爸单位，分的房子虽小，但两老够了，地方住熟不想挪窝，老宅的事，自己看着办吧，办手续要签字，来接我去。

松林想，补偿价格还没最终敲定，等事情尘埃落定，再跟钟姗讲也不迟，但回迁要好几年，怎可能不透风，且时间上得还出娘家，不然的话，钟姗会问，下班不回，哪里野去了！

一想到钟姗指挥若定、自己忙前忙后的样子，松林就心里添堵。他决定，所有拆迁还建事宜，只泛泛一带而过，细节条款不说，只讲讨价还价如何耗神，收拾东西怎样费心。让女人在出租屋里安静待着吧，没发号施令的，老宅里满满回忆褶皱，自己慢慢熨烫玩味！

玩伤感怀旧也好，追忆逝水年华也罢，说一千道一万，男人的小念头，掰开就一句话：今后跟不跟她过还两说！忽然有些害怕，彼此最好的青春岁月，都耗在对方身上……

收拾屋子比想象中麻烦得多，不知怎么搞的，越收拾东西越多，想想出租屋，那么小个空间，却井然有序，所有物件，安分守己。唉，多亏钟姗强迫症！

松林这天溜号，老宅子里待够了，回家路上，撞见顺路买菜的钟姗。松林眼睛亮亮，故布疑阵，让猜猜自己的发现。钟姗胡乱应了几句，到屋后，小板凳坐着，只顾剥毛豆。松林绷不住，竹筒倒豆子……

"看憨不死你！"钟姗笑。

松林如是说：老宅左厢房后边，过道通厨房，木头夹板隔开。床挪走后，隔断全裸，贴近地面的破洞里，居然有洋画，幼时玩意儿，不晓得么样滑进去的。老早前传，要拆迁了，父母不叫修缮屋子，说浪费钱。这回坐实，过不多久，推土机一到，即刻夷为平地。想着想着，指头进到破损处，嫌缝隙太小，"咔咔"几下，木头早已朽腐，扯开个大洞，落一眼睛灰，后头水井边冲洗。

水井早已废弃，围着砌了个池，牵条自来水管。回来再摘几片木板，屋里光线，前所未有地亮堂，地上遗半寸厚尘，扫出几个玻璃球，从前伢们趴地上玩的那种，也是跳棋子。笤帚触到板砖，捡起来，弄干净，原来是个油纸包，细绳扎活扣，轻轻一拉，没开，绳却扯断，慢慢展平，裹笔记本一方。

松林讲完，由包里摸出叠黄纸，外面加套了塑料袋。钟姗问："么年月的东西，一股味儿，么内容？"松林说："急么事！"钟姗仍剥毛豆，松林开始诵读。钟姗皱眉头，问怎么这腔调。松林说："内容写于民国，九十多年前的，新文化运动还没几天，可不就文白夹杂。"钟姗说："你看完了吧？"松林说："看完了。"钟姗说："你中文系毕业的吧？"松林说："没错。"钟姗伸手，袋子里摸出蒜头，边剥边说："故事会讲吧？"松林说："会的。"钟姗说，按现代人的语言习惯，行吗？松林翻看几页，叹口气说，好吧！

"这事儿，得从一九二六年讲起，国民革命军，从广州起兵北伐，先克长沙，十月十日，拿下武昌城……"

"编故事的水平有长进啊！"拖鞋里，钟姗拔出脚，用趾头挠松林大腿，"每天上班摸鱼，领导嘴巴不讲，心里肯定不舒服吧！"

"冒得几天，他就要退休了，你把别个说得那呎（做人夹里半生）！"松林把手上的笔记本一合，"跟你说了，这不是我写的，差不多一百年的东西，哪滴（里）编得出来哟！"

"就这个工作状态，还指望升职加薪，房子怕是一辈子冒得指望了。"钟姗叹口气，对着空气说，"我才不会在那种鬼地方生伢……"

饭后洗漱完毕，换了昏黄壁灯，这晚，松林原想把拆迁提速的消息，当催情药，用男人生来自带针头，注入女友身体。短裤褪到一半，听钟姗这话，顿时萎靡不振，就手关灯，往外挪两寸，摸床沿眯了，心想，再等等吧，凡事留一手好。

钟姗翻来覆去。松林了解，肯定不是跟自己斗气，女人没那根弦，终于忍不住问："怎么了？吭个声！"

"想着笔记本中的故事,错过那股困意,睡不着了,"钟姗圆睁双眼,晶晶放光,"干脆讲讲呗。"

"睡不着,也可以搞点别么事唦!"松林说着,手往下面滑去。

"那还是睡吧!"钟姗打了男人手背一下,说,"或者讲一小段,当睡前故事?"

"好吧,"松林兴致全无,打个哈欠,悻悻地说,"大早还要上班,就一段啊!"

钟姗点头,扯动被单,松林起身,床头灯亮。

松林翻翻笔记,略略过过脑子后开始:"一九二七年,二月二十二日,夜。汉口'血花世界'门外,章光祖准备杀死齐连陆。"

见松林停下,钟姗问:"怎么不讲了?"松林说:"笔记本残破……"

"到底看过没有?"

"看过了。"

钟姗说:"看清几多讲几多,窟窿我用逻辑补上。"

"好长!"松林说,"一晚上甭想干别的了?"

"干什么别的?"钟姗瞪大眼睛。

"好吧!"松林重重地呼出口浊气,起身去上厕所,尿尿的时候,喃喃自语,"下辈子,打死不找这种理工科女生了。"

"齐连陆不知道,除了死亡,自己给不出别的,因为,杀人者只要那!"松林接着讲述,哈欠连天……

不知道过了多久,松林身子一抖、抽筋样地惊醒过来。手脚伸展,似乎差点什么,边上摸摸,钟姗不在。睡眼惺忪中,见一线亮光,由门底泻入卧房。

松林趿了拖鞋、咂着嘴巴,开门走到客厅。餐桌边,钟姗正襟危坐,心无旁骛,几本书摊开,手里抄抄画画。松林带回的古旧笔记本内,塞夹了不少纸条。

"几点了?"

钟姗不作声,指指墙上挂钟。

"还没睡觉?"

"这可不是故事!"钟姗答非所问,扬扬松林的历史书,又拍拍手边笔记本。

大灯照耀下,笔记本可怜兮兮、四仰八叉,木桌子上平躺,像一具正待解剖的裸尸。

之前,松林的感觉并没这么强烈,老宅里翻看时,甚至有一种与环境相得益彰的莫名和谐。笔记本内,断口参差,纸页整体呈黄褐色,层层叠叠之间,色差明显,可以想见,多年以来,鼠辈们是如何子承父业、前赴后继地用尿液代代浇灌。猛然间,松林似乎理解了钟姗。每次到老宅,自己总是滔滔不绝,而对方却如坐针毡,各人有自己的成长记忆,勉强不来。

松林正想说点什么,钟姗口气淡淡:"这种东西,今后不要拿上床。"说话同时,用食指中指,轻叩笔记本两下。松林接过,顺手翻翻,夹了纸条那几页,半文半白,半简半繁,半新半旧,历史像是携带了注脚,正从糜烂了近百年的岁月泥沼中,挣扎着迎面扑来……

松林不想纠缠,打着哈欠说:"大雨忙活半天,最后一枪把齐连陆给崩了,什么都没落着,讲不通呀!"

"全弄清楚后,大雨才开枪的。"钟姗说,"那个关键目标人是八号,亲日!"

见松林茫然更甚,钟姗解释:"大雨要在十二人中,找出关键人,还要弄清楚他亲日还是亲美，对吧？"

松林点点头。

"确定题目后，再看解题条件。"钟姗来劲。

"好了，好了！"松林最怕听女友上课，"咱们好好讲话。"

"大雨安排了三次行动，牺牲掉三个人……"

"等一等。"松林打断，"死了两个人，章光祖和谭世宗。"

"不应该呀，文科生，读书太不仔细！"钟姗叹口气，翻开笔记本，念出一小段，"时隔仅一天，大雨非常懊悔。那刻，是他最后一次，看见活着的薛姐。"

松林不接话，眼睛闭上。钟姗以为男友累了，刚要关灯，松林悠悠道："继续呀！"

男人很久没在逻辑上给女人制造麻烦了，那样的快乐，弥足珍贵。他一心寻找破绽，但钟姗的话无懈可击，于是，只能假装睡着。

钟姗道："齐连陆手握重要情报，多方寻找买家，其中，日、美两家兴趣最大。老弗亲眼看见，几方在血花世界碰面。关键人既是汪先生的心腹，自然核心玩家，但凡看到齐连陆出事，大概率第一时间会和自己背后的洋人通气。"

笔记中说，大雨不会在一棵树上吊死，是讲当大队人马撤走以后，解决关键人这件事上，有两条路径，一是齐连陆的嘴，二是自己动手测试。大雨选择同时进行。

第一次行动。血花世界门口，章光祖砍杀齐连陆。从通话记录来看，九到十二号基本排除。一到四号中，有人跟美国领馆联系过。五到八号中，有人跟日本领馆联系过。目标人的范围一下子缩小了，政治倾向的分布也更加具体。

经过第一次测试,得出结论如下:目标人很可能在一到八号中间,如果他是一到四号中的一个,那么,这人大概率亲美。如果他在五到八号当中,那么,这人大概率亲日。

第二次行动。福吉酒楼吃饭。通过俄国人老弗和陈十的接触,给赵一、钱二、孙三、李四、郑七传递信号,俄国人在行动,而且已经渗透到十二人参谋团中了,你们的动作要快。

第一次行动中,已经排除了陈十,由他充冤大头,刺激关键人的效果才好,如果从一到八号中间选,很可能正好撞到关键人。那样一来,关键人演了本是为演给他看的戏,立马穿帮。这里面,大雨还考虑到了十二参谋内部,除了日常习惯外,其实各怀鬼胎,不交心的。从薛姐以及日、美领馆内线提供的情况来看,被测试的赵一、钱二、孙三、李四、郑七,当晚都没特殊反应。

第二次测试以后,得出结论如下:关键人很可能在五号、六号、八号中间。至于政治倾向,第一次测试,就已经知道了,亲日。

第三次行动没能进行,原因是大雨被抓到医院,他和齐连陆达成协议,帮助马贩子逃出汉口以后,可以得到关键人的名字。在此之前,大雨从薛姐那里,得到了一条重要信息:五号和六号,去过万国医院。以关键人的低调习惯,敏感时期去见敏感人,概率不高。但不排除,五号和六号中间,有一个是关键人,另一个是他的保护层或者叫障眼法。

所以,如果大雨有机会,做第三次测试,一定会在五号、六号中间展开。排除了他俩,关键人极有可能是八号,政治上亲日,问题解决。证明了关键人是五号或者六号,问题解决。证明了关键人在他俩中间,且其中某人不是关键人,问题也解决。

"不累吗?"忽然,松林睁开眼睛,"齐连陆都准备把关键人的名字告诉大雨了。"

"换你，会相信这家伙吗？"钟姗可气地嫣然一笑。

松林噎住。

"最后，大雨确从齐连陆的话中，排除了五号、六号，但前提是齐连陆，没有像大雨那样去推理，因为他掌握了直接信息。生死攸关，齐连陆提供了间接信息，即五号、六号见他，只是走社交过场，主要为了赌马赢钱。估计这两位，以前就得过马贩子的好处。他不知道，大雨通过推理，把他的间接信息，转化成了直接信息。"

松林犯晕。

"概率，关键是概率。"钟姗解释，"马贩子加情报掮客齐连陆，从十二参谋里面说出一个来，和自己通过推断得到的结论，哪一个为真概率更高？"

"说得有鼻子有眼，像是真事。"松林说完，自回卧室睡觉。

"当然……"钟姗关灯，沙发上一倒，看着天花板发呆。

第二天，松林拎包住父母家去了，说是拆迁的事要商量。之后，两人许久未见，只电话联系，钟姗不知道，这究竟算被时尚分手，还是传统意义上的打入冷宫。

第九章

三个月很快过去。

拆迁这种事,从传说到开扒,往往一等好多年,可真动起手来,三下五除二。松林想着配合母亲办手续方便,一住几十天。他与钟姗,许久未见,近似分手。为一桩不靠谱的百年旧事激烈争论,还是因为梅梅?松林不能想,一想就头疼。

梅梅是松林的老街坊、老同学、老战友。最近刚从深圳回来。听旧友圈子里讲,已经离婚一段时间了,正考虑要不要留下,毕竟房价低,医疗教育又好,生活压力不大,城市配套也行。蛮多武汉姑娘伢,就是嘴巴不讨人喜欢,稍微顺毛摸摸,你敬她一尺,她敬你一丈。想当年,如果不是自己……算了,见面再说吧。

松林本来还在犹豫,听完钟姗的大课后,陡然一激灵,想撤回微信吧,时效已过,梅梅无孩,又恢复自由身……松林开始胡思乱想。

见面之初,尚充满期待,聚过两次后,松林发现,这可不像自行车,叫人家借去骑一圈、再还回来那么简单,梅梅整个换了一人,聊的话题尽是什么大湾区、前海、深港一体化、创业之类。聊天真累,喝咖啡就免了,更别谈吃饭,尽管后来,两人都意识到不可能再续前缘,但松林就是一直赖在父母家。也不是不想钟姗，真奇怪，在一起很烦，离开颇怀念，死女子好讨厌，虽然每天互有电话往来，打死不提迎接圣驾回宫。

要不是那天接到公安局的电话，松林也不晓得么样收场。公安局说，拆迁时在老宅地下刨出尸体，埋没好深，共有六具，法医判定，五男一女，死很久了，快一百年……

钟姗一指小板凳，松林半蹲半坐。原来，剥毛豆也可以高高兴兴，关键看是为谁。女人捣蒜泥，点香油，拌陈醋，厨房里叮里咣当，小煤炉上煨的排骨藕汤好了，盖子一揭，松林想哭，不为菜，为做菜的人。

如果，有第三人在场，肯定会被男人的快活劲儿传染，可拍成视频，单用眼睛隔屏观赏的话，两个又不讲话，么事都看不出来，无聊要死。

"六具尸体，老宅地下挖出五男一女，听警察说，死了快一百年……"饭桌上，松林打破沉默，"一九四九年，房子本就便宜，卖家急着脱手，也是从别人那里接的，还不满三年。外公又砍价不少。可惜没见过他，一九六几年走的，好些事，都是等我大了，妈妈才讲。买房子那会儿，妈妈还没出生，因为户主写的是她名字，陪着局里走一趟，例行公事……"

钟姗不作声，若有所思样子。

松林夹一筷子毛豆，想着刚才剥出一条小白虫，不由感慨道："有机的咧，上回看到这种肥胖胖，怕是十几年前了，会买菜呀！"

"外头哪有卖的哨！爸爸来武汉带的，"钟姗揉眼睛，像是进了毛，"又不怕累，大包小包地挤长途汽车。"

"人咧？"松林问，"冒听你说起！"

"早走了，前天你又不在屋第。"

"吃了饭冒，"松林话讲一半，心想，"吃也是在屋第弄，嫌外头不合胃口,都是借口,就是嫌贵,老人家,唉!"

"尸体……"钟姗刚开口,松林接过去,"警察会处理好的,你就不用瞎操心了!以后起了高楼,我们只管拿钱,心里硌硬的话,换个地方买。"

夜里,钟姗钻到松林怀中,男人伸手搂住,顺便帮女人把脖颈后的被单捋好,空调吹久了容易酸胀。

"就不怕我从此消失?"松林问。

钟姗往男友怀里死劲钻,尽管鼻子早就抵住了松林的胸骨。女人缺氧,把头探出被子,深吸口气说:"那倒不会!"像只海豹。

"嗯?"

"你也想孩子聪明吧?这事儿和妈妈的智商正相关,不是靠化妆、美颜能解决的。"忽然,钟姗话锋一转,"你那些莺歌燕舞……"

"莫鬼款(别乱讲)。"松林截住,低头看看女友,从不化妆,白天时候,清秀被眼镜掩盖大半,非要评价,也算好看,普通人嘛,又不是明星,这样子不错了,就是一张嘴,唉!但她说的,也不是么拐话(不好的话),生硬些而已,偶尔咄咄逼人,讲好听些,叫科学精神,为了真理坚持己见。人嘛,哪个不想听点好的,男女一样,老少一样。都是借口,自己修行不到。

"你说,要是孙先生多活两年,或者没发生宁汉分流、合流,国民政府定都武汉,会发生些什么事?"

钟姗一言不发,似乎痛定思痛,打死不接男友的话,只是将他死死搂住。

"如果武汉是首都的话,一九三七年底,淞沪会战之后的惨剧,会不会发生在……"

"历史不容假设！"钟姗打断，声音好凶，松林吓一跳，赶紧住嘴。

"不行，不行！"女人掀开被子起身，"会憋死人的。"

"怎么了？"松林发蒙。

"事情还没有讲完！"

"什么事情？"

"笔记本里的事情，老宅子挖出死人之前，我已经全搞清楚了。"

"什么时候去的老宅，你没钥匙呀，也不跟我说一声。"

"跟你说一声，"钟姗叹口气，"人在哪儿呢？几个月没露面，小七说我，肯定被甩了。"

松林胸口凉，低头见湿了一大片，应该是喊完老婆，给女人抱住那阵子遗下的。

钟姗早早离家出来读书，不强的话，一人怎么应付得了全世界。私下里，朋友们哪个不夸钟姗能干，当面揶揄自己，不过是对冲羡慕嫉妒恨，这说明什么，老婆好呗！

"不是你的风格咧！"松林故作轻松。

"今天，还是先把事情说清楚吧？"

"什么事情？"

"笔记本的事情。"

松林嘘口气。

钟姗从书柜转回，东西往桌上一扔。

"两本？"松林吃惊。

"对，两本，还有一张报纸。"摊开后，钟姗指指头条，"一九四六年三月，大雨死于空难！"

钟姗的推理，可以说服松林，虽然他嘴巴上不承认，却说服不了自己。就像考试靠猜，即便蒙了个高分，心里也总觉着空落落的。

钟姗问自己：如果我是大雨，该怎么做？

验算！

老宅子的旧锁，用扁铁棍一捅就开，松林忘带钥匙的时候示范过，钟姗依样画葫芦。进屋后，女人反手掩门，光线昏暗，木头箱子坐定，直直看着厢房隔断。

夹板早已朽腐，到处都是破洞，一处大口子，龇牙咧嘴，透着鲜活，应该是松林弄的。钟姗走过去，沿着洞口边缘一拽，稀里哗啦掉一大片，眼睛里尽是灰。院子里，水井早已改造成管道，龙头锈死，好容易拧开，滴几坨黄水，嗷嗷嚎两声，再没反应。

大门口似乎有动静，钟姗吓一跳，转去看，一个老头子探头探脑。

"废品有吗？"老头见人来，问道。

"木头要吗？"钟姗反问。

"不要！"

"帮我个忙……然后……"

收废品的老头，风卷残云般拆掉整面隔断，作为回报，钟姗带他去厨房。老头抱走了一堆火钳、铁钩、铁锅架之类东西，一趟没拿完。

扬尘平静下来，隔断处，钟姗找到另外一个笔记本，外头用油纸包住，品相比松林拿回的好。打开后，掉出一张一九四六年的老报纸……

"你去哪里？"松林见钟姗换鞋。

"丹丹那里。"

"干什么？"

"住一段。事情没说清楚，憋得慌……"

"笔记本的事情，不是说差不多了吗？"

"还有我们的事情!"

出租屋空荡荡,头回显大,桌上一堆东西,女人留下的,男人颓然翻弄,历史书,一些条目底下,钟姗做了记号:

一九二六年,十月二十二日,蒋介石电张静江、谭延闿,主张中央党部移至武昌,以谋党务发展。

十一月十六日,国民政府为迁都武汉,派出宋庆龄、孙科、宋子文、苏俄顾问鲍罗廷等,及随员六十余人。

十一月二十六日,国民党中央政治会议临时会议作出迁都武汉的正式决定。十一月二十八日,国民政府决定迁移武汉。

十二月十日,宋庆龄、孙科等,在武昌受到各界民众热烈欢迎。中央政治学校血花剧社筹备人民俱乐部,接手汉口新市场,改名血花世界(现武汉民众乐园)。

一九二七年,一月十三日,斯大林电鲍罗廷,坚持设首都于武汉,作为妥协,可以同意总司令部驻南昌。

一月十八日,蒋介石离鄂返赣。二十日,国民政府中央银行汉口分行开业,发行一元、五元、十元、五十元、一百元兑换券五种,在市面流通。

一月二十一日,因英国政府增兵上海,陈友仁中断双方谈判。二十四日,北伐军攻占南昌。

三月三十一日,中共中央机关从上海迁至武汉。同日,陈友仁向汉口英国领事抗议英舰炮轰南京事件。那天重庆,刘湘制造三三一大惨案,当场死难者有四五百人之多,伤者过千。

四月八日,蒋介石通电查封国民革命军总政治部。四月十二日,蒋介石发动四一二事变。

四月十七日,武汉国民党中央下令,捉拿蒋介石,按反革命条例惩治。四月十九日,武汉国民政府在武昌举行誓师北伐典礼。

四月二十日,武昌、汉阳、汉口三市归并管理,定名武汉市。七月一日,武汉市改为武汉特别市。

八月一日,中国共产党在南昌举行起义。八月二日,汪精卫自九江返回汉口,下令免贺龙、叶挺职。令张发奎、唐生智、朱培德等部追击南昌起义部队。

八月五日,武汉卫戍司令部搜捕共产党员。八月十日,汪精卫等电复南京李宗仁等,谋宁、汉合作。八月十一日,汉口经济愈趋困难,商会请当局勿再印库券,并集现金兑现收回。

八月十三日,蒋介石发表辞职下野宣言。陈友仁反对宁、汉合作,离开汉口。

八月十四日,中国共产党为宁汉妥协发表《告民众书》。八月十七日,武汉当局发表《迁宁宣言》,以结束武汉政权。

九月十六日,中国国民党中央特别委员会在南京正式成立,宁、汉、沪分立局面结束。

九月二十日,武汉国民政府宣布撤销。次日成立中央政治委员会武汉分会,辖湖北、湖南、江西三省。武汉国民政府完全终结。

头一回,钟姗下班的时候,松林来接,最让人意外的,男人居然手捧一束鲜花。

丹丹,钟姗大学同学兼同事,一贯不待见松林,见这架势,正好帮闺蜜报仇:"求婚应该单膝跪地!"话音刚落,惹周围一片哄笑。

松林满脸通红，原想说一声："对不起！"那刻，嘴巴却给胶住。

丹丹心软，推推钟姗，耳边小声说："先回吧，东西我帮你收，明天带到办公室。"

"才住一天，就赶人呀！"钟姗说，"不是说男人不好玩，多找几个姐妹，一起快活到老，等腿脚不方便了，相互照应吗？"

"那倒不是，"闺蜜现抓理由，"晚上约了人。"

"多大事儿，我戴耳机看剧，你们该干吗干吗！"钟姗道。

打着嘴巴官司，两个女人走远。

松林不知该跟，还是转身离开。正纠结，丹丹回转，才想起有个大活人似的。

"东西看完后，好好给她讲讲，当年不就是靠编故事，把钟姗哄到手的吗？"丹丹说完，转身走开，嘴里嘀咕，"死女人，到底让她男人看什么，也不说一声。"

"笔记本的事，看来钟姗谁都没告诉。"松林正想着，丹丹回转，一把将花夺走，顺手掐掉片叶子，嘴巴不消停："都黄了，男人真不会办事，用处没一点，除了编故事……"

松林回到他和钟姗的家，翻开另外一本笔记。关于大雨讲的、不在一棵树上吊死的话，松林跟钟姗理解不同：女人认为，自己测试和齐连陆的招认，是两条并行不悖路径。而男人觉得，从一开始，大雨就有合谋关键人的打算。

分开这段时间，松林想明白了，要在钟姗这棵树上吊死。他要为女人讲一个完整的故事，而不是像大雨那样，送花只为哄人，害薛姐丢了性命。有时候，女人蛮可爱的，明明自己看过了，非要听男人讲一遍，外表再强大，终究是长不大的伢……

第十章

一九二七年，二月二十五日，深夜。

折腾一天，杀死齐连陆后，大雨气力几无。虽说马贩一帮子，跟俄国人火拼后，死得七七八八，但心里终究不踏实，干脆到南洋兄弟大楼办公室，凑合一晚。

二十六日，早。

老丁来电话，想在武昌粮道街小院内，给大雨饯行。大雨回头看看，问："你怎么知道我在这里？"

"还能在哪里？"老丁说，"难不成有人向我报告？"

"难说！"大雨讲完，电话两头笑过，正色道，"头儿走后，那地方只有我俩晓得。"

"当然，当然，我自己去馆子里头端，好好喝一杯。"一丝不易察觉的停顿过后，老丁愈发热情，"何时动身？"

"今夜！"大雨道，"答应过头儿，二十二号不算，三天查明关键人，今夜是第四晚了，莫非你想把我灌醉，让组织误以为兄弟临阵脱逃了？"

两人又笑。

撂下电话后，大雨去见七号、八号、十号，每处十分钟。七号、十号是障眼法。接下来,料理章光祖、谭世宗的身后事。家门敲开,递一包钱。至于亲人的疑问,担心,或渺茫的希望,那是他们自己的事。或许,因为得了笔意外之财,欢天喜地也未可知,反正,钱能买回心里的平静。

大雨压低帽檐,血花世界一带,始终没见薛姐,于是放弃。

初春渡轮,冷清的煤烟呛鼻,相对夏天,登岸台阶漫长许多。坐人力车,昙花林寻个僻静处少歇,算算时间差不多了,大雨往粮道街去。小院内,老丁已恭候多时。

"头儿走了,这地方只有我们……"进门后,大雨左右偷瞧。

"只有我知道。"老丁沏茶同时,接过话去,"你没了!"

"开宗明义,难得!"大雨呷口茶,滚烫,"什么时候开始,准备动我的?"

"叶落之时!又没惹你,使劲踹它干吗?"大雨跟随老丁视线,从临街厢房窗棂钻出去,老树枯枝,无风黄昏中,对生死早已无动于衷。"你呢?什么时候开始防备我的?"

"第一次行动后,你提供的日、美领馆通话时间,和我搞到的,正好对上。"大雨答道。

"我也反思过。"老丁说,"不该太顺着你,反倒刻意了。"

"倒在其次。"大雨呷茶,温度正好,"老弗那么个老江湖,一聊到同袍变成顶头上司,脸都白了。"

"一山不容二虎。"老丁笑笑。

"等到你按要求,大费周章地安排在福吉酒楼吃饭,牌基本上就明了。"大雨道,"谜题揭晓后,我将被做掉,知道关键人的,蒋先生这边,你是唯一一个,想怎么玩都行,真是稳赚不赔的好买卖!"

见老丁不作声，大雨问："几成把握？"

"弄你吗？"老丁道，"说九成，不算盲目自信吧！"

"你们不像我们！"

"什么意思？"

"多数情况，你们靠单线联系，不像我们，韩信点兵，人手方面，多多益善。"

"五比一，够了吧！"老丁眼中，杀机尽泄，重复一遍，"说九成，不算盲目自信吧？"

"日美领馆内线、一两个司机、自己本人……"大雨掰着指头数数，"非百分百信得过，哪敢喊来，稳妥起见，多算你一倍，十个顶天了！"

"五个够了！"老丁叹气。

"酒呢？"仿佛事不关己，大雨忽然问。

"倒真备了！一会儿，菜由馆子里头送过来。"老丁冷笑，"不过，你无福消受，庆贺我升职同时，接受钱行的，只是一具尸体。今后，汉口这地头……"

"怎么跟头儿讲我的事？"

"天津帮寻仇……总之，兵荒马乱的，不说你临阵变节，已经嘴上积德了！至于尸体，怕麻烦的话，要不……"老丁眼睛乱转，忽然盯住地面。

"还以为要问关键人的事。用他名字邀功，留我条命？"

"开什么玩笑！"老丁捂住嘴，"你那点破玩意儿，思路就不讲了，福吉酒楼请客那天，我就全想明白了！"

"是吗？"

"那天，还有意外惊喜！"

"什么?"

"见到了三个人!"老丁说,"从安排血花世界对面的牌局开始,我就在想你究竟要干吗。福吉酒楼吃完饭,越想越不对劲儿,于是我回去换了身衣服,脸也化……不啰唆了,总之,这是我的专业。"

"废话真多,哪三个人?"大雨心跳加速。

"五号,六号!"老丁泼去杯中冷茶,重倒一杯,抿了小口,"我猜,关键人就在他俩中间,也可能是八号,无所谓了,不像你,我有的是时间。"

"最后一个是谁?人在哪里?"大雨起身,脸涨通红。

"哦,对了!"老丁咂咂嘴,"昨天晚上,你会去万国医院,她告诉我的,我又告诉了俄国工部局的一个朋友,那个朋友现在是老弗的头儿。"

"你把她怎么了?"

"没怎么,刚要上手段就全说了,是个聪明人!"

"到底人在哪儿?"

"唉!答错一个问题。"

"什么问题?"

"我问她,跟大雨先生上过床没有,先摇头,看我一眼,又点头。"老丁盯着茶汤,"既然你没了,如果你的人还在,总是个麻烦!"

大雨气急拔枪,老丁闪到门口,高喊来人。

嗖嗖嗖,一气进来十几个,中间两位,拎小鸡似的把老丁提进屋,往地上一扔。

"要不要我来介绍?"大雨问。

"我的人呢?我的人呢?"老丁扭动着身子干号。

扑通,扑通,几具尸体陆续扔进来。

"我的人咧？"大雨用枪顶住老丁的头。

"死了，厕所里头！"老丁歇斯底里。

确认过薛姐尸体，大雨回到老丁身边："如果她说没跟我上床，你会不会放她一马？"

"如果我说会，你会不会放我一马？"老丁扭过脸，看了看大雨血红的眼睛，然后非常肯定地说，"不会！除非……"

大雨没开枪，用右手臂弯，箍住老丁的脖子，像对付章光祖那样。眼看老丁气绝，大雨稍一松劲，老丁缓了过来。

"除非什么？"大雨问。

"除非和我……"老丁摇摇头，"算了，懒得骗你，即便和我上床，事后也会杀她！"

"啪！"

结尾

一九四六年,清明。

每当敲门声响起,都会觉得是抓八号的人到了。没什么好说的,确实做错了事,快点儿枪毙,倒是种解脱。两年前,汪先生客死日本。我不想离开,不想跟他一样。从那时候开始,我就通过回忆,把十九年前的事,整理了一部分出来:

一九二七年,二月二十六日,早上。

大雨面带微笑走进我的办公室,说他是蒋先生的人。我见来者不善,对他说,没什么蒋先生的,汪先生的,非要论,大家都是孙先生的人,都是中国人。大雨笑了,说他是来劝降或者取我性命的。我也笑,说无非血溅五步,反正活着也累。

"凡事,汪先生都听你的?"

"你怎么知道的?"

"猜的!"

"猜的?"

"六成把握！"

"六成把握就来见我？"

"干我们这行，六成不低了，杀齐连陆以后，把握九成。"大雨说话时，眼睛里没一丝犹豫。

"既然他都告诉你了，为什么不开枪？"我问。

"马贩子没告诉我，即便说了也不信。"大雨说，"你刚才讲'既然他都告诉你了'这话时，把握到九成。"

我笑笑说："你赢了，开枪吧！"

"不能在办公室，外头看，汪先生、蒋先生是一家，所以，我们也是一家！"大雨道，"再说……"

"再说什么？"

"九成毕竟不是十成！"

"我就是'关键人'。你们那边叫我，是这三个字吗？"

"说自己'是'没用，得证明自己'是'。"大雨说，"他有麻烦，如果我帮他解决了麻烦，我不仅是关键人，也是他未来的合作伙伴，我们将是彼此的贵人。"

"麻烦？"

"小麻烦！"大雨说，"你能帮我解决，很轻松。老弗遇到的，才叫麻烦。"

"凭什么认为，我会跟你合作？"我问。

"老丁……"

我早就感觉老丁不对劲，听大雨讲完，才知道原来他是蒋先生、而不是其他什么人的人。正常。我问大雨，想怎么解决他的小麻烦。大雨开始数数，汉口，蒋先生的人手紧张，他的大本营在华东。五，大雨伸出五个指头,他们跟我,五比一。

我说二十五够不够。你跟老丁他们,一比五。老丁跟我派去的人,一比五。

事情几乎没有悬念。老丁他们五个,加上一个女人,统统化作白骨,现就埋在武昌粮道街,我脚下的小院之内。宁汉合流以后,这里成了我跟大雨见面的秘密据点。一九四五年,八月十五日开始,这里又成了我的藏身之所,也是写下笔记的地方。

我跟大雨合作了十几年,互通有无,顺风顺水。汪先生走上不归路后,大雨安排我住进了这所小院。我不同意"灯下黑"的讲法,因为能活到今天,全靠他"罩着"。

上个月,也就是一九四六年的三月。当我从每天塞进门缝的报纸上,看到飞机失事中、大雨身亡的消息后,就知道自己命不久矣。我把同他之间的事,详细地记录了下来。

这里头,有个人不得不提,如果他不让大雨帮忙,杀掉马贩子齐连陆,大雨很可能直接去了江西,那样一来,我们两个人的命运,都可能发生巨变。

这个人叫作老弗,是我和大雨共同的朋友,但不知道我和汪先生的特殊关系。老弗也喜欢跟郑七来往,对于他能猜到十二参谋中,唯有一人最为关键,我毫不吃惊。尽管老弗总是一副无所谓,甚至有些吊儿郎当的模样,但我知道,回彼得堡后,他将会面对什么样的麻烦,尽管没大雨认识深刻。老弗的乐天爽朗,总有一种演给旁人看的感觉,而我认为,这恰恰是他的可爱之处,他总是想办法,让身边的人更快活些。

那天,当大雨走进我的办公室,说他不想遇到老弗那种麻烦时,一贯理性的我,不知道为什么,忽然决心帮他。

一九二七年初秋。老弗从彼得堡来消息，说上头安排他去索契疗养，关于间谍罪的审查应该没事了。我问大雨怎么看，大雨摇摇头。

逮捕发生在火车站。当时，两口子正准备踏上愉快的旅途。一个热情洋溢，看了就叫人喜欢的年轻人笑着走过去跟老弗打招呼。后来，老弗夫人描述，他们都认为这是一个，暂时没被认出的老朋友。

老弗给叫去一旁抽烟。他回过头冲老婆笑笑，那一刻，永远定格在了夫人的心底。从此，他们再没见过。

怎么也找不到老弗，火车开走了，夫人一路喊着老弗的名字，臭骂着回家。十天后，夫人收到确切消息，老弗被逮捕了。西伯利亚，十年。一九三七年，我记得很清楚，卢沟桥事变不久。那一时期的大雨，神通广大，居然联系到了老弗。

一九三七年，十月某天。老弗刑期结束。大雨跟我说，他没出来，刑期延长十年，还是西伯利亚。当天晚上，大雨告诉了我一个秘密，他说当年没敢对我细说老弗遇到的"麻烦"，怕我嫌"麻烦"，打退堂鼓。从齐连陆的话里，他判定有六成，但随着后面一系列事情发生，他才有九成把握判定，当年马贩子兼情报掮客手里的那份内务部远东人员名单，是上头故意流出去的，目的是换掉部分一线不听招呼的老家伙，理由是保护。所以，一九二七年老弗说自己没事的时候，我问大雨看法时，他摇摇头。

大雨跟我在粮道街的小院里喝多了。他说能去炼狱就好了。我问，为什么？他说比地狱好。我说为什么不能上天堂。他说，干我们这行也能上天堂？

我们都认为这个笑话很好……

写下这些文字的时候，我幻想着说不定有一天，自己能够被原谅。

幼稚。

人有旦夕祸福，如日中天的大雨，说没就没了，我想，该来的，就要来了。

老宅左厢房后边，过道通厨房，木头夹板隔开。我在两头各抠开一个洞，先用油纸包好，再把两本笔记分别放了进去，其中一本，夹有刊载大雨飞机失事身亡的那份报纸。

我提前写下最后这两句：把床推回原处后，一直在等抓我的人进来。因为，当大门被敲响的时候，就来不及了。

全文完

六角亭的院墙倒了

第一章

汉口民意四路附近,原有座六角凉亭。据此,人们以点带面,将街道办事处管辖的近3平方公里范围,笼统称作六角亭。武汉市精神病医院,是辖区内最负盛名之所在,它以舍我其谁的气质,迅速掏空了六角亭的初始内涵。以下,凡文中提到"六角亭"时,皆与字面意思无关,特指精神病医院。

老子讲,"名可名,非常名"。语言这玩意儿,摸不着、看不见,往大了说能够锚定思想边界,往小里讲可以稀释现实世界的寡淡。举个小例子:跟武汉土著讲话,如果对方来一句"六角亭的院墙倒了",千万不要望文生义,因为没出口的那句,必定是"所以你跑出来了"。拐弯抹角骂别个神经病的行为虽不提倡,但秀多余智商的冲动,却直接或间接地孕育了艺术和哲学,它为从出生就奔向死亡的枯燥生命,增添了少得可怜的意义。

三四十年间,民意四路几里之内,四家三甲医院的座座高楼拔地而起,只六角亭,仍然矮旧得数十年如同一日。也好理解,六角亭的"家人"们,脑壳已然那样了,荷包自然不暖和,这背后的某种机制,虽然大家都明白,却并不妨碍它的运行。

连日大雨,让六角亭精神病院的围墙岌岌可危,但"家人"们依旧一张桌上吃饭,一个坑里拉屎,每天二十四小时,秩序井然。要做到这些,除了全体工作人员共同努力外,病友们的积极配合,也功不可没,至少,他们这样认为。不好意思,把"家人"说成病友,尽管符合事实,可毕竟不够亲切。慎独。

9527,六角亭精神病院的轻症病房。身穿淡蓝色条纹装、活像一匹斑马的孙大头,同披件白大褂、气宇轩昂的唐话多,正交心谈心。

第二章

唐话多：男人善良还是女人善良？

孙大头：什么？

唐话多提示：想想你跟小白。

孙大头：女人善良！

唐话多循循善诱：男人容易出轨还是女人？

孙大头：出轨跟善良有么事关系？

唐话多：善良的人爱替对方考虑，更具道德感。

孙大头：男人。男人更容易出轨。

唐话多：剔除同性、买春、自慰等，婚外性行为次数，包括已婚对已婚，已婚对未婚，未婚对已婚，整体出轨次数总和，男人多还是女人多？

孙大头：男人。

唐话多：错！一样多，一个巴掌拍不响，一施必有一受。

孙大头听罢，神情略显困惑，但唐话多逻辑清晰，无懈可击。

唐话多：诊断结果出来了。一个好消息、一个坏消息，先听哪个？

孙大头机械地摆摆脑袋，又点点头说：都行。

唐话多：先说好消息吧，别把小白想那么坏。

孙大头瞪大眼睛。

唐话多：坏消息是你老婆，哦，应该叫亡妻，大概率跟别人睡过了！

孙大头茫然：婚内吗？

"婚内，出轨肯定指婚内，恋爱期间乱搞叫劈腿，但她的出轨对象，不一定是婚内。"唐话多说，"刚才之所以剔除同性、买春、自慰等干扰条件，也是为了厘清讨论范围。"

孙大头喃喃自语：女人不是比男人善良吗？

"善良是弱者的妆容！"唐话多不知所云，见对方一脸茫然，又道，"好消息是小白会比较多地顾及你的感受，所以，事情远没想象中的那么糟。"

孙大头：你意思是……

唐话多：出轨一个，总比十个好！

孙大头嘴角溢出白沫，舌头包在嘴里，含糊不清：出轨一个、十个，都是出轨，我的杯子只要被别人尿过一次，就永远洗不干净。

"唉，男人！"唐话多望着窗外叹了口气，好像跟远处的什么人在讲话，"别看个子大，心眼比针尖还小，有些事，其实就该一生一世瞒着他们。"

"不可能！不可能！不可能！"孙大头讲话时，高昂起下巴，像个输了游戏不认账的孩子。

唐话多：如果小白不爱你，谈论她是否出轨有意义吗？

"她爱我！她爱我！她爱我！"孙大头的脑壳上鼓出青筋，"她不会对不起我！"

唐话多：相亲相爱，她单方面爱你，你单方面爱她，她出轨，都是不同的事。关键是你到底关心小白爱你,还是她有否出轨?

孙大头:我们为什么不讨论充满了爱,夫妻双方彼此忠诚的婚姻呢?小白爱我,肉体出轨。小白不爱我,但恪尽本分。你为什么一定要把事情弄得这样别扭呢?

唐话多:我没有。只是仅就你的情况提出问题而已。如果只能选一样,你究竟要哪个?

孙大头沉默不语。

"好吧,让我们来旁观一下你所谓的相爱!"唐话多呼吸加粗,语速随之变快,"假定小白没有因车祸去世,你们相亲相爱一辈子,临终前,她牵着你的手说,大头,相爱的人就该百分百坦诚,我爱了你一辈子,不想走之前还有事情隐瞒,其实多年来,我还爱着另外一个人。"

孙大头怒目圆睁。

"先别激动,讲了是假定。"唐话多继续,"请你现在闭上眼睛,想象自己回到小白临终前,牵你手的那一刻。"

孙大头和着唾沫咽口空气,照做。

"眼睛不要睁开。"唐话多的声音充满磁性,"比一分钟之前,不知道老婆真实想法时,你对小白的爱,有无变化?"

孙大头:实话实说?

唐话多:实话实说!

孙大头:有变化。

唐话多:增了还是减了。

孙大头眼皮子底下,眼球乱转:不知道,牙根痒痒的。

"因爱生恨,爱被恨冲抵后减少了。"唐话多说,"现在请回答第二个问题,听到老婆爱别人后,你心里闪过的第一个念头是什么?"

孙大头不作声。

唐话多：关于爱情？

孙大头摇摇脑壳，抹了一把汗。

唐话多讲话扎心：你心里闪过的第一个念头，小白跟那个人睡过没有，对不对？

孙大头睁大眼睛，低下头像在寻找一条地缝。

唐话多继续：小白又说了。我要纠正刚才的话，还爱着另外一个人的提法，应该改成只爱着另外那个人。但我是你老婆，非常尊重你，所以从未跟他上床。这时候，你心里好过点没？

孙大头昂起脑壳，眼里亮光一闪。

"承认好受些了吧！男人遇到这种事个个嘴硬，不愿面对现实罢了。"唐话多越来越莫名其妙，"男人呀！仗着体力上的优势，老觉着一切尽在掌握。动物逻辑。殊不知在这个所谓的雄性世界里，雌性才是长袖善舞者。"

"其实……"孙大头欲言又止，咬咬嘴唇，下定决心似的说，"二选一的话，我宁可要爱情。"

"真的？"唐话多叹口气道，"那我们再来一次？"

"好呀！"孙大头故作轻松，"但你讲话要有凭有据，否则……"

"否则怎样？打我？唉，不说了，不说了！"唐话多打完哈哈，忽然一扭脸，想起什么似的，盯着对方眼睛说，"你要是听过闺蜜们背着男人讲的话，自然就懂了。"

孙大头薅住唐话多的脖领，手很无力，不像发飙，似害怕失去救命稻草，一只不够，再来一只帮忙。他双膝酥软，整个人悬挂在对方身上，幸亏脚尖没离地，否则，唐话多肯定支撑不住。

"胡说，你胡说！"孙大头哀号："别人我不知道，但小白绝不是那样的人！"

唐话多本来直直的腰，被扯拽得无以为继。孙大头滚烫黏糊的脸，几乎贴上他的面颊，令人厌恶的湿热口气，迫使唐话多祭出撒手锏：公式是这样的，男性出轨人数×男性人均出轨次数＝女性出轨人数×女性人均出轨次数。

孙大头一愣，努力调集最后一点注意力和不太够用的智商，尽力去理解对方似乎有些道理的无稽之谈。

唐话多费力地跨出两步，让包住孙大头屁股的斑马服，温柔地贴到长凳之上。然后，他淡定地注解自己刚才的话：女人善良，比如小白，她们能体谅老公们的感受，所以，人均出轨次数，较男人要低，这个没问题吧？

孙大头无可奈何地点点头，眼睛开始喷火，初时像在太上老君丹炉里炼熬，只不过，最终没能如美猴王那样脱胎换骨，铜头铁臂、刀枪不入，而是随着更多的白沫从嘴角溢出，晶体逐渐暗淡无光，如肝病久治未愈。

唐话多继续：女性人均出轨次数少，意味着等式右边的乘数较左边的小，要想两头平衡，必须被乘数变大，也就是说，因为女性人均出轨次数少，势必用出轨人数多来弥补。

"等等。"孙大头脑子跟不上。

"举个例子吧！"唐话多身上，总是透着一股不打无准备之仗的从容，"比如说皇帝，有后宫佳丽三千，假定他跟每人做生活一次，男性人数1×男性人均次数3000＝女性人数3000×人均次数1……"

孙大头：皇帝想搞谁就搞谁，不能叫出轨吧？

唐话多略一沉吟道：不用太纠结语文定义，只是想说明数学等式而已，不过，皇帝确实太遥远，为了便于理解，简化为地主家吧，一夫十妇。

孙大头：一夫十妻吧？

唐话多：一夫十妇。中国一直都是一夫一妻，皇帝老子家也一样，一妻是指皇后，其余的都是妃呀什么的……

孙大头抹掉嘴角白沫道：等式左边为1，对吗？

"1听着有些极端，"唐话多为让对方跟上思路，调整了一下，"这样吧，再加个小地主，十个女人，爷俩一人一半，各娶五个，两个男人对阵十个女人。"

孙大头：继续。

唐话多：假定一年以内，地主大院内，总共做生活二百次。等式如下，男性人数2×男性人均次数100＝女性人数10×女性人均次数20。

孙大头：没毛病！

唐话多跑题：当然，猴儿也这样，除猴王外，别的公猴都没资格过生活，母猴雨露均沾，参与猴数不少，可猴均次数上不去。不管猴群中露水夫妻有多少，把它们做生活的数据补充进去，也不影响等式成立，同意吗？

孙大头接受，叹口气道：男追女，隔座山，女追男，隔层纸。

唐话多：所以，老夫子们才要千方百计地管好女人，这种事，只要女人愿意，勾勾手指，男人无不飞蛾扑火，当然，仅限于尝过甜头之前。

孙大头看看自己的右手，喃喃自语道：女人难管，男人更难管。我根本管不住自己。

"遇到奇女子，比例关系颠倒过来，会把等式左边拧弯。"唐话多斜睨窗外，若有所思，等他听到声音回过头时，却见对面这位已躺在地板上了。

孙大头双手挠刨床底，口眼歪斜地念念有词：古静，古静，我不允许自己的女人变成那样，情愿她不存在⋯⋯

面对9527其他家人的责怪目光，唐话多委屈地辩解：女人比男人善良，较男人，会更多地照顾对方感受，我错了吗？

"她爱我！她爱我！我老婆爱我！"泪水静静流淌。突然，孙大头闭上嘴巴，一骨碌爬起来，面露狂喜："我知道了，小白之所以对我说那样的话，是因为晓得我太爱她了。她宁可被误解，也不希望我悲伤过度，陷在里面走不出来。所以，小白既爱我，也没出轨。"

唐话多面无表情：小白爱不爱你，我不知道，但女人出轨人数，较男人更多，是大概率事件。

孙大头：不对、不对！男人喜欢找小姐！

唐话多叹口气：剔除同性、买春、自慰等，前头不是说过了吗？我们讨论的是出轨，不是嫖娼。

孙大头：嫖娼也是不忠。

唐话多：你再这样胡搅蛮缠，讨论到此结束。我们放下出轨这事，你到偏远点的农村看看，光棍有多少，好些人长得还挺体面，女人不同，哪怕带点儿残疾都嫁得出去，这可不单单是男女比例问题，好些人多吃多占，旱的旱死，涝的涝死。

孙大头没犟嘴，默默地起身。

唐话多：小白爱不爱你，属于灵魂问题，但你心里，有没有失去过她的肉体，才排第一位。你的定义很极致，哪怕一次，便视同失去。

孙大头眼望窗外，目光焦点虚虚实实，枝头雀儿们扇动的小小翅膀，正好给脑壳里罐装的千头万绪通通风。良久,男人呼出一口浊气,因为窗子开着,所以玻璃没被雾住。

"我承认推断有理,"孙大头悠悠道,"但你并不确切知道小白有没有出轨,事情很具体,平均已终结。"

唐话多嘘口气:除了嫌醋劲太大闹矛盾外,夫妻生活中,小白对你怎样?

孙大头:非常好!

唐话多:那你为么事不感念已经落袋为安的幸福,硬要纠结凭空捏造的痛苦咧?

孙大头:凭空?你是没见过她跟男人笑起来那贱样儿!

唐话多脸色猛地一沉:不要这样说一个死人,就不怕她夜里来找你?

孙大头嘴里,再次涌出大量白沫。

唐话多:爱人离世固然痛苦,可没有乱七八糟的附加想法,你也不至于精神错乱。

孙大头:你才精神错乱,早就跟人家分手了,还要不清不楚。

唐话多不理对方,只一味地沉浸在自己的语境当中:如果,我们把生命看成一系列连续的事件而非虚无缥缈的时间,幸福就能够被量化。假定你跟小白彼此相爱的生活,由一百件值得铭记的事件组成,而你已经拥有了这一百件……

孙大头打断:不用假设,我们早已拥有了不止一百件值得铭记的事。

唐话多趁热打铁:没有证据确凿的出轨事件?

孙大头:没有。

唐话多:那么,当你听到小白临终前那些话时,根本没必要纠结,你关心的重点应该是……

孙大头接过话去：我应该怀念真实发生过的，而不要整天纠结想象中的事？

唐话多鼓掌。

孙大头起身去到窗前，深吸一口新鲜空气道：常听人讲，自从得了精神病，精神好多了。今天，终于有所体会。

唐话多：尽情为你的亡妻悲伤吧！

孙大头看向窗外，麻雀已经飞走。

唐话多面带微笑，做个OK手势。

9527病房门开，男护士推着满载瓶瓶罐罐的小车咣叽吱嘎进来，一个医生跟在后头，他们都穿白大褂。

"药不能停，药不能减，药不能换！"9527的家人们喊过口号，齐将药片拍入嘴巴。其中，当然包括唐话多和孙大头。

男护士剥下唐话多身上的白大褂时，没讲一句话，两人像是对游戏习以为常的一猫一鼠。

巡视结束，医护人员正待离开病房，孙大头突然开口：白大褂借用一下，可以吗？

男护士皱皱眉头。

孙大头眼睛发直，嘴里似乎即将涌出白沫。医生见状，冲男护士点点头。于是，孙大头得到了白大褂。出门后，医护人员并未立即离开，他们站在走廊窗户旁边，再次确定9527是否秩序井然。

唐话多：演得真好，白沫说来就来。

孙大头：都怪他们突然进入，只好把没抹掉的白沫含回嘴巴，和着药片咽下之后，鬼晓得怎么突然反胃。

唐话多伸手要白大褂。

孙大头退后两步披上：这回我当医生。

开始前，孙大头对唐话多刚刚给予的帮助，表示了感谢。谈话即将进行，忽地，一丝不易察觉的疑惑，掠过孙大头的前额。之前，唐话多讲过一个打台球的故事，对方已经把七个大号码的彩球全部打进，正单叫黑8，而他的七枚小号码彩球却全在台面上。不是没有机会，技术实在太臭，观众瞎起哄。事情似乎并未解决，但又不知道问题出在哪里。场景是如此熟悉，自己肯定见过，唐话多前女友小青的名字，也随之越来越清晰。

唐话多打个响指，将孙大头唤回现场。孙大头调整好情绪道："好了，现在聊聊你的事情。"

9527，六角亭精神病院的轻症病房。身穿淡蓝色条纹装、活像一匹斑马的唐话多，同披件白大褂、气宇轩昂的孙大头正交心谈心。

第三章

唐话多的精神问题，由一系列现实状况诱发，同前女友小青分手，是一切矛盾的起点，儿子入学事件，则是压死骆驼的最后一根稻草。

客观来看，唐话多的身高体貌还行，主要优势在嘴，家庭条件凑合，虽说和父母住一起，但好歹也两居室，遇到体谅的老亲娘，只要真心待姑娘，没什么不可以，比无房户强。

小青草根创业，淘宝服装店主，做自己和一些同行的女装模特。她爱交朋友，虽学历不高，但集美丽大方、温柔贤惠、勤劳勇敢，这些征婚启事上常见的条件于一身。

唐话多干股票、期货经纪人。因生得白净，加上口齿伶俐，很讨女客户的喜欢。这里说的女客户，不仅包括做大额股票、期货投资的女性客户，也包括为男性有钱人代劳的女性家属，或者女性友人。

丽莎，某公司老大的掌上明珠，对唐话多的喜欢，大大超出了业务范围。由于她和小青年龄、样貌相当，唐话多的K线图，便只评估与二人分别结合后，经济方面的走势。现实早已高下立判，唐话多分析完，感觉自己是个对待每段关系，都相当严肃认真的人。

分手当天，小青打断唐话多的车轱辘话，转身挥手道：再见，祝生活美满，前途无量！

平仓小青后，男人转头持有了富家千金。

男人没料到这样顺利，只觉浑身轻松，小小不舍的同时，又觉着不太真实，事情像是并未最终结束。他是对的，不久以后，再次见到前女友时，她已经变成唐话多所在证券公司一个菜鸟同事的现任女友了。

唐话多想说不可以，但知道对方有一句"关你鸟事"等着，便未开口。

古语有云：鱼与熊掌不可得兼。具体到唐话多身上，叫情场得意，赌场失意。换得美人归的唐话多，业务上频频失手，更要命的是，害未来老丈人赔掉不少。因为新女友是家里独苗，所以唐话多一度认为，赔的都是自己的钱，即便在与丽莎喜结连理的大喜之日，他心里还一度为此难过。

反观菜鸟同事，业务蒸蒸日上，年内跃升两级，成了唐话多的顶头上司。顶头上司跟自己的前女友结婚当天，唐话多没去，托人将红包与辞呈送到。

丽莎生命中最重要的两个男人，都选择了对她隐瞒真相：父亲一直粗放经营，之前胜在先发优势，随着更加成熟且有资本加持的竞争对手进入，自杀式价格战过后，公司出现亏损。如果这时候选择出让股权，也算功成身退，但多年来一直春风得意的父亲，选择加杠杆放手一搏。年余，遇到银根缩紧，战线全面崩溃，弄了个满盘皆输，所幸变卖资产后，没有负债。

唐话多早出晚归，一如上班之时。晚上回家，不知大厦将倾的男人，只晓得与老婆勠力同心，多次大汗淋漓后，终于造人成功。朋友们来找，顾左右而言他，几个一起长大的，都说唐话多的人生从此不同，我们全是往事。往事，被留在了风中。

纸里包不住火，无风不起浪，面对女儿的疑问，父亲顺势宣布了家里实际的经济状况。令人意外又颇感欣慰的是，丽莎的生活态度与此前相比，并未发生大的变化，尤其在得知没有负债以后，甚至笑了一笑。

　　虽然老婆只是问起工资，并未向自己伸手，但唐话多的内心，仍受到极大冲击。养孩子开销不小，就算之前，老婆当姑娘伢的时候存有不少余粮，但怎么着，也架不住坐吃山空。忽然一天，高不成低不就的唐话多，接到小青的电话，说是介绍一个老板给他认识。男人犹豫了一会儿说：好吧！

　　其实，老同事们那里早有风闻，菜鸟离职创业很成功，但真等见面的时候，唐话多仍觉尴尬。他忘了菜鸟具体讲些什么，只记得人很热情，小青，也就是老板娘，露个脸就走了，留两个男人对谈。唐话多看着她的背影，一度恍惚：有没这种可能，老板之所以是老板，是因为娶对了老板娘。换句话讲，如果当初迎娶小青的是自己，两个男人现在的位置应该对调。唉！真是女怕入错行当，男怕错娶婆娘。

　　送出门的时候，菜鸟问他意愿如何。

　　唐话多喃喃自语：王母娘娘之所以是王母娘娘，是因为嫁了玉皇大帝还是她本来就应该是王母娘娘。反观玉皇大帝，之所以成为玉皇大帝，会不会是因为幸运地娶到了王母娘娘……

　　孙大头：几天前，既然出院了，为什么又折回六角亭？

　　唐话多环顾四周，9527病房的家人们，都到院子里遛弯，室内只剩他们两个，走廊窗外的医护人员，也没在了。

　　孙大头：听说你出去不到五分钟，又从医院门口一溜烟儿地跑进9527，蜷缩到那张冰冷床上的样子，像一只失去捕鼠能力的猫。

　　"……铺盖卷刚被院方收去换洗，屁股底下的铁架子因为冰冷，坚硬得格外硌硬。"唐话多思绪长脚,重走那段往事。

孙大头静待对方回答。

"舍不得呀,还是六角亭的家人们亲!"唐话多玩笑道,"其实,真要得了精神病,也蛮好的,有吃有喝,只要听话,什么都好说。"

孙大头:别来虚的!

唐话多:债主。

孙大头:债主?

唐话多:那天,我踏上利济北路的水泥地面,左侧余光刚好碰到市一医院大门,这时,两名圆领大花T恤打底,外罩黑皮夹克的平头男子,正迈着外八步伐过来。大金链子,不要钱似的光芒耀眼。

孙大头:这么巧?

唐话多:冷静后回想,不是同一个人,可能天天担心债主,看谁都像吧!

孙大头:既然如此,再走嘛!

唐话多:此间好,不思蜀矣!

孙大头:其实,到前女友公司上班也是一种选择。

唐话多爱答不理,嗤之以鼻样子,忽然莫名其妙来一句:坐吃山空也行,不该借钱做生意。

孙大头见唐话多神色黯然,稍稍转移了一下话题:医院方面,同意你就这么留下?

唐话多没作声。那天,他当着好几个医生的面,大谈康德的二律背反,硬说自己没病。医生们本着善良本心和职业习惯,未对病人做过多的恶意揣测,更深层次理由是,大家不相信一个患者,会根据自己的需要,运用负负得正的逻辑误导医生,那不是侮辱智商吗?

孙大头听别人讲过，唐话多再次入院那天，若非及时增大药物剂量，并辅以适当电击，后果不堪设想。据说，医院方面特别担心，一旦放任自流，听凭唐话多的方法论扩散，很可能会让全世界精神科医生百年来的努力付诸东流，精神病患者与哲学家之间本就极其模糊的边界将再次混淆。所以，六角亭医院选择亡羊补牢。

"痛苦吗?"孙大头问，"我是说电疗。"

"砍头只当风吹帽。"唐话多目光高远。

孙大头不想跟着对方节奏走，将话题导向自己可控方向：小孩入学怎么回事？

唐话多不言语，半天叹口气道：也是点儿背，创业之初，一切顺利，跟丽莎拍了胸，说保证让儿子上红领巾小学。唉，真不该……

孙大头：不该什么？

唐话多：不该玩德州扑克。创业太累，开始当消遣，赢了一点，后来……

孙大头：十赌九输。

唐话多一声叹息：屋漏偏逢连阴雨……

唐话多的丈人、丈母娘，年轻时忙着赚钱，不小心流了两胎，之后长期怀不上身。等到钱入了口袋，思忖着无后为大，于是，丈母娘退居二线，一心聘请名医在家中调养。功夫不负有心人，高龄产妇顺利诞下女儿丽莎之后，夫妻二人视为掌上明珠。毕竟年纪放那儿，经此一番折腾，他们选择见好就收。

结束生意后，两人虽不如从前风光，但享受到了天伦之乐。七十古来稀，丈人无疾而终，半年不到，丈母娘后脚也走了。安慰老婆同时，唐话多心里，生出一丝兴奋。卖掉二老房子还债后，男人不但赌性不改，还变本加厉。精气神一散,经营上便一落千丈,唐话多先是拆东墙补西墙,但到后来,砖都没了,巧妇难为无米之炊,窟窿大得吓人,结束生意之时,还有一笔债务未偿。

这一日,没敢跟老婆交底的唐话多,放马南山着实无聊,解放公园里,看了一天门球,爹爹婆婆来来往往,人家要接伢做饭,独他天光到黑。其实,中山公园离家更近,但怕撞见熟人,下班时间一到,唐话多掐点回家。地铁上,老婆来电话,询问小孩入学的事,他这才想起该报名了,像个凡事都需提示的记忆功能障碍患者。

迎娶丽莎的时候,房子由女方家提供,原本对口红领巾小学。哪承想,为了提升CBD的配套,心怡小学搬了过去。数年前,这在踌躇满志的唐话多眼里,根本就不是事儿,他信誓旦旦地对老婆说:"小孩子读书,你就别操心了。不行就上鄱阳湖小学,距离老头家一分钟,接送还方便。"

地铁上,忽听老婆问起,说是鄱阳湖小学校门口,招生简章都贴出来了,唐话多心里"咯噔"一下,嘴巴只哦哦应着,耳朵眼里嗡嗡痒,搞不清么虫子钻进去了。

有些事情,只要夫妻双方,还能开口吵架就好办,哀莫过于心死。到家后,唐话多干巴巴地说:"接受调剂,哪滴(里)不是上学!"

丽莎无语,冷笑都没一个,只是牵过孩子小手。娘儿俩临出门,唐话多想解释几句,做垂死挣扎。女人勉强笑笑,男人看懂,那意思:说吧,就算犯人,也让讲话。哪怕上断头台,还有碗断头酒呢!

唐话多:我来想办法。

丽莎让孩子先回自己房间:除了这一桩,没别的跟我讲吗?

唐话多:别的?

丽莎:他们离婚了,你不会不知道吧?那天晚上,你去过江边兰陵路口的苏荷酒吧,没错吧?

唐话多无话可说。从苏荷酒吧出来后,他和刚离婚的前女友小青,去临江饭店开了钟点房。

丽莎:不问我怎么知道的吗?

唐话多点点头,又摇摇头。

丽莎:以前证券公司,你那个同事叫什么来着?算了,管他本名干吗!就是当你领导,还被叫成"菜鸟"的那个。

唐话多:他来找你了?

丽莎:他说我们两个是受害者,都是备胎。只有积极行动起来,才能捍卫自身权益。

唐话多:怎么积极行动?

丽莎:和他睡觉。

唐话多:你同意了?

丽莎:滚!

唐话多:让他滚,说明你还爱我。

丽莎:你也滚!刚才气糊涂了,这房子是爸妈买给我的,凭什么我走!

唐话多拎着行李下楼,抬头看见家里窗户没关,帘儿扑扑簌簌飘扬。"苦海……"电影片尾曲,不知从哪家悠扬传来,凄清月夜,被搅扰得一片狼藉。

孙大头:不能挽回了吗?

唐话多:也不是百分百,冲孩子看,毕竟都快上学了?

孙大头:那就从孩子入手,鄱阳湖小学的招生简章上么要求。

唐话多如数家珍。

孙大头听罢,一言不发,沉吟良久,忽然两眼一亮:听起来,适龄儿童都可以报名,入学范围很广嘛,照做不就行了,鉴定完毕。

唐话多没好气道:关键问题,招生名额有限,也就是说,只第一类里面的,才真可能进去,等这批伢入学后,还有空余名额,再考虑第二类,以此类推,放别的学校还好,但我屋第伢想上的是热门,漏不下几个,估计没戏。

孙大头张着嘴巴不讲话。

唐话多:白大褂拿来,我才是医生。

孙大头很听话,乖乖奉上。

对方那副窝囊模样,让唐话多心头一凛。当年,小青跟一帮朋友聚会,小白作为朋友的朋友,带着男朋友出席。那天打台球,手可真臭,对方已经把七个大号码彩球全部打进,正单叫黑8,而自己的七枚小号码彩球却一个不少,全在台面上,观众瞎起哄。

看着孙大头那张脸,唐话多的记忆愈发清晰起来。他借口上厕所,回想那天晚上,小青来见自己,一副忧心忡忡的样子。话题从她和菜鸟的不睦婚姻开始。那样的小青,让人情不自禁。说将计就计也好,说图谋不轨也罢,反正随她去了苏荷酒吧。酒吧很吵,不是谈事的好地方。晕晕乎乎出来后,两人又到江滩吹风,小青终于一吐为快。朋友的朋友小白,也做淘宝生意,那天提货,前后各一大包衣服,莫名其妙叫车给撞死,就在老公面前……

讲述时,小青瑟瑟发抖,没等她说完,男人心疼地用自己的嘴,堵住了女人的嘴。小青离婚,在两人到临江饭店开房以后,应该是她主动对老公坦白的结果。因为出轨,小青差不多净身出户。

9527,六角亭精神病院的轻症病房。身穿淡蓝色条纹装、活像一匹斑马的孙大头,同披件白大褂、气宇轩昂的唐话多,正交心谈心。

第四章

唐话多双手抱头：出轨以后，打死不说和从实招来，哪一样是负责任的表现？对前任麻木无情和关心体贴，哪一样是男人该做的？

孙大头茫然听着。

唐话多察觉自己失态，连忙换频道：关键要父母户口、房产都在辖区内，并有一定的居住年限。

孙大头：也就是简章上讲的第一类，只有在这一类里头才能稳赢，对吧？

唐话多：捋一捋，我父母住辖区内。

孙大头：你父母住辖区内。

唐话多：我父母肯定愿意帮我。

孙大头：你父母肯定愿意帮你。

唐话多点点头：那就好办了。说完，男人的背，陷往椅子深处，探底后，由鼻孔放两缕暖风出来。

孙大头：不是很棘手吗，怎么突然又好办了？

唐话多：其实这个事，我已经想了很久，你看是不是这么个理儿！如果我爸跟我妈离，我跟我老婆离……

孙大头：你跟你老婆不是离了吗？

唐话多：分居，分居懂不懂？

孙大头：夫妻生活还过不过？

唐话多：不过！

孙大头：那和离婚有什么实质性区别？

唐话多：活着不明显，死了比较容易讲清楚。比如说我死了，财产全归丽莎。

孙大头：你没财产，只有负债呀！死就死吧，还坑人家。

唐话多：换个讲法，比如丽莎死了，如果是分居状态，又没立遗嘱，她爸妈留给女儿的那套房就归我了，但如果是离婚状态，房归我们家孩子……

孙大头：等一下，债务由夫妻共同承担，哪能算进不算出咧？

唐话多：怪我没讲清楚。丽莎父母都是人精，早就防了一手，他们在遗嘱里注明，遗产继承人是我老婆的小叔。

孙大头：长兄如父……

唐话多：瞎捣乱。不是那个意思。

孙大头：到底什么意思？

唐话多：丽莎的叔叔，只是遗产继承这事的备胎。他很有钱，人也不错，身体挺棒。如果没事，丽莎只用把自己手里的那份遗嘱撕掉或者烧掉，当它并不存在。一旦情况不妙，比如被牵连进我的债务，这步棋便派上用场。名义上遗产归小叔所有，其实他只是代丽莎保管。于是，这套房子便与我的债务绝缘。

孙大头：扯远了，扯远了！刚才说到你爸跟你妈离婚，你跟你老婆离婚，然后咧？

唐话多：我爸娶我老婆……

孙大头：打住，精神病犯了？

"药不能停，药不能换，药不能减！"唐话多念起9527病房墙上的标语来。

孙大头一巴掌扇去，唐话多捂着腮帮子大骂：你才精神病犯了，逗你玩看不出来吗？

唐话多起身，挥一挥衣袖准备离开。孙大头连忙拉住，不停道歉，保证一不动口，二不动手。唐话多倒了点开水，孙大头也要。

唐话多：刚才讲哪儿了？

孙大头：我爸娶我老婆。哦，不对不对，是你爸娶你老婆。

唐话多：你看，我老婆是我儿子的妈，她老公是我爸爸，自然就成了我儿子的爸爸。

孙大头：法律上允许吗？

唐话多：法典上哪一条讲，不允许一个人先是另一个人的爷爷，后是他爸爸！

孙大头的下巴两边甩。

唐话多：法无禁止即可为。

孙大头：招生简章上不仅对户籍，也对房产有要求，必须户口、房产都在辖区内，并有一定的居住年限。

唐话多：我爸和我妈离婚时，协议上写我妈自动放弃房产，这样一来，房子就是我爸一人所有。我爸和他她老婆，也就是我前妻，准确点叫我后妈，办完结婚手续，再到房产局，给房产证添上女方的名字。到这一步，孩子父母双方，辖区内拥有住房这个条件，不就符合了吗！至于居住时长这一条，虽说现如今，邻里间不大走动，但毕竟几十年了，老街坊谁不认识我老头（父亲）。算起来，街道那些工作人员，还是伢的时候，我们家就住这条街上了！

孙大头认真听完，大张嘴巴，不晓得么样接话。

唐话多：大头，你怎么看？

孙大头：头大！

唐话多：头大，你怎么看？

孙大头：也是个办法！

第五章

"苦海翻起爱恨,在世间难逃避命运,相亲竟不可接近,或我应该相信是缘分……"影片结束良久,孙大头仍对着电视房里的屏幕发呆,直到等得不耐烦的唐话多拉他衣袖,才回过神来。

9527轻症病房门口,孙大头不肯进去,他邀唐话多到院子里走走。六角亭正修缮的院墙边,二人一言不发。四周相当安静,除掉精神病院外汽车轮胎摩擦柏油路面时自下方传来的欢快呻吟,就是草丛蟋蟀发出的吱吱浪笑。

"我们走吧!"孙大头忽然开口,吓了唐话多一跳。

唐话多:回9527吗?

孙大头:不,离开精神病院。

唐话多:前面有六角亭的院墙。

孙大头:年久失修,摆设而已。

唐话多:东西还没收拾。

孙大头:值钱吗?

唐话多:不值钱,但很重要,都是些念想,尤其那件白大褂。

孙大头:白大褂不是找医生借的吗?

唐话多：什么不是借的，几十年性命都是找老天爷借的。你怎么突然想起离开精神病院这一出咧？

孙大头：唉！也没什么，只是特别想去老婆的坟前坐坐。

唐话多：依我看，你得精神病就和老婆的死有关，心理负担太重。

孙大头脸色苍白，转移话题道：你不也有小孩入学的事要办吗？

唐话多：是啊！

孙大头：走啊，还等什么？

唐话多：神经病！院方查房发现少了人，肯定报警。等天亮，一起去向院方申请不就行了。

孙大头：会同意吗？

唐话多：同意？废话，巴不得咧！现如今，哪个医院不人满为患。9527是轻症病房，你知道有多少人排队等着进来吗？

孙大头摆摆脑袋。

唐话多说了个数。

孙大头一激灵：街上有这么多神经病？

"工作不好找，房子贵，养伢贵，现代人压力大，根据身边朋友发病情况估计的数。"唐话多说，"所以，真正的问题不是怎样出去，而是如何进来……"

第二天，果如唐话多所言，出院手续很快办妥。两人脱下淡蓝色斑马服，穿上自己的衣服后，互换地址、联络方式，并约定各自办完事后再聚。

孙大头朝唐话多挥挥手，径奔陵园而去。

陵园真好！安安静静，小风吹着，坟边坐着，没人吵闹，带几瓶水，开会很好，恋爱不错，尤其怕花钱的。没有餐馆，没有影院，舌头是美味佳肴，故事作魔幻大片，早点儿，晚点儿，终归报到……一回生、二回熟，连续半个月，孙大头天天去白古静坟前久坐。

扫地的瘸子主动打招呼：欢迎欢迎，么样，家里又有人死？

孙大头怒道：你家天天死人！

瘸子刚想骂人，见孙大头指指亡妻墓碑，不好意思地扭头而去。

面对小白遗像，孙大头心想：虽说人无完人，但小白身上的缺点，还真难找，非得抠一条，就是对每个人都好，不分男女，见面一脸笑。其实也能理解，做生意的人，和气生财嘛。

严格论起来，这条不是缺点，而是不满意，孙大头对自己的不满意，是妒忌和猜疑之源。吃醋拌嘴，跟踪尾随，冷战热战，分手后悔，道歉和好，之后又是跟踪尾随，冷战热战，直到两个都绷不住了。小白死当天，二人还大吵一架。

他犯糊涂，明明相爱，为什么搞成这样？想象中，小白老是跟别的男人过生活，龇牙咧嘴，畅快淋漓样子。整晚整晚，男人脑袋，痛得像被铁环箍爆。

孙大头小声对着墓碑说：梦里别来缠了，都是命！不要怪我，怪就怪破坏公物的人……

瘸子飞快跑来，孙大头吓了一跳。瘸子说陵园正招人，你既然喜欢这里，天天准时报报，坐班样的，还不如投份简历，如果应聘成功，事情不多，添份收入。

面试很顺利，有幸成为陵园职工的孙大头，每天都要观看许多人，搭乘一方小小骨灰盒，钻进水泥黑窟，那是人生终站，也是"极乐世界"的起点。

唐话多一直没跟孙大头联系。孙大头知道那边麻烦，办证很简单，可要说服老头、老娘、老婆先离婚再结婚,还得办房产过户,跟亲戚朋友解释……头便大了。

转眼,孙大头、唐话多二人已分开了整两个月。孙大头忍不住拨打唐话多的电话,可每次语音提示,都是关机。

母亲生病,孙大头请假,陪老人家去武汉市第一医院就诊。等一切妥当,趁吊输液的空当,孙大头出来透气,斜对面就是六角亭,皮鞋起落,竟不觉站到精神病院外。

六角亭的院墙,被拆得砖瓦不剩。一根红绳子,连接两头楼体,外边俗世红尘,里头是人类精神修理厂。

孙大头问:要是有精神病患者跑出来怎么办?

"神经病!"施工人员没多搭理孙大头,自顾自地忙活,待追问得烦了,突然来一句,"从给六角亭修院墙以来,只见过想进的,没见过要出的。"

孙大头刚准备离开,忽见院墙里头,一个白大褂面朝自己高声叫嚷。孙大头迟疑着挥挥手,那人急速过来,尚隔七八步,一阵风吹过,白大褂里头,淡蓝色斑马服春光乍泄。

唐话多:好久不见!

孙大头:好久不见!

"开饭了!"远处有人高喊。

"来了!"施工人员挥着手,循声而去。

隔着绳子,两条胳膊同时抬起,快要握住的一刹那,唐话多忽然定住,似乎有什么看不见的东西,让他不敢越雷池一步,待孙大头的巴掌钻过红线后,迅速将它死死捏住道:"这回跑不掉了吧?"

孙大头空张嘴不出声,双腿酥软浑身冒汗。

"不好意思，出了点问题，所以没跟你联系。"唐话多说，"你也知道，进到这里，大家就不用手机了。"

孙大头弱弱道：出了什么问题？

唐话多：小孩顺利入学后，我爸不肯跟我后妈也就是我老婆或者叫我前妻离婚，更过分的是，我妈、我是说我后妈也就是我前妻，居然同意了。

"典型精神病患者的念白。"孙大头稍稍松口气。

唐话多：医院为了丰富家人们的业余生活，买了两张台球桌，有空一起玩玩。唐话多说罢，俯身模拟了一个击球动作。

孙大头呼吸暂停，随小白参加朋友派对的画面，在脑袋里一闪而过。盯看对方一眼后，孙大头暗自决定去唐话多家走一遭：他是知道了什么在这儿和我逗闷子，还是精神病真的一直没好。孙大头嘴上半开玩笑，说一定要帮对方讨回公道。唐话多很兴奋，孙大头无心恋战，推说母亲正在医院输液，出来久了不妥。最好的谎话，就是不说谎话。

唐话多依依不舍，孙大头同他约定，两日后再见。

根据唐话多早前给的地址，孙大头找去他家。按门铃无人应，邻居嫌吵不耐烦，跑出来说，好久没听见隔壁小孩闹腾了。孙大头拍拍脑壳，丽莎既然嫁给了唐父，小孩又就读鄱阳湖小学，娘儿俩肯定搬兰陵路那边去了。

虽然锁定了大致范围，但孙大头从未见过唐话多的家人，即便站大街上迎面遇见也认不得，他决定去学校所在辖区街道办事处碰碰运气。孙大头没想到，自己刚提到一个先离婚、再结婚的唐姓老年住户时，所有埋头工作的人，几乎同时抬头看他。

有些人认识老唐，是因为这一带住得久了，但自从他离掉结发妻子迎娶儿媳，并把孙子变成儿子送入鄱阳湖小学就读以后，就成了辖区内的风云人物。

众人都说：只有想不到，没有做不到。也有人讲怪话：其实，孙子真的是老唐的儿子，也就是唐话多的弟弟。爷孙仨跟媳妇四人，一起去医院做完亲子鉴定，回头就把手续给办了……

街道工作人员很尽职，没答应从电脑里调阅居民隐私，但孙大头由他们的言谈得知，在附近找到像唐父这样一位风云人物，并不复杂。

鄱阳湖小学门口，接孩子的真多。孙大头只问了一个，人家就说认识，似乎有些意犹未尽，又补充了四个字，谁不认识！

放学后，孙大头根据指认，迅速跟上了唐家老少的步伐。小朋友应该是在学校受了欺负，一路上哭哭啼啼。

趁小朋友擦鼻涕的空当，孙大头刚要开口，却听唐父道："他们再欺负人，说咱们全家都是神经病的时候，你就以疯装邪，说这病有家族史，自己控制不了，说来就来，神经病杀人不犯法，最好口吐白沫。"

"你好！"孙大头跨到前头，回身跟唐父打招呼。问明来意后，唐父让孙大头稍等，自己先送孩子上楼……

两日后。六角亭精神病院由一根红绳暂代的墙旁，外披白大褂内穿淡蓝色条纹装，活像斑马染上白癜风的唐话多，同身着牛仔裤气宇轩昂的孙大头，正交心谈心。

第六章

孙大头：如果我是你爸爸……

唐话多：如果我是你爸爸！

孙大头：我是说换位思考，可以理解老爷子的做法。

唐话多：找我爸干吗？

孙大头：两天前，不说要为你讨回公道吗？

唐话多：神经病！进来讲话吧。

孙大头：进来？算了吧！你为什么这么喜欢待在里面？

唐话多：废话！吃穿不愁，不操心、不着急，又没人催债，只要不吭声、听安排、跟着走就完了。外头晓得几多人排队，要进进不来！

孙大头：按你的逻辑，我很奇怪，六角亭这种精神圣殿，怎么会又一次被你混入的。

唐话多：实话实说而已。

孙大头：讲来听听。

唐话多：我的情况，院领导也是有所了解的。我爸住学区房，反正用不上，娶了我前妻，于是，儿子的户口就迁过去了。符合父母在辖区内有住房这条后，入学很顺利。现在爸那儿，住着我妈，我是说我前妻。

我妈那儿，我是说后妈，住着她老公，也就是我爸。从小，我爸就教我独立，我早就过了一十八岁，如果不是跟我后妈，我是说跟我前妻结婚晚，孩子都满十八岁了。读高中时，我们班的小红和高年级的大雄，那什么了，后来奉子成婚，现在小伢真十八了，伢还生了伢。扯远了、扯远了，我的意思是说，放以前，我爸就不会同意我去他那儿一起住，更不消说现在，他老婆还是我前妻。家人们不知道，我爸很爱吃醋，小时候，我妈要是跟我亲热多一点，他就会吃醋。至于我妈，唉！我是说我亲妈，她跟我爸离婚以后，跟我舅舅住。她不后悔，真的，为了孙儿有个好学区，干什么她都愿意。舅舅住房面积不大，还是我外公、外婆留下来的。外公先见阎王爷，两年后，外婆也去那边报到，加上崔判官，正好开一桌。房子像接力棒，传到了我妈和我舅舅手上。两位老人走的时候有交代，房子归我舅、我妈兄妹共同所有。实际情况是这样的，我舅没买过房，一直跟他爸、他妈，也就是我外公、外婆共同生活。从心理感觉来讲，早就认为那是他们家的东西。我的舅妈，是个通情达理的人，但人家还要帮着带孙子，不可能周到地照顾我妈。房子本来就不大，我妈搬去后，只能打地铺，如果再加上我，打地铺也不是不行，没走路的地方，也是小事情，问题关键在于，我是个孝子，那样一来，不是给我妈添乱吗？我妈来这儿看过我，说条件不错，街坊邻居无人养狗，没不守规矩的现象，扯皮就少，很想住进来。她这话不假，六角亭不让病人养宠物，宠物有宠物医院，没过来主要原因是考虑费用，医保不支持没病看病。其实，只要办住院手续的时候，把为了孩子上学，家里发生的所有事情讲一遍，比如像我这样说，无论谁听了，都会百分百收治，除非他有神经病……

讲述期间，孙大头一直死死盯住对方的眼睛，确定没落下什么后，大喊一声：停！

　　唐话多：说说你，怎么就理解了我爸咧？

　　孙大头：前女友。

　　唐话多：什么前女友？

　　孙大头：你的前女友。小青找过你爸，离婚后，她的情况很糟糕！

　　唐话多：跟我有关系吗？

　　孙大头：怎么没有，是谁总给人家留念想？

　　唐话多：好说好散、彼此关照不好吗？再见亦是朋友不好吗？

　　孙大头：不好！

　　唐话多：不好？老死不相往来才好吗？

　　孙大头：对！你知道两个女人有多痛苦。

　　唐话多：我爸不可能知道那一夜苏荷酒吧出来后的事，难道她讲的？

　　孙大头：什么苏荷酒吧？你爸根本没提过，但明眼人谁看不出来，你们一男二女，三方痛苦的事。老爷子的决断很正确，毕竟你和丽莎夫妻一场，孩子都上学了。丽莎人不错……

　　唐话多浑身燥热，脱掉白大褂后，讲话粗鄙不堪：狗屁胡说，账倒算得精。离婚的时候，房子归了女方，净落一套，如果老的死球，继承完遗产，就再加一套，女方净赚两套，复婚的话，二一添作五，人均一套，所以才不想跟回我。

　　孙大头：不对不对，根据你爸讲的，即便你们复婚，两套房子都是女方婚前财产，她名下还是两套。另外，你妈住你舅那儿只是做给外边看的，学校要家访，她在不方便。

　　唐话多咆哮：为什么要让我和老娘的财产归零？

　　孙大头：你看看自己的样子。我要是你前妻、你后妈，也不会选择离了再跟你复婚,你想想,这天天一张床上睡,哪天你脑壳短路或者酒喝疯,给掐死了,都不晓得么样死的。再说,你个当儿子的娶后妈,好说不好听,丽莎又不是武则天。

唐话多语带哭腔:亏他们老少配,这同床共枕的难道……

孙大头:打住,打住。刚才讲了,你妈住你舅那儿,只是做给外头看的,孩子上学以后,人早回家了。

唐话多一脸茫然。

孙大头:知子莫若父。老爷子算是把你看透了,他只想趁有生之年,替你还债。据说,你妈非常支持,如果她不同意,那套房子不可能在二老百年之后,归到丽莎名下……

唐话多:等等,等等!替我还债?讨债的上门了?

孙大头:没有,老爷子也很奇怪,这么久了,从未见过传说中凶神恶煞一样的讨债人。老人心里存不住事,跑到上海街派出所打听,民警查了下,说那个放贷的App爆雷了,追债人正在躲债,他们还在找呢!如果您有线索,请一定提供,做个热心好市民。

唐话多半天不吭声,忽然悠悠道:早晓得多借点儿就好了!

孙大头:老爷子嘴巴说想多留点钱给丽莎,替你还欠人家的感情债,其实,主要是心疼孙子。至于小青,老爷子断然将她劝走,说大家没有任何关系,儿子的事,自己管不了,不必再见。

唐话多:后来呢?

孙大头:老爷子说菜鸟主动给小青打电话,两人重归于好。

唐话多:不可能!

孙大头:据说菜鸟认为出轨以后从实招来,是对婚姻负责任的态度。反观打死不说,摆明还有下次。他愿意再次接受负责任的人。

唐话多：小青怎么回答？

孙大头：这个我就不大清楚了，你爸知道的也有限，毕竟这些事，都是零星听小青讲的。你爸只说，小青离开的时候，步伐轻快。

唐话多：好吧。

孙大头：亏你好意思说，离婚的时候，房子归了女方，净落一套。那房子本来就是丽莎家的，好吗？

唐话多：婚姻法是后来改的，我们在一起的时候，那叫夫妻共同财产。

孙大头转身：你非要这样讲，我就没话说了。

唐话多对着孙大头的背影喊道：爱你的出轨，没出轨的不爱你，你选哪个？

孙大头停住脚步。

唐话多又喊：小白的肉体和灵魂，你只能选一样。

孙大头回到红绳边：我已经用行动，回答了你的问题。

唐话多：什么样的行动？

孙大头盯着对方的眼睛：你先讲讲，让小青一个人痛苦，和三个人同时遭罪哪样更残忍。当然，也许你不难受，你不能算作一个人。

唐话多：好吧，也许我爸是对的。相对钻进牛角尖，完全断了念想，反倒让人解脱。

孙大头：天下女人多得很，但你绝不能再跟前女友上床。那种行为，残忍过当初分手十倍。

唐话多吼道：就你，还有脸说我！

孙大头：当然。两个月前的那场谈话还记得吧？我懂得了应该怀念真实发生过的事，而不要纠结想象中的事。

唐话多：讲讲你的行动。

孙大头：昨天的事……

陵园，白古静墓前。孙大头烧着纸钱，嘴里念念有词：唵嘛呢叭咪吽……阿弥陀佛……无量寿佛……急急如律令……迦里迦尊者驱佛……

瘸子：神经病犯了？

孙大头：嘘！先挑人，群已经建好了。

瘸子满脸困惑：挑什么人？

孙大头：男人！

瘸子：男人？

孙大头：对，为我老婆挑男人。

瘸子：小白不是死了吗？

孙大头：死活你不用管，上上下下好好瞧瞧，对着墓碑上的照片，拣帅点儿的、干干净净的挑就完了！

瘸子：照片！照骗！不敢担保货能对板，姑且先这么着吧！

孙大头点着个纸手机：古静，对不起！从前是我不好，老怀疑你，还惹你生气。今天，我要把陵园里的帅哥都挑出来，让他们全来陪你。刚才跟陵园土地老沟通半天，让他帮建阴间微信聊天群，特意学了各派咒语，但凡他不是只会洋文，这事儿肯定妥。你瞧，我这里还有一大堆纸手机，上面都写着号码，等同事回来，按图索骥，一个个烧给他们。

说话间，瘸子端着手机，呼哧呼哧过来。

孙大头看完瘸子手机里的照片说：动点脑子好不好。你看这第一个，年纪也太大了吧！

瘸子：不会呀！样子蛮年轻的！

孙大头：你看，用他的卒年减去生年，也太老了吧？至于照片，人老了都不爱照相,应该是家属顺手拿的早年间的。

瘸子滑动了几下手机,又让孙大头看第二个男人。

孙大头看罢,叹了口气:你看,用他的卒年减去生年,三十不到,亡故时的确年轻,但你看没看,人家已经死三十年了。

瘸子挠脑壳。

孙大头:除了阳寿大致相当,死亡时间接近的才保留。阳寿大致相当,是考虑同龄人,容易有共同语言,死亡时间接近,也是出于同样理由。比如找一个五十年前死的,那年头,还没改革开放咧!小白问老头,子女几人,房子几套,老头却狠斗小白私字一闪念。尿不到一个盆里还好说,可别掐起来。鬼打架!

瘸子嘀咕:果然是六角亭出来的,脑子真好用。

孙大头没听太清,以为人家夸他聪明,问哪里毕业,顿时脸红起来,小声回一句,哪里毕业没关系,终身学习才重要。

瘸子不跟孙大头玩了。理由是,所有条件满足后,孙大头居然来一句:找这么多人来干吗,想把我老婆累死。

瘸子学聪明了,也不争辩,悠悠道:那就留下六个吧!

孙大头满脸疑问。

瘸子:星期天休息!

唐话多拍拍屁股,隔着红线对孙大头说:你没有!

孙大头:我有,我有用自己的行动证明,终于不再吃醋了,为了小白,我什么都能做。

唐话多:你没有!避实就虚而已。

孙大头:我亲手为她挑选了六个精壮男人……

唐话多:六个精壮男人早就烧成了灰,灰可办不了那事儿。你的问题绝不单单是吃醋,你必须回答,爱你的出轨,不爱的却为你守身如玉,到底看重哪一条。还有,我爸凭什么对一个陌生人讲那么多,快说,孙大头!要不,你进来,我们边打台球边聊。说罢,男人俯身模拟了一个出杆击球的动作。

孙大头倒退两步,急欲先走,但两股战战,寸步难移:唐话多,你到底是什么人?

唐话多:我也是警察。

孙大头:果然是警察!

唐话多:不错,我是警察,跟你一样。要不要证明一下?

孙大头:怎么证明?

唐话多:不管你躲到哪里,精神病院,还是陵园,我都可以把你揪出来,相信我!

孙大头听罢,一屁股坐到地上。

红绳里边,两个穿白大褂的人,医生跟男护士,正朝这边过来。

唐话多见孙大头尿样儿,哈哈大笑道:太有意思了,丽莎!

孙大头:丽莎?

唐话多:丽莎的事,要感谢你。

孙大头:感谢我?

唐话多:对,感谢你。昨天,丽莎第一次来六角亭看我,尽管她的本意,只是为了骂人。前天,你和我爸讲话的时候,丽莎刚好到街口小店买卫生巾,她说尽管隔着玻璃,但还是被你的眼神吓到。她走出小店,悄悄站到拐角,把你们的谈话听得清清楚楚……

见两个白大褂越来越近,孙大头汗流浃背。

唐话多:丽莎最讨厌我把家中隐私对别人和盘托出,尽管她知道你是警察。

孙大头小声嘀咕：我是警察？

唐话多：你不出示警官证，我爸凭什么跟你讲那么多？丽莎都告诉我了，她就站在拐角处。问题是之前，如果我不跟你交心谈心，你怎么会跟我交心谈心呢！我对你讲了多少自己的糗事，比如打台球一个不进，那可都是真的。你就别装了，我都承认自己也是警察了，你就别装了！

孙大头吞了口唾沫，用以缓解呼吸困难：为什么丽莎会怕我？

唐话多：不知道，大概是女人的某种直觉。

两名白大褂已到眼前，孙大头高举双手，两眼紧闭。

"放开，放开，我是警察！"

"唐话多，第一，你不是警察。第二，你也不是医生。"

"放开，放开，我是医生！"

"唐话多，再说一遍。第一，你不是警察。第二，你也不是医生。"

孙大头睁大双眼，见两个架一个，白大褂们背影渐远，不由仰天大笑，大喊一声：神经病！

话音未落，街上好几个人激动地问：六角亭终于认可了我吗？

孙大头一看架势不对，再喊一声：想得美。见这几人悻悻而去，他抬起胳膊，冲唐话多三人背影，做个开枪手势，嘴里还伴奏两声："啪！啪！"

从左边架住唐话多的白大褂是男护士，他忽然扭头朝孙大头狂奔而来。孙大头大惊失色，看着自己的手一愣，刚想若无其事地站起来，可双腿实在太软，没奈何，只好坐在地上低声呢喃，像大考前临时抱佛脚复习功课：……镇定，镇定……警察看了全部监控，最好的角度也只能看到前面背的大包，后面那个只露一半……连司机都认了，边开车边玩手机……摔倒肯定是立足未稳,但那是因为装满衣服后包的重力而不是身后推力所致……谁叫老跟那个送货的笑得人比花艳……没事,没事,警察已经问过很多次了……深呼吸……

身穿白大褂的男护士,并未一口气跑到孙大头面前,而是低头东瞧西看,像在找寻什么。

孙大头:找什么?

男护士:看见一张纸条没有?

孙大头:没有,什么内容?

男护士:一个叫小青的女人,跳楼自杀了,她的遗书,给唐话多的……

孙大头脑袋嗡嗡响。

六角亭内有人喊,找到了,找到了,不在你那儿,在我兜里。

男护士走出两步,回头问:孙大头,你没事吧?一直坐地上。

孙大头答:没事!没事!地上凉快。

男护士:身体不舒服,记得来复查!按时服药,做好长期同疾病做斗争的准备!

孙大头:药不能停,药不能减,药不能换!

男护士笑笑去了。孙大头远远见唐话多正低头看着什么。若不是男护士赶去及时,单凭医生可架不住外披白大褂,内穿淡蓝色条纹装,活像斑马染上白癜风的男人。

一张纸条从男人手中飘落,大意如下:丽莎昨天跟我讲,菜鸟想睡她,为了抵消你睡过我的意难平。男人,这就是男人。你配不上丽莎,别烦人家了。以后到了那边,记得不要找我……

孙大头缓缓爬起,脑袋里仍在复盘:小白的事早就翻篇了……丽莎怕了我的眼神，应该是在被唐老爷子质疑警官证的时候，不该太急躁……是说小青怎么会吃回头草，何况菜鸟那种人……

男人脑补小青自杀画面，扇过菜鸟一耳光后，飞身跃出阳台栏杆……

经过街角处，孙大头看到一个破损的摄像头，他很喜欢留意这些，特别是小白死后。如果，当天不是意外看见头顶上方的摄像头坏掉，应该不会从身后推她一把，其实自己很爱老婆。

扁担山粉丝见面会

引子

好女人与漂亮、单纯的关系,旁观者分男女视角,不一码事。先说漂亮:女人眼中,好女人不需要漂亮,尤其不需要比自己漂亮,漂亮之于好女人,既非充分条件,也无必要。女人嘴里的漂亮女人,常常令男人困惑,为什么总才及格线上,往往不如推荐者本尊,一种情况除外,就是所谓的漂亮女人,真的美到不可方物,这相当于,男人会妒忌发小比自己有钱,但不会嫉妒比尔·盖茨。

男人那里,自己搞得掂,别人搞不掂,就是好女人。好女人性状不稳定,哪怕之前貌美如花,一旦拥有,即便情郎眼中,颜值也会高台跳水。此后,一部分女人,用好女人三个字做挡箭牌,转投各种美德名下,比如温柔体贴,比如贤惠顾家,只是同漂亮本身,渐行渐远;还有一部分女人曲线救国,变成了别的男人眼中的漂亮女人。

女人喜欢闺蜜单纯,与男人喜欢死党头脑简单,心理机制相同。一旦交叉,情况变化,女人不喜欢男人头脑简单,特别是自己男人,但男人喜欢女人头脑简单,尤其是别人的女人。

按照理论,拥有一件好东西,最佳办法,是让自己配得上。所谓配得上,指客观标准,要能量化。女人一聪明,账就算得精,即便再漂亮,且家有万贯,于绝大多数男人而言,只是镜花水月。所以,男人眼中的好女人，必须单纯，最好白璧无瑕，否则，还有自己啥事？只好才子佳人戏里找依归。戏里边，佳人漂亮、单纯，非常有钱，只爱男主一个，看得超级爽，只是要收费，忍广告也行。

如果，一个女人，什么都具备，只是缺乏单纯，那么，大概率不是一个好女人。因为配得上，简单三个字，知易行难。随便抽样婚后男人，甩手掌柜，妈宝巨婴，啥比例？

搞不掂的女人，是不是好女人，其实跟自己没关系，但多数男人倾向于，她：大概，也许，说不定，应该，可能，只怕，是个坏女人！

如果，一个女人，事业有成，样子又好，不仅男人，连她同性，都大概率觉得，这不是一个好女人，她的成功，总有那么点可疑。所以，好女人一定得单纯，不时冒点儿傻泡才安全，也更能与大伙儿打成一片。

君不见，好多女人出口成脏，披件刀子嘴、豆腐心的虱袍，居然很吃得开，为什么？因为许多人分不清没教养和单纯直率的区别。再有，男人老是错误地认为，大大咧咧的女人容易上手，其实不然，女人都一样，根据生存环境，应对策略不同罢了。某些女人，文静样子，看着不爱说话，但只要开口，便是情话，之前，不过审时度势罢了。凡所有相，皆是虚妄，若见诸相非相，即见如来。

如果，一个女人，容易引起嫉妒那种，自己心里要有数。傻白甜，多数是看透赌局底牌的聪明人。你跟他讲人话，他不明白，你优雅知性，他说你是绿茶，女人最怕背绿茶锅，人人得而诛之——西西里美丽传说。

第一章

刘蓓漂亮，人极单纯，家庭条件，相当优渥，绝对好女人。章非一般，外形一般，谈吐一般，经济一般，背景一般。所以，直到婚礼当天，对双方能到一起，大家都颇感意外。

自知者明，知人者智，章非兼而有之，他的成功，绝非偶然。健谈、俊朗的男人，具天然优势。但，凡有一利，必有一弊，多了嚼不烂，人均关注度，必定摊薄。

时间，不可再生资源，有钱没钱，高矮胖瘦，一天24小时恒定。女人需要重视，表现方式不同，但万变不离其宗，章非追刘蓓，肯花笨功夫，人家三下五除二，他靠死磕，24小时待机，随叫随到。

人类普遍盲目自信，数据表明，随着机器智能提升，算法公式指导下，婚配成功率，婚后适合度，早已超过了所谓的双方自我感觉良好。

从这个角度看，刘蓓和章非的婚姻，显然是桩意外，而意外，正是成功的同义词。日常的触手可及、按部就班，叫作程序，程序以外的两情相悦，理论上，应归入爱情名下。扪心自问，章非追刘蓓，与爱情无关。

面对综合条件不错的女性，男人会分作两个阵营，多数知难而退，其中不乏酸葡萄心理人士，背后污女人的话，听了只想叫雷劈他。

　　章非属于少数人，激发追刘蓓的，恰恰因为美女追求者众，能满足好胜心，或叫虚荣心，但这，只是一方面，章非喜欢争先恐后的闹腾气氛。多人喜欢一位美女，叫交叉验证，故障率低。

　　关于女人身体，狐朋狗友扯到时，章非只听，他对白璧无瑕的小处女，完全没兴趣，甚至排斥。她们身上，有股莫名苦涩气味，抑制欢愉，容易让简单的事，变得复杂。

　　小时候，由于住房条件限制，章非家里，伯伯、叔叔屋第伢们，饭桌上同场竞技，几个菜盆水位，不是同时下降，而是依次见底。这说明什么？说明人类，从小就喜欢一个槽里吃食。

　　章非的智慧，源于对事物本质的深刻理解，根据洞察，女人的美，不仅可以发现，更可以随机发明。美不客观，它需要用主观拱卫，无数主观汇集，美才客观，无数主观想法，汇聚成河，便是客观事实，刘蓓漂亮，属于这类客观事实。不同于 $1+1=2$，纯靠逻辑推导而得。

　　女人美不美，自己不知道，要不然，童话故事《白雪公主》中的冷艳皇后，天天问镜子干吗？美很善变，巴掌脸佳丽，敢去唐朝试试？什么叫风华绝代，瞧瞧龙门石窟奉天寺武则天的银盘。

　　生活中，许多一般般的男人，异性缘却极好，因为他们明白，好多女人，冷艳只是防火墙，墙里面，很枯燥，翻进去逛一圈出来，发现最好玩的是墙本身。一票靓女，最喜欢讨论自己并不拥有的，比如灵魂。这给了男人将计就计的机会，交心谈心声东击西，要的是你那层皮囊，买椟还珠真乃古老智慧。

　　章非善于体察女人内心，哪怕最隐秘角落里的一丝闪电都能感知。比如，刘蓓问：这件衣服怎样？男人会迅速给出答案，那答案正确到，恰好落在女人心尖尖，不多不少、不偏不倚。

这种能力，很难量化，所以，别的男人根本没把章非放在心上。只关注能量，不重视信息，实在大错特错。刘蓓因不往那方面想，放松了防火墙的守卫工作，章非虚虚实实，一路攻城略地。

女人漂亮，对于章非，吸引不大。可别小看此心理机制，它不会让男人头晕目眩，语无伦次。于是，章非追刘蓓，纯技术层面问题，美女光环干扰，忽略不计，他瞄准刘蓓一个，日日随风潜入夜，天天润物细无声。看客眼中，叫死缠烂打。

章非读书不多，父母也非知识阶层，但，凡走过特殊年代的都懂，所谓历史大潮，浩浩汤汤，普通人没工夫消化细节。故事化、语录化，是效率最高的传播方式。"伤其十指，不如断其一指"，便是对集中精力，解决主要矛盾的高度概括。

实际上，章非多数行为，确与原生家庭潜移默化有关。没有战略层面的俯瞰，就没有战术层面的淡定与坚决。玩深沉、耍幽默，糙子伢们献宝，几斤几两，女人心里有数，之所以有效，只因为顺水推舟。看这种表演，需要耐心，明明结果一望可知，双方偏要文章做足。

好多时候不成功，不是沟通不够，而是沟通过度，忽然间就意兴阑珊，只想各回各家，洗洗睡觉。发生这种悲剧，主要责任在男人，整桩事里，得有一人主动，施以少少勉强。

少少勉强和勉强都是为了爆破，区别在于：勉强是男方携带炸药包，强行爆破；少少勉强是指，女方自带炸药包，引信由男方摩擦出的火花燃着。

关键问题，如今男人，越来越被动，尤其条件稍好的。他们迟迟按兵不动，会让女人误解。女人一误解，就容易解读过度，要么自怨自艾，要么嗔怪有眼无珠不识货，祝福对方孤寡终老。

作为旁观者，章非看得很清楚，刘蓓众多追求者中，最具表面优势的是Q先生、H先生。他俩之间的对决，因为背离方法论，必将落入俗套，冗长枯燥，无疾而终。而自己，很可能成为连接他俩之间的友谊之桥。

记忆靠不住，某个艳阳正午，或是寂静子夜，两位失恋者，共同分析完利弊得失后，对于痛失漂亮好女人刘蓓，扼腕叹息并抱头痛哭，之后各奔东西。

对他们来讲，唯一值得安慰的，是没有败给彼此，至于章非，那只能证明刘蓓愚蠢。日后，每当这样想着，他们便如释重负，庆幸当初，自己高瞻远瞩，不必与这样的女人朝夕相处。再往后，甚至倾向于，从前恋爱中，说"不"的那个是自己，只不过，运用了一些绅士技巧，让女人开第一枪，留点面子而已。

对不差钱的漂亮女孩儿，一定要攻其不守，章非明白，关于爱别人，刘蓓几乎无感，她习惯的，只是被爱，所以，男人好看不好看，在她那里，并不是必备条件，加之从小叫众星捧月惯了，别个的评头论足，不大放在心上，有时候还会故意弄出些别扭，彰显特立独行。

章非认为，拿下刘蓓，没有结构性障碍，只是时间问题。他尝试着，用对方的想法看待事物，结果发现，女人看似观点鲜明，但大都经不起推敲，无非是仗着美貌，欺负别人不忍较真而已。

思而不学则殆，刘蓓想法多，学习少，自以为是的一些高见，不过是前人思想游戏的低水平重复罢了。章非小心翼翼、步步为营，经过多次验证，看出刘蓓智力方面的自信，不过是件随时可能滑落的披肩。她那些漂亮朋友，爱打嘴巴官司，结论出来前，刘蓓模棱两可，有定论以后，女人会斩钉截铁地将观点据为己有。

掌握了这个规律，章非要做的，只是将杂七乱八的问题，做自洽解析，并送货上门。

刘蓓，聪明姑娘呀，明白智慧加美貌才是王道，但智慧是个奢侈品，要耗费大量时间修习，章非的出现，粉饰了女人此处隐忧，男人让她觉得，自己原本真那样想，只是借对方的嘴巴道出而已。

女人话一出口，男人点头附和，有道理，你讲得有道理。有时候，为了不那么明显，男人会换一种说法，我的想法，是受你某次、某句话启发，女人通通笑纳。从章非身上，刘蓓收获了智力上的愉悦，其余男人，总是赞美脸蛋和身段，不是不好，多了无感，没信息量。

世界上，原没有所谓的客观标准，讲出客观二字的人，本身就主观，章非不关心理论，玩虚的没意思，一切从实战出发，刘蓓是具体的，事情是具体的，也是连续变化的，她的想法，白天黑夜、南辕北辙是正常的，章非没有堕入机械思维的惯性，只就事论事、见招拆招。

凭敏感直觉，男人接近目标时，会根据角度适时调整动作，这一条，绝对要靠天赋，具流体力学美感。他能精确把脉刘蓓的内心规律，这事儿，会者不难，从女人摸揉衣服布料时，眼睛里折射出的粼粼波光，立马能瞧见其灵魂偏好。

一次，陪刘蓓逛武汉国际广场，章非观察到，女人实际购买，大约占挑选总数的十分之一。

二次，争取到同样机会，章非否决掉刘蓓的九次意见征询，弄得对方有点儿心灰意冷，就连那件试穿后、受到充分肯定的，都不想要了。章非借口上厕所，背着刘蓓买下。

当晚，中山公园里的女人，情绪不高。男人适时地、从双肩背包内拿出衣服，揭开包装膜的一霎，女人眼睛里有霓光闪过，像受降堂喷泉广场上的彩灯射线，掠过水雾时泛起那种。

刘蓓注意力，叫衣服短暂裹挟，对突如其来、男人苍蝇般的叮咬，竟一时无感，待反应过来，刚想提出抗议，甚至骂人的时候，章非神情肃穆，仿佛面对下凡天女。男人先盛赞其面容姣好、胸腰凸凹有致、气质淑婉，又夸着此霓裳不仅女人中尤物，且兼具羽扇纶巾的英姿飒爽。

章非始终没提价格，刘蓓知道很贵，对男人话里的褒意，一时疏于防范，只下意识含了含胸。男人步步紧逼，夸女人有眼光、品位高，刘蓓本人觉得也是，没意识到这或那个想法，并非自己原生，只舒服地照单全收。

说话间，男人忽地顿住，凝视女人，左眼小眨，时长两秒，刘蓓没见过这么抛媚眼的，慢镜头一样，心神不觉一荡，那刻，男人轻松地在女人心田，植活了一朵小花儿。

当天，男人收获一次言语渗透，一次面颊亲吻，皆具恋爱里程碑意义。夜里，送女人回家后，独自拐到民意四路卤水铺，花二十七块钱庆祝，因为没有行吟阁，要了别的啤酒两瓶。

经过几次努力，一把钥匙，堂而皇之地放在女人心门前的地垫下面，凭借这把钥匙，章非在刘蓓精神世界里随意进出。相对灵魂，肉体不在话下，稍许反抗，只是源于远古基因与少女时期的性别教育，混合发酵后产生的微弱惯性。

第一次打开女人后，男人播下许多种子，但不包括，在子宫里盘根错节那粒，那是婚后半年的事。当晚，章非再次去到民意四路卤水铺，因为成果不同，比上回多要了两条鸭脖。

刘蓓嫁给章非，既没未婚先孕，更无经济上的期待；章非娶到刘蓓，凭借智力，以及持之以恒的执行力，所谓激情，不过是铁般自律的餐前甜品。

婚礼是男人生命中的高光时刻，当天，他美丽的新娘很幸福，从脚踏五彩祥云交换戒指，到坠入凡尘忍受各路戏谑，全程小鸟般快活，喜悦之情甚至感染了当爹的，明显感觉到，原本不太赞成这桩婚事的刘叔，眉心舒展。

婚后，刘蓓越来越离不开章非，而同其他男人交往，常常感觉不适，也搞不清楚问题出在哪里，反正，就是不自在。女人脑回路里面，有一部分被男人用恭维格式化后，装上了他的想法。

娶到美女，不是结束而是开始，章非不建议新婚妻子继续在职场抛头露面。刘蓓认为，那是真爱，父母也很满意，觉得女婿有担当。谁愿意心头肉，去外面风吹日晒，叫人呼来唤去，又不差钱。

章非辛勤耕耘，在老婆婚后第六个生理周期结束七天后，击出一记本垒打。好消息的到来，要稍稍滞后，等了一个多月，刘蓓裆下迟迟未能见红，章非满怀期待地候在马桶旁边，第一时间见证了早孕试纸上，那两条颜色相近的红红线段。

男人经过努力，再次迎来人生的高光时刻，彼时，险些流下眼泪和鼻涕。那晚，章非来到民意四路的卤水铺，既没要鸭脖，也未点卤藕、卤海带，一点食欲都无，喝啤酒的时候，连炒花生米，都倍感油腻。他忽然很想爹娘，考取功名的儒生，都想在先人坟头，上炷冒青烟的香。

第二章

漂亮女人,外头工作,身边诱惑极多。随着阅历增长,逐渐学会鉴赏男人,乖乖张开双腿躺平受孕,不会心甘情愿,至于说,用外头赚的钱反哺老公,断无可能。

这笔账,一目了然,章非早就算过,总体收益而言,美女老婆家里待着,比放任其职场打拼,好处要高出不少,那样的话,风险也大,煮熟鸭子,可能会飞。

为人父母的想法,奇奇怪怪,学生时代,不让接触男人,待到大学毕业,又怕女儿变成一碗人间剩饭,逼她着急忙慌找人。

乖乖女最吃亏,没受训的新兵,直接赶上战场,遇个死缠烂打的,因为男人见得少,自己骗自己,一口咬定,这是爱情,吃了亏不晓得止损,以为旁人也都这么过来,不痛的爱淡而无味。

不懂断舍离,后果很严重,一旦掉入婚姻,解套更难,尤其有了小孩以后。靠死缠滥打得手的人,性格相对偏执,也喜欢秋后找平衡,婚前舔过你,婚后跟老子还回来,加上利息。

刘蓓孕育孩子,仙女变回凡人,虽说依然漂亮,但不能用光彩照人形容。外孙或外孙女,已经搁在女儿肚皮里边了,要想让娘儿俩过得好,女婿章非，不仅绕不开，还必须全力帮扶。

钱的事，章非没主动开口，老亲娘（丈母娘）心疼女儿，和老亲爷（丈人）商量后，主动提出来。于是，平庸的职场男，人前意气风发，且仿佛一贯如此。

章非的支出，远多收入，娘家人看了，有时也会高兴，似乎联姻正确，待念头转过，心情又很复杂。单看这点，章非算成功人士，何况从未主动伸手。

刘蓓家里，房产三套，收编第一处时，章非真心想利用好它。最终没撬动更多财富，是因为男人犯了两个错误：一、资产低位时卖掉住宅，投资股票；二、妄想通过合股，自己出钱，别个出力，做点小生意。

小生意赚钱，靠的是老板亲力亲为，章非以为自己聪明，当年翻过两本科特勒，就想通过所谓的出资加管理来赚钱，他为自己的想法兴奋不已，激动得像从六角亭（武汉精神病院所在地）偷跑出来的病人。

上帝很公平，关上一扇门，会打开一扇窗；同理，打开一扇窗的话，便顺手关上一扇门。章非追刘蓓，战斗值爆表，赚钱方面，能力弱爆。

刘蓓从不提钱的事，章非自然不会自讨没趣，遇到股市行情不好，或是被合伙人玩弄，常常独自来到天台，坐尺把宽水泥围栏上，目光呆滞，瞄远方云彩，晾衣架子也不扶，任吊摆两腿晃荡。

女人看见，心里咯噔一下，闪过个念头，把自己吓到，好在男人，脚朝天台内侧。男人躲这儿抽烟，不会影响家里，有时，夹带两支瘪瓶小劲酒，没菜，白口闷喝。

小孩出生一年后，刘蓓的父亲，参加了一场酒会，回家途中突发心脏疾病，入院几个小时，没留下只言片语，便撒手尘寰。

每天屎尿堆里打滚的刘蓓，忍悲办完丧事，不敢奢望母亲帮手带小孩，老人哭得命剩半条。

没多久，章非所在公司，经营不善解体。女人这头，小孩老是害病，不能出去上班。就这么着，稀里糊涂，凑合过了两年，储蓄实在撑不住，刘蓓母亲，悄悄地卖掉第二套房。

烦闷无聊时，刘蓓靠写作打发时间，到后来，也不知道是热爱文学，还是需要一个借口，好让自己觉得，仍是社会中的一分子，只不过，被需要的方式与众不同。

章非能顾住自己嘴巴，已经是阿弥陀佛，有段时间，经常傻痴痴对着老婆发呆，眼前这个平凡，甚至略显邋遢的妇女，为什么值得自己投入全部生命，爱吗？当初不知道，但现在一定是爱情，因为男人开始心疼女人。这说明此前，男人对女人没把握，就像一个人，美丽城市使劲撒野，却不许批评家乡脏乱小镇。为何？内外有别。只有当这人，真正融入美丽城市，把它和自己关联为一体，爱，才会发自肺腑。

追到刘蓓，是章非前半辈子，最成功的事，时隔多年，男性朋友们偶然提起，仍不无嫉羡。可照他眼下的职业发展，极大概率，前半辈子最成功的事，会变成这辈子最成功的事。

刘蓓写作，键盘上，手指火苗般跳跃，章非看着那走形的背影，忽然难过起来。彻底得到一个人，难道非得将对方扯拽到泥巴里头，弄成脏狗后，再居高临下地施以抚爱吗？

老婆爱看小说，从小有写日记的习惯，爱不切实际地胡思乱想，可这碍着谁呢？要说隔阂，只是因为不同，甚至有人对此，会隐隐生出担忧，殊不知，赌咒发誓、歃血为盟、兄弟相称背后，多少黑手。人类都是演员。

不知不觉，章非走到妻子身旁，刘蓓拉着男人揽在肩头的右手问："干吗？"

章非说："不要久坐！"

"作家都这样。"刘蓓说完,忽然脸红,像个因为莫须有的理由,得了表扬的孩子。

章非弯起食指,轻轻刮了一下老婆的鼻子说:"本来就是。"

刘蓓决定,正式从事写作。动笔之前,没向朋友们宣布,自己将坐家里,努力成为作家。庸常赞美,不大叫人兴奋,她想要的,是那种瞠目结舌后的心悦诚服。才华横溢,貌美如花,绝配。

为了追求夸张效果,女人一兴奋,目标高远了点儿,上手先来长篇,无非字数多些,但可以单独成书,签售起来方便。方向定好,即刻出发,胸中千言万语,下笔洋洋洒洒,一觉醒来,脑袋里峰回路转,于是推倒重来,如此反复数次,徒劳无功,遂下定决心,先完成作品再说。

刘蓓码字,废寝忘食,一段日子后,发现故事时间总谱乱了。张三、李四、王五本是同龄人,走着走着,把各自历经的时间代入,便差出了好几岁。没办法,只有老老实实画表格,这在从前,是最讨厌的事。回头改着改着,又觉得文笔不够理想,好容易修妥一段,几天已过,肚子、腰颈,难受得要命,一阵阵恶心想呕……

这么着过了一段,刘蓓忽觉茫然,尤其疲惫时刻。原来,一万与十万字之间,难度差异,并非简单叠加,绝不是数学上的十倍关系。文字大出一个数量级,内在的统一与矛盾,产生了某种化学反应,复杂程度,呈指数变化。登顶珠峰,同爬十座八九百米海拔小山,能一码事儿?

刘蓓很沮丧,想着一个每天用故事哄完娃睡觉的妇女,又再撅起屁股,为空气中的读者编故事的画面,就感到很不靠谱,儿戏一般。其实,大文豪又怎样,人前风光,背后,干活就是干活,挠头还得挠头。

长篇小说,重体力劳动,肚子里,有东西不吐不快才好,类似于哺乳期妇女,奶胀如瓜,青红血管爬满,车轱辘话不算数,那叫话痨,书写是嘴巴的甩干机,自言自语半天,填充不满一两页稿纸。

　　创作中的刘蓓,像变了个人,极度不自信,漂亮完全帮不上忙。依从前脾性,早该与闺蜜分享,原来常写随笔,信手拈来,可长可短,隽永清新。朋友圈里,点赞一片,明知是别人的社交礼仪,但自己就是受用。到此时,终于明白,所谓才女,跟广东人口中的靓女一样,名词而非形容词,即便真有所谓才华,也只占成功的百分之一,余下百分之九十九,日日雷打不动,牛样笔耕不辍。

　　刘蓓很想得到反馈,但从未发布过任何作品小样。女人知道,即便最亲密的姐妹那里,阅读现场,也是复仇现场,玩笑之下,必定隐藏梭镖,谁叫自己,集美貌与智慧于一身,活该人人得而诛之。

　　其实这种事,只能靠九死一生后的成功来化解,到那时,朋友们知道不是玩票,得道多助!另一些人,高山仰止,嘴巴自动闭上,或者,就此绝交。

　　刘蓓难受的样子,引发章非恻隐之心,老婆忽然变得虚弱又孤单,拥入怀中以后,爱情就滋生了,没人这么傻,没人这么迫切需要被疼爱。女人嗅着男人衬衣上的汗味,浑身乏力,感觉安全无比。

　　刘蓓说自己,不会打退堂鼓,坚持坚持就好了。章非说主要是缺乏互动,新鲜感一过,收不到正反馈,没几个人扛得住。而且,与其扛,莫若把那份损耗用于创作。他建议,先在网上发发,听听人家评论,刘蓓死活不肯,说怕丢人。章非说这个简单,用笔名便妥。刘蓓说,叫什么好呢?章非想想,说就叫章非吧!

　　有了这层掩护,自认为有些文学天赋的刘蓓,终究难免心痒。一次,下午茶闺蜜聚会前,挑选出相对满意的章节,打印数份,塞档案袋里拎去。

　　文字书写,本质上是一次信息编码,阅读则是解码,两样都是手艺,靠后天习得，并非与生俱来，想有成效，类比其他刻意练习，通用表述为：拳不离手、曲不离口。

有些人看文字头疼，有些人看数字头疼，本质都是解码困难。接收不到有益信息，自然没有正向反馈，这种情况下，哪怕编码技术再高，雪芹老师、牛顿老师再世，也于事无补。

刘蓓打开档案袋后的文学呈现，与姐妹们嘴里搅拌的芝士蛋糕，任意编码解码的无头八卦放到一处，哪样更容易抓住瞬间的注意力，可想而知。糟糕的是，有人笑了，更糟糕的是，有人看没两行，打起哈欠，刘蓓缩进壳里，跟着姐妹们调侃自己的心血，并一再强调，跟老公说了多次，不是那块料，偏要瞎折腾。大家都笑，刘蓓笑出眼泪。她庆幸，幸亏用笔名，而笔名正好和老公的名字一样，章非。从那以后，刘蓓就蜷缩在"章非"这张皮下面，苟且偷生。

晚上，男人回家后，一句话安慰了老婆，看看你建的文学群，开始就我们两个，现在过百了，女人打开电脑，果然。抬头看着老公，一个媚眼抛去，男人投桃报李，耗时两秒，自那刻起，刘蓓决定只为悦己者容。另一件事，她没去想，所谓粉丝，基本上是章非拉进来的朋友，或者，朋友的朋友，武汉话讲，都是来抬桩（给面子）的。

钱的问题，是大问题。尽管一些人认为，钱能解决的问题，不是大问题，但章非不这么想，他觉得，钱能解决的问题以外，没有问题，比如生老病死、小行星撞地球。那都是命。

章非希望刘蓓，尽快出去干活。当初的担心，随着女人渐渐涌出裤带的腰腹，略略浮肿的面颊，消弭大半。刘蓓知道，父亲走后，娘家状况，今非昔比，卖房子的钱，细水长流才好，所以对章非，含糊其词，反正家里开销，他又没出一文。

母亲是个柔弱的人，一生被父亲保护得很好，尽管也明白女儿处境，但因缺乏斗争经验，不小心泄露天机。那天，母女俩在堂屋择菜，当妈的忽然来一句，就你一个姑娘，等我动不了，去住养老院，最后一套房，抽空办过户手续，免得哪天突然死了，添些冤枉麻烦！

刘蓓连忙岔开话题，但为时已晚，章非站在卧房门口，若无其事样子，过来添茶时，脸色没变化，女人知道，搞拐了（弄糟了），他在思考。

刘蓓母亲，自丈夫走后，帮着女儿照顾闹腾小孩儿。近来身体不好，几次三番去医院，没帮上忙不说，还是拖累。她不想孩子们左右为难，干脆住进养老院，要了一个单间，比家里睡觉安神。

终于，章非能顾住自己嘴巴，每月还有结余，重新开始往家里拿钱后，精神状态不错，时常抛媚眼，逗老婆开心。

有回，幼儿园，刘蓓送完小孩，故意找个由头，到男人所在公司瞧了瞧，航空路的写字楼，同事蛮热情。

可是好景不长，章非脸色再次阴沉，刘蓓想，肯定是工作压力大，没敢多问，所幸，家用没断过。过了一段时间，男人常常闷坐发呆，喊他名字，半天才应一声，两只眼睛空空悠悠，魂儿不知哪儿去了。

某天，路过航空路，刘蓓寻个由头，乘电梯来到章非工作楼层。运气不错，遇到张熟面孔，人家记得女人，虽不能跟当年同日而语，但大美人毕竟底子还在。听罢刘蓓问话，这人很诧异，说章非早没干了。刘蓓忙问详情，那人说，公司添了不少高科技设备，好多人跟不上社会变迁步伐，淘汰掉了，还说自己，也只能干到月底。女人当时冒奏（没作）声，但终究不甘心，嘴里说着再见，偏要回头问句："公司难道不考虑员工家庭？"那人说："公司要和别家公司竞争，这栋楼里，隔段时间就有公司关门，换新主子……"

第三章

钱的流失速度,比时间更快,房子不是金山,金山也怕坐吃掏空。终于一天,章非问刘蓓,找工作的进展如何,刘蓓说:"我不是在工作吗?"见男人一脸困惑,女人补充:"我是个小说家,群里头有三百粉丝,正翘盼更新。"男人愣住,半天才一句:"都是朋友们抬桩。"

刘蓓不服气,说话刻薄起来,主要是翻旧账,写字的人,言语凝练,刀子扎得又快又深。

章非也急了:"有板眼(本事)群里发个声明,再让互相转告,话要狠一点,必须回答小说里、暗线中埋着的三个问题,才算智商过关,才算真正喜欢你的作品,而不是表面客气,其余闲杂人等,建议退群。我敢打赌,留下来的,顶多三个。"

刘蓓照办。

第三天晚上,群里只剩下四个。

刘蓓笑中带泪,说:"你错了,还有四个。"

章非笑笑,仿佛完全一个陌生人,他拿出手机退群,然后问:"现在呢?"

刘蓓手一哆嗦,地上捡起手机看时,真的只剩三个。一、自己,对外身份章非。二、关宁。三、赵清。

章非退完群,问:"接下来要怎样?"

刘蓓说:"别讲两个,剩一个也更新。"

章非问:"为一个陌生人吗?"

刘蓓说:"是!"

章非照常给家用,人却越来越古怪。有时候,刘蓓会以为对面坐的,是个陌生人。偶尔夫妻生活,耳边,章非哼哼唧唧,居然夹杂外地口音,女人一度,吓到冷淡。

男人不提,女人只好变着法儿试探,但一直没搞清楚,老公靠什么赚钱。那日,讲罢睡前故事,哄小祖宗入眠,刘蓓筋疲力尽。见章非趴电脑桌上研究股票,一时心烦,抱怨几句,男人龟息,当她放屁。女人遭冷遇,怄不过,拉男人胳膊,男人就势一肘,顶到小腹,像击打沙袋。

刘蓓听见自己牙齿"咔"地扣合一处,人缓缓窝倒在床,没出声,怕惊了小孩,大早还要上学。章非目光呆滞,分明看见老婆,痛得满头大汗,却无动于衷,仿佛一只木偶。女人怨恨抬头,见男人瞳子里,冰冰冷冷。屋里静极。

两人面对面,忽然,男人浑身一筛,像是记起什么,伸手拉女人,刘蓓轻轻拨开。那天以后,两人相敬如宾,外人眼中,老婆尊重老公,但不晓得,尊重这方子,君药是恐惧。

时间过得很快,二人话不多讲,只简单回应几句避不开的,多数时候当耳旁风。夫妻生活,能免则免,女人没主动过,男人要来,不拒绝,叉开腿,眼瞪天花板,视死如归。

渐渐地,男人要得也少,偶尔,喝过酒或者事不顺心,招呼不打一个,掀开被子就上,女人不挣扎,当被畜生拱了。

那种时候，男人歇斯底里，勇猛吞咽空气，临刑前，吃最后顿饭一般。女人快感倍至，愈如是，愈痛恨身体背叛自己，同时，希望压肚皮上那只喘息如咆哮的兽，早点儿去死。

　　某晚，章非看着刘蓓，像第一次见面，女人的眼睛好看，似曾相识样子。男人突然打个冷战，脑袋里记起个模糊印象，似乎什么时候，对这女子动过手，思绪飘回从前，忽然间，心如刀割起来。

　　床上，刘蓓静静地躺了很久，像是睡着，碰她手时，女人拉过被子蒙头，扯开看见，两只眼睛呆呆地盯着天花板，死人一样。章非没辙，四肢摊平睡了！过一阵子，女人起身入卫生间，半天不出来，隐约听见有人抽泣，待门开灯亮，想说声抱歉，女人没给机会，卷被子去了小孩房间。起夜时，见洗衣机上的盆里，搁着人换洗衣物，内裤上有大团褐色，当天不是生理期，拿在手中细看，却又没了，只剩老婆熟悉的气味，让人心头绞痛。背后瑟瑟簌簌响动，猛回头，见刘蓓站在门口，长发披散，一时惊出几滴尿来，问做什么，答，洗衣服。

　　明明憋胀，该出水时，却怎么也出不来，只好迷迷糊糊躺回床上，裆里总觉几星湿，摸摸还算干。隙眼见女人抱了盆去，瞟矮柜上的闹钟，凌晨四点。章非困到不行，想睡却睡不着，总觉得哪里不妥，刘蓓极爱干净，衣服不会隔夜，除非一直没睡，挨到现在。猛然，男人背上冒汗，睡不着，难道是因为痛到现在？不会吧！如果加上心痛呢？

　　自己动没动手，完全不记得，胡思乱想的章非，半梦半醒，眼前一条内裤，裆里全是血，男人心痛极了，想去抱老婆，女人用手拨开，男人再次陷入混沌，一时想着道歉，一时又不清楚道歉为何。

　　是真的吗？不可能，但为何细节如此清晰，究竟哪里出了问题？看着身边刘蓓，一时感同身受，想去抱她，一时觉得，那只是个陌生人。

明明记得老婆去了小孩房间,那身边是谁?脑袋要炸,唉,天亮再说吧!

五点多,男人从梦中惊醒。明明刚才,卫生间门口空空,怎么女人立在那儿,看自己的眼神,是如此陌生,夹杂说不清的东西,毛骨悚然,定睛再看,门口仍是空空。男人问自己,我是我,还是别人?章非死了,还是活着?

章非肘击刘蓓当天,女人躺半天,终于缓过劲后,躲卫生间里查看,一度认定下面有血。自己会死吗?刘蓓问自己。马桶上,无声抽泣一阵,用卫生纸兜擦,没见一点红色。女人出来,躺到孩子身边,均匀呼吸声,是那样迷人,她告诉自己,当妈的不能没了,不然小伢么办?

两月过后,刘蓓拿回意外死亡保单,夫妻二人都有,章非看了,让少买些,眼神和当年追女人时,一模一样。女人说好的,事后觉得奇怪,那一瞬间,想和老公亲近。

小说人物,一般目的明确,现实生活中的刘蓓,却不知道自己想干什么。即使每年额度递增,意外死亡保险的总体收益,依然不大。购买本身,更像种瘾,有某种隐秘快感,她想,也许是因为这事,能激发对于章非死亡的美好想象,更重要的,它让刘蓓正真爱上写作。她写下各种杀死男人的办法,然后打印出来烧掉,闻着油墨加热后的幽香,女人认为,最好的小说,全都胎死腹中,或者被付之一炬,因为太过阴暗。

章非死前,状态忽然变好,同恋爱时一样,常抛媚眼给刘蓓,但多数时段,像是陌生人。孩子感官,似乎更加敏锐,能精准把握和爸爸的嬉闹分寸,一旦变回陌生,便溜去房间。章非记性,越来越差,这有好处,坏情绪刚要上来,突然变得沉默,因为想不起烦恼所为何事。

购买意外死亡保险,章非似乎比刘蓓更积极,认真看单据的样子,跟电脑前研究股票,一模一样。终于有件事,让二人夫唱妇随,但他们把这事,弄得更像投资,而非保障。

章非问刘蓓,怎么让谋财害命,看起来不像谋财害命?刘蓓答不出,但不知为什么,屁股挪不开,问题本身一方面,似乎心被什么粘住。

章非不依不饶,说好的小说家,必须回答。说这话时,男人想抱抱老婆,女人下意识侧身,指甲刮擦着胳膊过去。章非笑笑,对自己的安慰也是鼓励,然后讲了一个不知哪儿看来的故事。

因为年代久远,财富载体是金子。这个故事,章非讲了三遍,刘蓓听了三遍:A嘴巴大,打麻将的时候吹牛,让B、C、D知道了他埋金子的地方,但数量没说。B和C动歪脑筋,其中B善于观察,看透C的心思,D是老实人,听了只当耳旁风。

B找机会干掉A,挖走一半金子,事发后,故意和C、D讨论,说可能是谋财害命。C头脑简单,生性贪婪,想着A死了,是不是谋财害命,看看不就晓得了,于是,一个人偷偷跑去地头,见金子还在,大喜过望,因不知道总数,以为是全部财宝,便悉数盗走。

B算好时间,估计C已得手,便拉着他和D,一起去官家报告。C心里有鬼,路上扭捏,他心理素质不好,对官家讲话,千疮百孔。B和D都是埋金地点知情人,急于撇清,见C那样儿,刀子自然往他背后招呼,两个带官家的人,去埋金地点一看,明显有挖过痕迹,坑里空无一物,于是跑到C家里,很快在院内发现挖掘痕迹,刨开一瞧,赃物黄亮,加上他鞋上泥土,与藏金处吻合。抓贼拿赃,C只好招供,承认是A的财宝。旁人眼里,事情至此,已水落石出。

后来,B独自享用那份黄金半生。再后来,B临死前,因为对自己干的这事,太过满意,却苦于无处炫耀,想着来日无多,终于对众人和盘托出,怪的是,说完之后,堵在他心口的石头落地,呕出一大口痰,呼吸骤然顺畅，居然能够下地走路。

最终，悲喜交加的B，死在法场，而非卧榻。风烛残年的D，听说此事，大口浓痰上来，没等到B问罪处斩那天，一命归西。

故事寓意，听起来似是而非，刘蓓认为，无非是教人适可而止，懂得闭嘴，耐住寂寞，有肉埋锅里吃。男人听了女人的理解，没多补充，很长时间里，夫妻俩的交流，仅限于这个故事，不久以后，章非死亡。

让刘蓓耿耿于怀的，是铁架和衣服从天台向马路坠落瞬间，自己伸出的手，有没碰到章非，她搞不清楚，到底想救男人，还是……"自己来！"男人手握折断的铁架，仰面后倾时，说了三个字。

刘蓓扑到水泥围栏豁口处，看见半空中的男人闭上左眼，她以为媚眼会像以往一样延续两秒，但没，距离不够。半张似笑非笑的脸，变成脑浆盖饭，扣脑袋上随肢体扭动摇摆，泼洒得满地都是。

保险公司认定，章非晾晒衣服的时候，由于铁架断裂，造成意外死亡。警方要求物业加固水泥围栏，并承担相关责任。

收拾章非遗物，刘蓓发现老公的东西，简单而古老，不多几件换洗衣服，似乎来自另外一个世界，"好久没给他买新的了。"女人想着，忽然一阵内疚。心说："都扔了吧！越看越难受，男人从没多瞧别的娘儿们一眼，对自己全心全意无微不至，除那一肘，但那一肘……"

电话铃响，保险公司打来，关于意外事故赔付的事。刘蓓试探着问了几句，从对方语气推测，应该没什么问题，女人嘘口气，幸好这事的金额说大不大。

翻看章非遗物时，发现这样一个名字，赵清。名字出现在票据、名片、旧杂志、笔记本的上面，一遍一遍、密密麻麻。某些位置，因为圆珠笔层层叠叠涂抹，力破纸背。

赵清，这名字看起来，竟似曾相识，女人颅内电波闪过，迅速拿出手机，那仅有两名粉丝的群里，其中一个，叫作关宁，另外一人，就叫赵清。

一个问题，死死缠绕女人心头：如果，章非的死，是因为爱自己，请问，自己爱他吗？爱！这是刘蓓的答案。如果，章非的死，仅仅是场意外，自己爱他吗？不知道，刘蓓心说，但至少会解脱。

那一刻，刘蓓忽然很想见见赵清和关宁，模模糊糊地，女人总觉得，男人们有秘密。

女人发出邀请，这样写的：感谢您一直以来的支持和鼓励，谢谢付出的时间与关注，现真诚邀请您，参加小说家章非先生的粉丝见面会。落款，逝者遗孀。

收到两人肯定答复后，刘蓓发出请柬：小说家章非先生粉丝见面会，将于十月十六日上午十时三十分，在扁担山陵园召开，具体位置：某区某排某号墓碑前。

十月十五日，刘蓓接到赵清私信，说有些事情，想单独聊一聊，刘蓓问哪方面的。赵清说有关某个研究项目，最好一对一。刘蓓说好的，猜你是忙人，要不时间别改，粉丝见面会你们自便，结束后，我们开始。赵清说，到底是作家夫人，讲话好干练。刘蓓说："我一旁待着，关宁就交给你了。"赵清说："他是我的，回一张笑脸。"

第四章

扁担山陵园，墓碑梯田层层叠叠，按照规定，二十年后会进行改造，需重新续费。阳宅七十年期限，阴宅时效更短数倍，好在住客都烧成了灰，没人理论。死后的时间很长很长，相较之下，活着的岁月，可以忽略不计。

十月十六日上午，一区二十排某座坟前。一个男人，埋头烧纸钱，小铁桶上方，黑屑飞舞。某个瞬间，他似乎想起什么，脸上忽然绽放笑容，极短暂，又迅速归于平静。

男人离去不久，一男一女，来到同座坟头。女人用鞋跟，把自己托举过一米六〇，男人偏瘦，腿脚有毛病，走路一歪一歪。

面对余温尚在的铁桶，男人不说话，只默默注视着女人拨打电话："你是不是刚来过？……不用等，我想陪哥哥坐会儿，说说话……记着呢，你们死和生的日子，隔了三天，那年，你的生日是星期天，他星期四走的……"

一个老不老、少不少、身穿迷彩服的嫩爹爹（非资深老年男性），手提蛇皮袋，巡山似的，四处坟头查看，见有水果和封有小包装的吃食，能收尽收。

道旁树下，一位墨镜女人，年纪介于少妇与半老徐娘之间，坐折叠凳，戴遮阳帽。小水杯、清凉油、纸折扇样样不缺，那样子，不像来扫墓，倒似守灵。从高处俯瞰，嫩爹参头发稀疏，中间凹秃成面窝（武汉早点），周遭黑白参差。

一处墓碑前，两名早上起床前尚互不相识的男人，正热烈交谈。两个男人上方三排，是一条小径，既为行走方便，也容易区隔、辨识下葬位置，收费泾渭分明，高头的贵不少。

女人目光，经墨镜过滤后，由树叶疏漏的斑斓阳光引领，遭遇两个男人时，扯动下巴点点。微风漾过，男人们嗅着头顶飘来的淡淡薄荷味道，礼貌笑笑，之后，再次陷入你来我往的机锋纠缠，似乎忘记身在何处。

风起，树叶子一会儿"啪啪啪啪"，对两个男人的话鼓掌赞同，一会儿又"扑噜扑噜"，吐舌质疑。

"关宁你好，叫我赵清。"听完对方的自我介绍，瘦高男人说，"既然人齐了，那就开始吧。"

"好的，赵清！"体形微胖的关宁说。

赵清自称是个搞研究的，而关宁，用自由职业身份标签，含糊应对。

相较关宁，赵清似乎谈兴更浓。

"原来，章非是小说家的本名。"关宁瞄着碑文，"章非！张飞！我还纳闷，起这么个笔名，是不是故意，但行文却不见那股勇猛劲头。"

"是啊，关键处欲诉还休、婆婆妈妈，"赵清附和完，给出自己的解释，"毕竟要照顾公序良俗，还需考虑过审。"

两人说着话，关宁见坡道中间，有只铁皮桶，便起身拎来，人家刚用过不久，叠数层纸钱灰烬，稍稍一晃，汩汩热气直冒。

赵清买的大面额冥币，丢桶里呼呼一会儿没了，倒是关宁那沓有铜钱印的马粪纸耐火，棍子搅搅才能燎透。

黑屑停旋，绕着小说家墓碑花舞，关宁心头紧，发句感慨："写小说这行活着缺钱，死了一样挖苦（可怜）。"

纸钱烧完，抬头敬香，赵清说："关宁，有么话要对小说家讲，你先来。"

关宁一时没想好，说："还是你先。"

赵清也不推辞，捏抓三支红香贴住额头，对着小说家的墓碑开宗明义："章先生好，今天是你的粉丝见面会，所有人都到了，也算了却你生前夙愿，人数虽不多，但都是铁粉。"话毕，拜三拜。

关宁依样画葫芦，补充道："是啊，坟头粉丝见面会开过，你安心走好！来世别干这行……"

"这是么话？"赵清打断，忽又对住墓碑正色道，"路是自己选的，怨不得旁人，安心去吧，也算求仁得仁。"

关宁自知失言，眼珠子闪避，撞到上方女人，女人好像也在瞄他，但有墨镜掩护，不好确定。

祭拜完毕，二人无话，拎起各自包包作别，来到两爿墓园中缝时，一队人正上山，打头的是个中年男人，大概是逝者长子，怀抱黑框遗像。

关宁闪道旁，险些撞倒人，是位嫩爹爹，根本没在意，只顾着瞄什么东西。关宁顺他目光，往斜上方去，刚好抛落小说家墓前。一只蝴蝶觊觎着水果，徘徊周遭。

"哪个通知你，今天这个时间过来？"队伍走过，周围再度安静下来，赵清问。

关宁心思，尚在水果的最终归宿上，听了这话，稍微一愣，反问道：

"你咧?"

上方女人将墨镜顶到额前,她眼里,两个男人讲话样子,像对口供。

"原来,都是收到群主私信通知。"听完赵清的话,关宁苦笑,"死人发出的邀请。"

赵清说:"这不奇怪,小说家死了,家人用他手机,帮组织个粉丝见面会了却心愿,不是蛮正常吗?"

关宁问:"发给你的私信,写了么事?"

赵清掏出手机念道:"感谢您一直以来的支持和鼓励,谢谢付出的时间与关注,现真诚邀请您,参加小说家章非先生的粉丝见面会。"

"一样,"关宁说,"我收到的一样,还能么样回复,只能是好的、没问题之类。"

"不然,别个肯定骂我们是嘎巴子(不近人情的二百五),"赵清点头,"也蛮别致的。"

"所以,我们收到这样一张请柬。"关宁念道,"小说家章非先生粉丝见面会,将于十月十六日上午十时三十分,在扁担山公墓召开,具体位置:一区二十排三号墓碑前。"

"奇怪吗?"赵清问。

"当然!"关宁答,"更奇怪的是……"

赵清等他继续,男人却就此打住。

关宁及时刹车,显然是因为对赵清知之甚少,他转移话题:"主办方也不来个人?"

"你么样晓得冒(没)来?"赵清眼瞧上方女人,调侃道,"咱们这叫自助型粉丝见面会!"

"两个粉丝!"关宁苦笑。

"关于小说家的意外死亡,你么样看?"赵清话锋一转。

关宁眼睛发亮。女人目光,一直隐在墨镜后面。嫩爹爹不看人,歪着脑袋哼小调:"没有吃,没有穿,自有那敌人送上前!"蝴蝶翅膀,水果上方扑扇,眼看着它们滚入蛇皮袋子,徒劳无功却意义非凡,像小说家自我告慰……

"矛盾爆发点,应该在家长会后,"赵清拉着关宁到宽阔处,开始讲自己的想法,"同老婆的关系,也许是小说家人生最后的依托。"

关宁赞同,另外补充:"家长会紧接开学典礼。"

"嗯。"你也注意到了,赵清再次打量关宁,很满意的样子,像在菜市场端详九孔莲藕,那是一铫子优质排骨莲藕汤的质量保障。

受到赵清目光的鼓舞,关宁又讲:"小说家的重要计划被打乱,回家发了一通脾气,结果,爱人也火了,两人背着小孩,大闹一番!"

"等等,等等,"赵清打断,"你么样晓得的?"

关宁一愣,似乎想说:"这不是明摆着吗?"但细思量,还真没直接证据,于是嘴里嘟囔:"那几篇公众号文章,虽掐头去尾,但情绪饱满,逻辑清晰,事儿,肯定是这么个事儿。暴露背后真实想法的,往往是这种无名写手未经雕琢的早期作品。知名老作家,精得猴儿似的,既能把话讲清楚,又不授人以口实,写点东西,包粽子样的,裹了一层又一层。唉,也是冒得办法!"

"虚构,合理虚构。"赵清说话时,眼睛眯成一条缝,明明看着关宁,思绪却跑到莲藕上,只要材料不错,不管是卤了吃,还是铫子煨排骨汤,味道都可以。

关宁不喜欢对方这种肉铺苍蝇似的注视,假装抬头瞄蝴蝶,转移下注意力,忽然嫌自己话多。

"看得真仔细，不愧是小说家的唯二粉丝之一。"赵清故意引关宁开口，"不是没工作吗？帮着接送个伢，开个家长会，难道不应该，能耽误么事？"

"哪个讲小说家冒得工作的，自由职业也是职业，官方说法叫灵活就业，不统计在失业人口里边。"关宁声调，突然拔高，寂静山中响起回音，把自己吓了一跳。

赵清没想到这个发丝柔软、身材微胖、皮肤枯白的男子，有如此爆发力。

话讲完，关宁眼神闪躲，像是后悔失态，不好意思起来。男人显然不习惯凶巴巴地对人家。

赵清摇摇头说："你讲的这事，只是诱因，关键还是缺钱。"

"不对，"关宁非常笃定，"冒得钱是个长期问题，小说家夫妻两个，既然一起过了许多年，肯定有默契，否则这种状态，不可能延续到一方死去为止。"

赵清不奏（作）声，等对方继续。

"小说家的工作，是高强度脑力劳动，容易低血糖，键盘旁边放零食，一不注意就吃多，长时间坐着，缺乏锻炼，靠咖啡、浓茶吊魂，神经衰弱、失眠、抑郁……"关宁嘴巴，像开闸泄洪。

"风不吹、日不晒，又不坐班，脑壳窦滴（里边）跑火车。"赵清说，"这工作……"

"你不懂，"关宁没让讲下去，叹口气道，"风筝看似逍遥，线随时会断！"

光线猛地一暗，太阳跌进水函。一处刚祭奠完毕的碑前，有新鲜水果，嫩爹爹蛇皮袋子满装，沉甸甸的，拎不是、背也不是。章非墓地上方女人，抬头看天，原本大坨棉花样的白云，黏湿发黑。

"讲讲今天，你来这里的原因吧？"赵清说。

见对方愈发巴巴地瞄自己，像小孩着急游戏开场样子，关宁没作声。

"要不，从你那自由职业讲起？"赵清迫近一步。

关宁仍不奏声。

"回答三个问题，事情就清楚了。"见没反应，赵清以退为进，"要不，我先讲讲自己？"

"不用了，还有事。"关宁说完，朝两爿墓园的拉链地带走去。

"你来这里，除了兔死狐悲，难道真不关心，章非死亡的真实原因？"背后，赵清冷冷地说，"职业好奇心呢？"

"像什么都知道，"关宁定住，"我也是写小说的，行了吧？"男人叹口气，瞄自己的脚。

"嗯，小说家，"赵清点点头，意料之中样子，"活着为了讲述！"

"还是聊聊章非吧，也许是个好素材！"关宁声音，忽然变得轻快，像收音机换频道。

"更奇怪的是……"赵清问，"刚才，你讲了个半截话。"

"更奇怪的是我俩入群动机，"关宁叹口气道，"真要聊吗？"

赵清不奏声。

"小说家喜欢天马行空。"关宁忽然来劲，"看起来，我有没点儿神经兮兮？"

"没有！"赵清答道。

"那离成功还远。"关宁苦笑。

"TVB电视剧里，那种家常的喜怒哀乐多好！"赵清没正面回答，见关宁往壳里缩，补一句，"其实做小说家的，智商没问题，情商也凑合。"

本来还有六个字：做点么事不好。没出口，生咽了。

关宁望远处，话匣子彻底打开："关注章非，并不是因为喜欢他的作品，喜欢那种冗长、琐碎的白日梦呓，我想看的是大活人困在蜘蛛网里，一时想做自己，一时谄媚看客，一时神游中外古今，一时发愁柴米油盐，那种旷日持久的腐败过程，长镜头追踪，最有意思。"

赵清心里一沉，对自己说："找对人了。"但没吱声，点点头，一副认真倾听的样子。

关宁以为这是鼓励，越说越带劲儿："同为小说家，像放大镜下看自己，满鼻孔血腥味，痛感直抵神经末梢，眼见别人一天天虚弱下去，自己喝着小酒隔岸观火……"男人笑的样子，不知道该形容为可怖，还是可怜。

"情绪低落时，看别人倒霉，比听成功人士说教，治愈多了。"赵清叹口气。

"他冒得才华，不该干这行。"说完这句后，关宁突然闭嘴，陌生人面前袒露心扉，是桩可耻行为，但想想自己作品，尺度更大，读者不也是些陌生人吗？心里安慰自己，小说家嘛，活着为了讲述。

赵清期待对方多说些，安静地等。关宁忽然有些感伤，闭起嘴巴。两人同时陷入沉默。

第五章

"猜猜我是干什么的,为么事在这里。"估计这种无声等待,不会有结果,赵清笑着破冰,像木头人游戏中,先憋不住笑出声的那个孩子。

"我哪儿知道。"关宁淡淡地回道。

"那你就编个关于我的故事,"赵清说,"不是小说家吗?"

"没兴趣。"关宁说。

"也许我能帮你。"赵清说。

关宁瞄他。

"让更多人关注到你的作品。"赵清一副笃定样子。

关宁故事里,赵清是一个旧式出版商,由于印刷品迅速萎缩,急于寻找出路,他在各种论坛、微博、公众号里企图发现好的作者,并想集中这些流量,虽然都是涓涓细流,但不排除能够汇聚成河的可能。

"还是没跳出自己。"赵清摇着头,点评关宁的故事。

"你不是出版商,而是开书店的。"关宁迅速调整,"致力于构建本地阅读氛围,因为网上购买虽然方便,但大家身处全国各地,交流心得,只能在线上隔靴搔痒,你想把自己的书店做成这样的平台,所以四处寻觅当地原创作家,对吧?"

听着男人自说自话,赵清不得不打断:"能不能从听众角度出发。"

关宁想想,学从前说书人样子,根据现场观众反应,即兴修改剧本,刚讲两句,赵清忍不住笑出来,声音被上方墓地燃放鞭炮的动响稀释,那动响,像关宁心里的退堂鼓点。男人不说话,缩回自己的壳里,任赵清怎么劝,再不开口。

"好吧!"赵清说,"我来谈谈自己,随便批评。"

赵清是搞社会学的,背后有跨国财团资助其基础性研究,最出名的一家叫昨日头条。他问关宁,看过《黑客帝国》没,男人说看过。

"那就简单了。"赵清说,"这个世界上,总有那么一帮人,不容易标准化,比如各类艺术家,当然也包括小说家,没吃没喝,干些稀奇古怪的事,自己乐在其中,不能自拔。"

"好像电影里的里奥、崔丽媞和墨菲斯,以及所有生活在锡岸的人。"关宁附和,"随着二百年来机器的不断入侵,人类家园,独剩一处。"

"其实,锡岸只是程序中的bug,"赵清接过话头,"清理并不复杂,但为了效率,假装赋予他们所谓的自由意志,待麻烦聚到一定数量后,集中解决。"

关宁不奏声。

"顺便提一句,写作软件的速度,比你快一百倍、一千倍!所有起承转合、悲欢离合,基于算法,读者喜欢爽文。"赵清看看关宁,继续道,"当里奥去到设计师那里,得到的答案,相当令人沮丧,一模一样的先驱者,已经被清理过六次。"

关宁低下头。

"我的工作,就是研究这些非典型社会群体。"赵清笑笑,添加苦涩,意图拉近双方距离,但,略显做作。

"所以你加入各种群,只为观察,像看小白鼠们?"关宁说,"为什么对我讲这些?"

"我需要一只新的小白鼠。"赵清积极调侃。

"新的?"

"旧的不去,新的不来。"

"凭什么认为我会同意?"关宁盯着赵清眼睛。

"因为你的作品,会被更多人关注。"赵清胸有成竹。

关宁不说话,眼睛里涌现出谄媚、患得患失,与一丝暗淡无光的希望。

赵清目光炯炯:"只不过,不是以文学形式,而是作为社会学研究对象,文字里有潜藏人格,综合众多主观,才是真正的客观。表面上的统一,只会让能量,从隐蔽口子泄漏。"

关宁不奏声。

"给你一组数据。"赵清说,"上一年电竞行业规模1175亿元,从业人员数量5万;图书出版行业规模894亿元,从业人员数量60万;电影行业规模761亿元,从业人员数量91万。"

关宁不奏声。

"以小说家的智力,"赵清说,"我就不画蛇添足、搞通分计算了,每个行业的人均收益,一目了然!"

关宁刚想说些什么,赵清补充道:"这类行业的头部效应很明显,拿掉这些,其余人平均起来会更少,长尾上的,温饱都成问题。"

关宁不奏声。

天色变暗,像要下雨,赵清提议,找个地方避一避,接着聊小说家的死。

"章非知道你在研究他吗?"关宁终于开口。

"何止!"赵清说完,看看天,怎么又亮了。

上方女人,眼里闪光,连墨镜都挡不住。嫩爹爹不晓得哪座坟头游猎去了。

"我的研究领域,在群体无意识方面,章非这个案例,起初是私人兴趣,后来,《昨日头条》发现,越来越多的人,企图螳臂当车,对抗机器算法,他们卸载社交软件,回归原始的面对面交流方式,逆潮流而动。这不是开历史倒车吗?于是,科技财团启动专项课题……"

说话间,一只小虫路过,赵清用脚把它踩死。

"为什么,章非会甘当小白鼠?"关宁发问,但脸上表情,分明在说,我知道答案。

"钱!"赵清讲话,掷地有声。

关宁起身,动作幅度很大,使他的离开,决绝却又显得虚张声势。

赵清不奏声,眼皮都没抬。果然,关宁跨出几米后,碎步踟蹰。恰好,男人手机铃响。

"晓得了!"关宁三个字打发,挂断。

"老婆的?"赵清问。

"个把月了……"关宁嘟囔。

"女人也不容易!"赵清漫不经心,顺嘴一句。

关宁不接,忽然发问:"知道为什么写小说吗?"

"基因变异。"赵清玩笑。

"爱听音乐吗?"关宁问,"古典的。"

一般般,赵清答。

"泛音,小说是生活的泛音!"关宁说,"多美呀!"

赵清问："能当饭吃？"

关宁不奏声。

"既然这么好，章非干这个，幸福才对，他的死，应该是意外而非自杀啰！"对关宁的说法，赵清显然没当回事，眼睛瞄别处，语带不屑，"这和你刚才说的，风筝线随时会断，自相矛盾。"

"就那么希望章非是自杀？"关宁刚开口，手机铃又响，"晚上回去把（给）你！"男人挂断，语气粗暴铿锵，完全不像是从那具微微发福，头发稀软，枯白皮肤包裹的躯体里，出来的声儿。

"没事吧？"赵清顺嘴搭一句。

"从小伢开学典礼到现在，都个把月了！"关宁叹口气。

赵清知道对方话没讲完，安静等着。

"在她眼里，我就是个饥一顿、饱一顿的无业游民，闲着也是闲着，那天派去家长会……"话到这里，关宁拿出保温杯，开盖喝了一口。缓缓动作里，看不出要解决干渴的急迫，倒像辅助某种决心似的。

赵清看见，包里还有个玻璃饭盒，应该是装着三明治。

关宁察觉到了，尴尬笑笑："营养又省钱，我每天也不闷在家里，四处走走，锻炼锻炼身体，顺道采风，一天下来，小说的生产成本，控制在十块以内。"

赵清洗耳恭听，兴致勃勃，当关宁说出"采风"二字时，忍住没笑，什么年代了，网上资讯大把。

"那天，满脑子都是小说的事，早上起来，脑袋里搭好的框架，到会场全乱了。"关宁叹口气道，"可能是前一段赶稿，用脑过度，记忆力衰退，回家后怎么也想不起来，几条线的人物，在多个时间维度上交织，乱成麻。"

"赶稿？"赵清面露狐疑。

"嘿嘿，帮别人写的广告宣传稿。守株待兔，这样的好事不多！"关宁说完，后悔似的打补丁，"那种东西……唉！冒得办法，都是朋友帮忙。"

"喝口水。"听关宁嗓音，忽然有些沙哑，赵清提醒罢，自己从包里，拿出瓶饮料。

"液体成本忽略不计，"关宁斜一眼道，"等于五块钱买了个塑料瓶子，划不来……"

"后来呢？"赵清不想纠缠，催促旋上保温杯盖的关宁。

"第二天，老婆看到群里家长们的讨论，问补习班的事，我才想起来，家长会上，老师确实提过一嘴。"关宁叹口气，"唉，忘得干干净净！"

"不是么大事。"赵清顺一嘴。

"事情确实不大，正好老娘病了，两个老的，还有弟弟、妹妹，总觉得我是个闲人，只好又出人、又出钱。他们说要分摊费用，有一部分走医保，账还在算，垫的钱缓些时才到位，所以补习班……"关宁咂咂嘴，再次陷入沉默。

赵清想说，那能要几个钱，但看对方样子，没好开口。刚才，幸亏关宁老婆电话来得及时，不然，真不知道怎么回答对方劈头盖脸的问话。
"就那么希望章非是自杀？"

见关宁沉默不语，赵清故意把话题，往他喜欢的那些神神道道方面引：生活的美好或痛苦，真真切切，为什么还要读小说，读些水中月、镜中花，别人编的故事？以前没想明白，只当个补充，开卷有益嘛，相较于游戏和电影，它的吸引力小得多，所以兴趣不大。读社会学后，有位老师讲，小说人物的喜怒哀乐、悲欢离合，很多是作者情绪和观点的真实投射，相当于一份人类隐秘心理活动图谱，至于情节，多数是编的，载体而已，没办法，不用故事勾着，谁听你说教，有那闲心，不晓得打打游戏，过过男女生活。非故事类读物，好处是直给，只要头脑清晰、方法得当，花上一天两天，喝着咖啡，便把人家几个月、几年，甚至几十年的精血吸干，书不贵，实在是性价比最高的娱乐。后来，为了数据研究，长期使用计算机，时间一长，忽然领悟，小说是打开私人生活的快捷方式，能迅速链接各种界面，直接敲开底层代码。有钱的本质是什么？是可以打开更多界面，吃、喝、女人、群众的欢呼、世人的崇拜、成吉思汗、亚历山大、牛顿、爱因斯坦、唐璜、宝玉。没钱是什么，是无法关闭一些界面，工作表格、上级呵斥、碎片时间、阴暗地下室、地沟油路边摊……说穿了，成功的快感，只是大脑神经元之间的生化反应，可问题是数学极限、物理极限、生物极限，如果我们把人脑里的生化反应量化，就会发现，钱到一定程度后，按传统玩法，再拔高相当困难，我们称之为快感边际递减，所以，富人们都喜欢上九天揽月，下五洋捉鳖，道理相通，打开新界面，刺激生化反应而已。

"好了，好了！"关宁打断，"你讲的我没兴趣，不要净来这些虚头巴脑的，快说你到底想搞么事？"

"讲差不多了。"赵清说，"归纳下，别走老路，文字出版对比其他行业而言，是很小的市场，综合规模、从业人员数量、头部效应等，都要考虑。干这行，穷很自然，要有充分的心理准备。纸媒读者，老龄化严重，眼睛普遍不好，年轻人文字编码、解码水平，你也是知道的，别期望未来改善。所以，加入我的研究团队吧！"

关宁半天不奏声，忽然纠正道："准确说法是，当你的小白鼠。"

赵清试图把话圆回来些，至少听着悦耳，想想，都没有对方表达得精准，便放弃了。

第六章

"记不记得,我们那个群里,以前有三百人。"赵清说到这里停下,将表达欲的鱼钩,晃动关宁眼前。

"那个声明,讲得太极端了,跟谁赌气样的,弄得人家面子挂不住。"关宁接过话头,"朋友们都是来抬桩的,划两屏图个乐子,哪个真下功夫吵,又不是搞研究。"

"换作是你,会不会悲痛欲绝?"赵清问。

"肯定很烦,悲痛欲绝倒不至于,都是过来人。"关宁答。

赵清道:"你说章非,会不会想不开?"

关宁说:"应该不会,他又不是专业作家,要靠这个吃饭。"

赵清说:"所以你认为,章非的自杀,与这事无关?"

关宁不奏声,上下打量面前男人,把刚才那个问题,重复一遍:"就那么希望章非自杀?"

"自不自杀,重要吗?"其实赵清想说,真正有趣的,是人看着挺好,突然活不下去!这背后社会学、生物学机制,才值得研究。

考虑到关宁情绪,赵清这样说:"只是担心这个群体的生存现状,地下乐手、独立艺术家、网络写手,很多都有这方面问题,雪崩之下没有一片雪花是无辜的,这是社会的责任,是每个人的责任。我们的研究,带福利性质,如果,你成了我们的关爱对象,就不会……"

话讲一半,关宁电话铃响。

赵清问:"又是老婆的?"

"不是,妹妹打过来的。"关宁语气凝重,起身到远处接听。赵清知道,这回不是一两句话,能说清楚的了。

十分钟后,关宁回来,脸色比刚才更难看:"需要我做么事,几多钱?"男人说话像抖狠。

赵清知道,除了钱,对方不会再关心诸如"章非是不是自杀"这类问题了。

确实,那个瞬间,关宁唯一关心的,是母亲几时可以住进医院,几时能接受治疗,钱方面,自己能做的只有倾尽全力。关宁的心情低落到极点,女儿小的时候,全靠母亲帮忙,老人家累坏了。孩子现在大了,更不省心,前些天,跑回来问妈妈,爸爸是做什么的呀?她和小朋友一起放学,同学家长,不止一次问过这话。

老婆的回答,闪烁其词:"给自己干。"

人家拣好听的讲:"那是当老板啊!"

老婆心里不是滋味,回一句:"自由职业者。"

听者都称谦虚,说:"老板太太真是贤内助,衣服穿得朴素,人也低调……"

面对老婆的抱怨,关宁只能不奏声。她也不易,年轻漂亮时,追的人不少。唉,女怕嫁错郎,男怕入错行!

"小白鼠到底需要做么事?"关宁问赵清,"钱么样算?"

"数据量。"赵清的话,偷换了概念,标答是"信息量"。根据信息论，多次提供雷同信息，后面的，没有信息量。数据很重要，但信息量是关键，研究机构据此付钱。很多内容生产者，提供了大量信息，但因为雷同，没有信息量，他们再辛苦，也赚不到钱。

根据关宁的现实情况，赵清完全可以把话说得更明确些。一、这事儿，不知道能干多久。二、由此带来的收入有限。但他没有。关宁这个群体，对自己的事业，有股宗教洁癖，姑且称之为信仰。话说太多，不晓得哪句，会踩老鼠尾巴，话说太白，显得刻薄，人家是专职作家，字眼抠得厉害。

赵清认为，只要不超出法律边界，谁也没话讲，具体到乙方个体，能否耐心看完上百页中英文合同，并从那些艰深的专业术语、人为修饰后语焉不详的辞藻迷宫中，指出对自己不利的条款，只好自求多福了。那种可能性，理论上是存在的。人类是"意义"动物，"意义"促进大规模协作。赵清知道，有些利益点到为止，补充些意义感，效果更好，没必要画蛇添足，那是有成本的。

他拍拍关宁的肩膀说："恭喜，你参与了未来！"

关宁是个不错的研究对象，赵清很满意，这是今天第一桩事。下午两点，关宁小孩有补习班的课，赵清送出一小段，把哪天开始、酬劳几何等细节讲定。

钱虽不多，但对关宁有帮助。小孩补课费，肯定是够了，至于母亲看病，不属于自己操心范围。现如今，愿意当小白鼠的多了，要提防某些中介机构，不讲职业道德，送过来的研究对象，尽是些职业托儿，说话像背台词，从他们身上采集的数据样本，完全没统计意义，浪费时间和金钱。

拎蛇皮袋子的嫩爹爹，终于等到两个男人离开，他向章非墓碑疾走，快到的时候，赫然发现，上方女人，不知什么时候收了小凳，换到刚才两个男人讲话的地方。

大概是年纪缘故，嫩爹爹不太关心女人，哪怕再漂亮，光眼睛快活没意思，派不上用场的×玩意儿。

先前那只蝴蝶，依然围着新鲜水果转悠。女人打开折叠凳坐下，又从包里抽出一大摞A4纸，密密麻麻的字。

刚才上山的那拨人，做完仪式回头，样子明显轻快许多，像是卸掉包袱。领道的工作人员，打着手势、动作夸张地朝这边喊："老张，老张！"仿佛手才是她的语言器官。快步过来后，陵园工作人员凑拢嫩爹爹，对着耳朵眼儿嚷："跟你说了几多回，莫拿别个的水果！"

嫩爹爹有些茫然，赶蚊子似的扇扇巴掌，面露厌烦表情，然后一屁股坐地上，眼珠鼓瞪来人，哼哼两下。

工作人员跟女人道歉："附近的住户，说了总不听，耳朵不好，以疯装邪。"

谢谢，女人摘下墨镜，表示没关系，工作人员离开。女人坐了凳子，受限于走道宽度，侧起身子，见嫩爹爹到下边一排墓碑，昂首蹲着，不时斜眼上瞄，便把裙子，往屁股底下掖掖。

翻开一页纸，女人小声念起来，三五张过后，用火机点燃扔桶里，油墨加热，分子运动提速。

"我这一生，最重要的作品是你跟孩子，是我的家！"女人声音带颤，"这是新小说的开头，喜欢吗？那天要是没出意外，一家人，好好过日子，钱少也没关系……"

嫩爹爹眼睛，眯成一条缝，蝴蝶飞高了些，在离开与留下间彷徨，翅膀犹犹豫豫扑扇。女人把裙摆往屁股底下使劲兜兜，腿往中间拢，目光隐蔽在墨镜后边。

一个男人的脑袋,由下方迅速升高,不多会儿,便能看见脚了,皮鞋踩的台阶,通向阴阳两界。

"刘蓓你好!叫我赵清。"

男人语调,温暖而自信:"久等,刚才都听见了吧!能有那份荣幸合作吗?"

离婚和母亲的去世,相隔不到一个月,关宁不认为这两件事情有必然联系,也没怪妹妹八卦,让老人临死前,还为自己这个没出息的儿子操心。

那天在扁担山陵园,关宁答应赵清做他的小白鼠,原以为心情会异常沉重,但没,特别是第二天,收到对方打过来的一笔款子后,感觉到前所未有的轻松。

他想起年前看过的一部关于美国南北战争的书,书中南方奴隶,非但没想象中的欢欣雀跃,为北佬叫好,反而拿起武器和以解放者自诩的人干仗。

从战后双方实力、伤亡人数分析,这种行为既非被迫,也不是在奴隶主那里作秀,因为,实力明显更弱的南方,居然屡屡获胜,付出的代价也较小。这一方面说明,李将军指挥得当,部属骁勇善战,另一方面也是上下同欲、众志成城的佐证。

关宁想:以后很多事,不用自己操心,身不由己就身不由己吧,只当是卖身为奴,奴隶的日子简单,简单未尝不是一种幸福。

补习班费用交过老婆,男人破天荒地提出要带全家出去吃一顿。老婆情绪不高,努力扮快活,但不太成功,原本只是想调侃一句活跃下气氛,却大煞风景,她说,不会请吃三明治吧?关宁咧嘴笑,想着如何幽默一把回敬,孩子傻乎乎地抢话,说爱吃三明治,夫妻二人不奏声。

秋风过,树叶墨绿,男人谢顶,天稍凉,帽子离不得。关宁说,自己长年刻苦,被一家研究机构相中,以后,请老婆放心,冻不着、饿不着!

女人听完,长出口气,瘫软如泥,像是被人强行拉入马拉松队伍,好不容易挨过终点的路人。

过没两天,老婆摊牌,关宁大致猜到原因,女人苦得太久。为何选择这个时点?难道真如口中所说,你有稳定收入,我可以放心了!

既然话已出口,老婆样子,一看又是深思熟虑,关宁放弃抵抗,只说一个"好"字。同意后,想象中的女人,应该欢欣雀跃,但没。

回想当年,关宁和老婆在同学中间,都是炙手可热的人物,最终,他凭借才貌双全,从多位竞争者中胜出,弄得不少男生引以为憾,甚至有为此远走异乡的。

婚礼当天,关宁从A伴娘口中得知,女孩儿们对自己评价颇高,拿珠联璧合形容与老婆的结合,另外,骚女们私下品头论足时,扣他脑袋一顶花冠,上书四字:色艺双绝。听完这话,年轻的关宁,眉头紧锁、神情肃穆,仿佛受到侮辱,A伴娘看在眼里,心道:装×。

凭借小说家的想象力,即将下岗的老公,一一盘点离婚后可能继承自己衣钵的候补丈夫们。男人很放心,都比自己强。为什么拿衣钵二字形容准前妻,出于文字工作者的敏感,关宁走神,可能同为容器吧!

听完分析,不包括容器那条,老婆笑得很开心,小说家看出,女人眉弯夹杂一丝歉意,随后雨过天晴,七色彩虹漫天绚丽。

签完离婚协议后的清晨,男人翻身,胳膊底下空空,掌中没软耷耷、松弛的奶,一颗泪珠,要等到不久以后,眼睁睁看见母亲被推入焚尸炉,金属闸门关闭的瞬间,才吧嗒掉落……

第七章

"别担心,"赵清说,"很轻松的,不少人感到真心快活。"

不知该说什么,关宁静静地听任对方安排。

赵清眉心微蹙,显然理解关宁的顾虑,于是,打了个不恰当的比方,以退为进问道:"日本有很多拍小电影的地方,知道吗?"

"我没去过日本。"关宁声音机械。

"没关系,"赵清说,"只是打个比方。"

关宁不奏声。

赵清继续:年轻,或不太年轻的女人,当然,也有男人,走进这种外表很普通的小楼或公寓时,接待人员,会递上一份清单,上边是各种酬劳标准。当事人,根据自己能够接受的尺度画"√",之后,办过简单手续就可以拍摄了。事毕,这个年轻或者不太年轻的女人,也有男人,拿钱走人。如果合作愉快,下次再来。不少人从这里起飞,成为AV明星,比如,苍老师。

关宁被赵清的七弯八绕,弄得晕乎乎,当听到苍老师三字,瞬间醍醐灌顶:"我想做那只赚钱最多的小白鼠!"男人义无反顾,壮怀激烈。

"先别急,这事需慎重考虑。"赵清说,"先看完整个研究项目,以及劳务费标准，再做决定不迟。有件事，丑话必须说在前头，付费越多的，越不能保证安全，测试的样本量还很不够。"男人讲完搓搓手，嘿嘿干笑两声，像一只猫。

"没那必要，"关宁说，"到头还是会选拿钱最多的……"男人话到这里打住，用手指敲敲单子上的一个英文单词。

"中文怎么译才好咧？"赵清歪头看看，"嗯，不用纠结，姑且叫它'禁果'吧！"

"禁果！吃过就不能在伊甸园里待着了。"关宁咂咂嘴，"我没关系，反正一直都在外头！"

"多数人失去以后，才知道此前，身在伊甸园。"赵清想着，无声笑笑，详细介绍整个研究过程，以及"小白鼠"关宁，该做什么。

"有人裸露身体，有人裸露灵魂，分工不同，没有高低贵贱之分，"关宁说，"这不算出卖。"

"出卖？难听，一股逼良为娼的味道！"赵清摇头，"刚才那些，属于初级或中级内容，你要的酬劳最多那种，怎么说呢……"男人一时，竟找不到合适的形容词。

见对方语钝，关宁说："有句话，不知当不当讲，上回，扁担山公墓见你，就想问的。"

赵清稍稍一愣道："讲吵！"

"你也算知识分子，为么事说话……"关宁话留一半。

"我是有知识没文化。"赵清懂他意思，先自黑，再黑同行，"别看身边硕士、博士一堆，除专业领域外，没几个爱看闲书，写东西时文法不通的大把，有些家伙，肚子里真有料，可茶壶煮饺子倒不出，拿香侬信息论打比方，有料叫信息，倒不出导致对方无法接收，叫没有互信息，最后,一切为零。"

赵清啰里八嗦,关宁佯装在听,随手翻看桌上资料。

"脱胎换骨!"赵清猛一拍脑袋,"酬劳最高的那种叫脱胎换骨!这个译法不错。"

"脱胎换骨?"

见关宁怔住,赵清解释:"一旦成功,你将拥有完美人格,浑身充满干劲,生命不止、奋斗不息!"

关宁眼里满是:Why?

"因为人类需要意义,我们给你植入了意义!"赵清说。

"我怎么可能相信植入的意义?"关宁摇头。

"你不可能分清,哪些是植入、哪些是生来自带的出厂设置。"赵清说。

"嗯,那时候就不知道,到底是庄周梦蝶、还是蝶梦庄周了!"关宁自言自语。

"相反,对所有事情的认知,都非常清晰,不会犯庄先生那样的迷糊。"赵清说。

"听起来是件好事,至少治好了抑郁症,应该我给钱你们才对?"关宁图嘴巴快活。

赵清略微停顿后道:"一项老技术了,类似脑机接口,早期用户,很多确实用来治疗抑郁症,但出现了不少问题。"

关宁聚精会神。

赵清喝口水继续:"植入、修改、删除人脑的一些设置后,引发了不少问题,比如:和原来的自己疏离、觉得身体是别人的;大脑偶尔会在同一时间,发出截然相反的两条指令;有用户反馈,脑子里住了三人以上……"

"那可真够吵的!"关宁苦笑,"我会出现这些情况吗?"

"不大会。"赵清说,"这些副作用,随着技术的成熟,已经少多了,改善的同时,还带来一些额外好处,比方说,之前主要用来治病的方法,如今变成改造的手段,相当于,直接对人的硬件进行升级,这可是从前,需千万年进化,才能完成的事情。"

关宁问:"要我做什么?"

赵清说:"不是讲过了吗?"

"只讲了行动么样配合,"关宁强调,"冒讲到底要在我脑壳里头搞么名堂!"

"你会很好!"赵清回答。

"能把这些,写成小说吗?"关宁眉头皱皱。

"当然!"赵清回答,"但我想,变成另外一个人后,你就不想写了。吃力不讨好的事!"

"为什么是我?"关宁问。

"差异性,"赵清回答,"社会像流水线,从幼儿园教育开始,到公司上班,雷同个体,彼此拷贝,没有意义……"

"就这些?"关宁希望对方把话讲完。

"嗯!好吧,主要是风险性。"赵清叹气,有些艰难的样子,"你这样的人多了,可能会出现系统性风险。别个按组织要求,规规矩矩,你扪心自问,整天脑子里,满是些么乱七八糟的东西?"

"听起来我很重要,"关宁难得一笑,"这感觉真不错,好久没有过了,还有别的吗?"

"从社会救助角度来看,你们很可怜,"赵清说,"知道吗?"

关宁靠拢。

赵清小声讲了一组这类人群精神分裂、自杀率的数据。

关宁不奏声。

从行为上，大型科技公司可以轻而易举地判别用户的深层喜好，哪怕只是点一个"赞"，就足以暴露自我了，当这个看似不经意的举动，重复一百至数百次后，机器算法，对于"你"的了解，在某些方面，远超"你"自己，比如说挑书，挑电影，挑老婆……

洞察潜在购买欲，以游戏形式撩拨付费，是最常见的方法，但，基于生理，尤其是对大脑的生物学研究，还有很长的路要走。近段时间发现，某些人类个体，对机器算法无感，他们数量不多，能量有限，行为令人费解。以小说家为例，有些离群索居，有些即便身体和亲人、朋友共处一室，却始终心在别处。

大型科技公司高层，未雨绸缪，启动了针对这个非主流人群的研究工作。赵清入章非的群，是因为算法根据以往的阅读习惯，向他推荐了其中的部分内容。开始，赵清纯凭个人偏好，当起观察者，后来，随着对象的高匹配度，章非成了他最早的付费研究对象。这样的群，赵清还关注了不少，明显行为异常的，才有价值，章非的阅读群，不算起眼，算是对他本人研究的延伸。

某天，章非群里粉丝数量骤减，跟踪了解一段时间后，赵清对小说家的意外死亡，产生了浓厚兴趣，章非这个名字背后，一定还隐藏着什么别的。

关宁，是除自己外，群里唯一坚持到最后的人，他不可避免地引起了赵清的关注。见到本人后，当对方问"我有没有点神经兮兮"时，赵清基本锁定，这是下一个研究对象。所以，他故意说："没有。"关宁的条件反射,让赵清非常满意,他说的是:"那我离成功还远!"听完,赵清下定决心,让他做只继任小白鼠。

"关爱"是研究工作的第一步。名可名,非常名。在此,这两个字被赋予了特定意义,它要求被研究对象,思想上毫无保留,包括灵魂深处一闪念,大脑活动传感器,确保将这些微弱的脑波,完整记录,以便研究。

签订好"脱胎换骨"契约后,关宁对"关爱"有了新的理解,他使用了一个文学表达,"肉上砧板"!赵清和同事,通过传感器,瞬即抓取到这条新的认知。

关宁被"关爱"得无微不至,各种电子仪器,将人从内到外,扒到分子层面。刚开始,他刻意节食,只为肚子里的米田共,看起来没那么嚣张。

赵清见多了,知道男人不想在漂亮的女研究员面前失礼。人类总是执着于表象,他曾研究过一位美丽的"雌性小白鼠",一堆菌群的聚合物而已。

赵清也不道破,只叫关宁保持日常习惯即可,说是研究需要。前期研究,主要是观察。这一阶段的关宁,还算愉快,无聊时写写小说,但随着外部意识的入侵,他逐渐对原始身份产生疏离感,有时候光是对着自己名字,就要费解半天。

于是,小说家关宁,只得借助小说线索,将自己生怕遗忘的讯息隐藏,但这么做,显然于事无补,因为设置线索本身,会被遗忘,或者,跟其他线索发生纠缠,引导阅读者——他本人,泥潭深陷。

起初,关宁还寄望自己可以把入侵者撵走,但后来发现,这根本没有可能。有时候,他们一群群地来,坐在草地上对自己谆谆教诲;有时候，莫名其妙地被他们抓进小黑屋，四壁寂静无声，只能倾听，天灵盖底下，电流爬行。

关宁的小说，写得支离破碎，连小说家本人都难以破解。内容主要有这么几块，首先是对妻儿的想念，但是，这里头不仅逻辑混乱，画面也是张冠李戴，前妻的脸，换成了孩子同学的妈妈，丸子头、大长腿，裤腰底下的内容深邃……

然后是母亲，但她的人类特征，几乎被完全抹去，只剩焚化炉的金属闸门。即便是这，也得靠关宁拼尽全部脑力，才能被偶尔回想起来。

那种时刻，键盘敲出的字，像尸体般横陈于电脑屏幕。小说里，关宁写道：我要死了！这句话，是全文中难得的正常表达。

从研究者角度，事情取得很大进展。之前在章非脑袋里，进行临时化、片段化的工作，被系统化了，美中不足，整个过程不能逆运行。入侵者频频将小说家，挤出名为关宁的脑壳，终于一天，再也不能将原住民，找回来了。

研究所新人，指指没有魂的关宁，问赵清："他还是关宁吗？"

赵清说："算是吧，当然，你想把代号换成张宁、王宁、9527都行，就像我叫赵清，符号而已。"

新人说："他的家人么办？"

赵清说："按契约，酬劳会打给他的前妻。"

新人问："研究对象，作为曾经和我们一样的人，现如今，还有别的意义吗？"

赵清反问："什么别的？高兴的话，可以挑款自己喜欢或讨厌的灵魂载入。"

最后一丝残留意识消散之前，关宁把自己的小说发了出去，他能做的就是发出去，至于哪个群不管，多多益善。

新人看到后问赵清："没关系吗？"

赵清说："这才好玩，搞研究的人，要保持开放心态。"

新人又问："到这一步，关宁算是死了吧？"

赵清说："不，没看见能吃能睡吗？"

新人问："这样的生命，有什么意义？"

赵清说："有啊，这回，我们同时装几个人进去。"

新人说："好玩，有男有女更有趣。"

赵清说："好玩就是意义！不管成全自己，还是我们。"然后，补充道，"你开始热爱工作了。"

关宁那时，已经不是按传统意义界定的人类。他发出的小说，刘蓓那个群里也有，赵清当然看到，他喜欢自己制造的这个生命，喜欢名字被它提及。文中有句话，赵清认为，既是对自己成绩的肯定，也是小说家生命形态，重大变化前后的界碑。

关宁这样写道：如果，你见到一个叫作赵清的男人，记得直接杀掉，千万不要和他讲话。

第八章

醒来的时候,赵清不知道身在何处,又过了很久,一个女人的声音,从头顶上方降临:"三个月后,可以离开。"

"谁?刘蓓,是你吗?"赵清笑,"三个月太长,没空陪你玩!"

"那你走吧,"刘蓓说,"只要出得去!"

刘蓓说得没错,赵清确实出不去,他所处的地方,连个门都没有,周遭呈弧形,光线来源是盏应急灯。

"这是个密封罐,抬头看看。"女人声音,从上方小孔传来。

"你在外边吗?"赵清问。

"外边热,我在空调房里,对着麦讲话,你头顶上方两米,有个摄像头。"

"冒得吃、冒得喝的,这三个月,么样待得住咧?"赵清已经意识到问题的严重性,故作镇静。

"食物,可以分成哪几大类?"女人喝了点什么,咂咂嘴说。

赵清的嘴巴,干渴起来,耐着性子回答:"维生素、淀粉、蛋白质……"

"等等,这不就有了吗?"女人说。

"冒看到东西咧?"赵清说。

"刚才最后一样,你讲的么事?"女人说。

"蛋白质，"赵清晕，"也没见肉呀？"

"你不是哺乳动物吗？"女人说。

赵清站不住，腿软。

闷罐子里的物资清单：一盏应急灯，一桶五升装渔夫山泉水，一个五百毫升空瓶，一支标记笔。

"水，即使省着喝，也撑不到九十天，所以，小瓶是用来装尿的，可即便这样循环利用，五升水也撑不了三个月。"赵清想，"不动弹很关键，降低代谢，话也要少说。"

赵清在密封罐中的经历，大致如下：一直坚持，不知第几天，饿得实在受不了，最关键是，他还没准备死。于是，男人用标记笔，在自己大腿内侧画了一个圈。

罐子上方小孔，排下气体，男人昏迷，醒来的时候，大腿已经包扎停当，旁边放了只铁盘，一叠切片嫩肉，酱汁上浇，焦香气味，从多日堆积的米田共、哺乳动物发酵体臭中，脱颖而出。

吃完后，赵清认为，此一顿肉质甜美、三分熟恰到好处，乃平生美味之最。盘中带血汁液，被男人舔得干干净净。

有一次，就有二次，但最终，赵清没能撑过九十天。临死前，男人身体上某些部位，被割成骨架。弥留时刻，他忽然羡慕起关宁，胖胖的身体多好，相对于肉体，精神折磨简直不算什么，只要对浑身的纱布、绷带，视而不见就行。

小说家刘蓓，杀死赵清，在一本叫作《凌迟》的作品里。

关宁丢失自我前，发出的那篇小说，给了女作者灵感。以笔名章非发表。刘蓓以赵清为假想男主角，创作期间，为了使自己情绪饱满，甚至直接使用了他的名字，容易产生一种牙根儿痒痒的感觉。发表前，才胡乱杜撰了一个别的，用软件替换功能更迭。

书中男主，为保命将自己活剐，吃掉肉体树干上的低垂果实后，再割的部位，都是些零碎，选择变得艰难，能量耗尽前，精神先崩溃，终没熬到约定的九十天。

为避免场面过于血腥，刘蓓设计了一种比较文明的方式。对男主的凌迟，全都在施以麻醉以后，而且，也没真割三千多刀。

情节设置中，小说家为男主角预留了一个后门，并配有提示，一旦他吃掉自己的睾丸，游戏结束。可惜，男人至死都没尝试。笨蛋。

有趣的是一些批评声音，他们认为，作品在引导读者方面是失败的，情绪达到最高潮前，功亏一篑，问题出在细节，缺乏凌迟活剐的细节。

作品完成后，刘蓓仍以亡夫名义发出，没人知道那是她的笔名，反正，版税收益归遗孀。关于章非意外死亡保险赔付的事，听说正在走程序，跟金额有关，好在没多到让人怀疑的程度。小说一旦有销量，钱的问题，部分缓解，但这事不了，对章非没交代，对关宁没交代，对刘蓓自己，也没交代，关键是，赵清的存在，将成为女人的终身隐忧。

章非死前，见群里发出一条消息，大意是说，要好好陪伴家人，好好工作，写作的爱好，将一直保持，但放在第三位。这条消息，关宁、赵清看到，章非本人，当然也看到。刘蓓以章非名义，向他本人表白后，明显能从老公眼里，看到男人心念一动，但，旋即再次陷入混沌。

如果说，用章非的笔名，向章非本人表白，是刘蓓心中的某种激情促使，那么，冠这种激情以爱情名义，就没错了。女人很后悔，没在爱情真正降临时，挽留住章非，错过那个念头后，男人的灵魂，断然滑向生命彼岸，事后回想，才觉得他的死亡，似乎蓄谋已久。

隐藏好小说家的身份,不知道有无必要,女人的直觉告诉刘蓓,对手掌握的信息越少,自己越安全,接到赵清电话后,她更加确定。

电话铃响,赵清打的。刘蓓对自己说:"该来的还是来了,新作品前奏!"

"恭喜、恭喜!章先生遗作《凌迟》,写得太好了,肯定大卖。"赵清的磁性嗓音透着欢快,"至于关宁新书《禁果》,东西还可以,就是太难啃了,公众么样会喜欢听他的哲学课咧,还是血淋淋过瘾,像我们楼底下开餐馆的,口味最重那一家,生意最好,管他臭的烂的都卖得出去,成本一低,空间就出来了,说起来价格亲民……"

"还是谈谈我们的事吧。"说着说着,赵清突然话锋一转,"哪里见面?"

"我明天去扁担山,给章非念书。"刘蓓说,"还是墓碑前吧!"

"好的,说起来我也是他粉丝!"赵清爽快答应。

约定的时间,约定的地点,刘蓓和赵清见着。赵清表达了对章非的理解与尊重,又胡乱扯到别处,忽然话锋一转,问刘蓓:"我当了这么久的粉丝,怎么之前未见群里,对《凌迟》这部大作的点滴提及?"

心中,刘蓓默念一遍关宁的话:如果,你见到一个叫作赵清的男人,记得直接杀掉,千万不要和他讲话。然后,开始小心应对。

女人说章非生前,曾左右为难。一方面怕读者接受不了太过血腥暴力的场面,尤其是女性和青少年;另一方面,又担心欲说还休,会牺牲作品的感染力。正左右为难,他一个朋友,平时粗线条那种,说起来最喜欢重口味,谁知竟是叶公好龙,看完手稿后,居然胃部不适了好几天。于是,章非只好在细节方面,做了淡化处理。小说家甚至还想过,要把纸版付之一炬,电子文档,永久删除。接下来的事,你都知道,作品和读者见面后，意见最多的竟然是说，刀刀见红才有趣，小说式微活该，学学人家游戏，残肢飞舞、血雾漫天……

"我想继续上次的话题。"礼貌也有限度，又不是来讨论文学创作的，赵清打断，"聊聊研究的事吧！"

刘蓓缓缓呼口长气出来，又深深吸入，心说：进入主题。女人这次，有备而来。她提出一个建议，大意是讲，自己很普通，与大家没差异性，毕竟，章非才是天马行空的小说家。赵先生看到的事实，其实与表象相反，组织粉丝开坟头见面会，这种特立独行举动，完全是受亡夫影响，内心深处，仍是乖乖女……

刘蓓停下，"乖乖女"那句，让双方都有点不自在。果然，赵清下意识瞟眼女人，身体人为分成两段，腰部涌出规定尺寸后，被裤带强令禁止，胸腹三团肉隆起，莫名其妙叠拼，堆积木一样。

"乖乖女，真会装嫩！"赵清心说，"女人心里，永远住着公主！"意识到自己失礼后，迅速调整仪态，所幸脸上没露，露了也无所谓。男人嗅觉灵敏，只习惯在需要谄媚的人面前，才始终保持礼貌。比如美女、领导、客户。即使好处，不能马上变现。

赵清优雅笑笑，示意女人继续。刘蓓表示，愿意合作，毕竟老的小的，都要花钱。她本想讲，钱的问题，随着小说有点销量，已部分缓解，但觉着没必要跟赵清交心。再说，男人嘴里的热销，只是客气话，算上出过力的机构，要拿走人家应得的，网上零售部分，大大优惠，税后得几个钱，还真不一定。

女小说家用婉转腔调，提出想法：原来设定，对自己真不合适，虽然小说家太太这个视角也蛮有趣，但信息量太低，几分钟就没话讲了，不如继续挖掘章非，毕竟，已经追踪研究那么久了。非常幸运，自己一直保存着大量有关章非的视频、音频、文字等等。一个人到底是什么，水分、骨头、蛋白质吗？

说到蛋白质，两人想起小说《凌迟》里的内容，同时一愣，赵清纯属条件反射，而女人看着对方的脸，想象男主角在书中的各种挣扎，相当满足。

不知道为什么，赵清觉得自己头皮"唰"地一麻，像被什么利器刮过。对面女人，款款端坐小凳，男人忽然腿酸。

刘蓓继续，既然一个人不是单纯的水分、骨头……

赵清打断，这是我的领域，你想说的是，一个人对于他者而言，是一系列的信息片段，以及，接收信息后产生的所谓自我感受。归根结底，还是信息。

女人笑笑，洗耳恭听。

赵清说："你是希望我们，基于章非的信息片段，通俗讲法叫音容笑貌，继续研究他？"

女人点头。

"这样一来，生死之间，彻底边界模糊。"赵清说，"想法很新颖，以前没干过，理论可行，但技术上……"

沉吟片刻后，赵清接着说："如果加入介质，比方说一个人，就好办多了，因为硬件问题迎刃而解。我们用章非的信息片段建模，让介质按他的行为模式生活，然后，通过脑波读取到的，就是章非。简言之，介质就是一台通用的人肉图灵机，软件部分，我们操控。"

女人不奏声，盯着男人上下打量。

"我再想想，"赵清说，"电话联系。"

几天后，刘蓓手机响。那头，赵清说："可以，约个时间谈细节吧。"

刘蓓问:"介质找到了?"赵清说是的。

"还有谁比你更合适?"刘蓓故意。

"技术还没成熟到那个程度。"赵清也不避讳,道出实际情况。

刘蓓说:"你的意思,是怕危险?"

赵清笑笑,不接条(不揽事)。

刘蓓调侃:"科技工作者,没点冒险精神。"

赵清敷衍:"我还有别的重要工作。"

赵清的计划,在刘蓓意料之中,对方有个现成的介质,关宁。关宁那篇名为《禁果》的小说,是一种意识流体,只要提取关键情绪、语汇,再将它们揉碎、重组,那种绝望,便可以被解码。女人觉得,自己做的事和构思小说差不多,现在的关键,是训练好关宁这台设备,一次性解决问题。

关宁小说《禁果》的社会价值,在于对边缘城市人群的研究,而非文学,它的出版,是因为前者。当然,正规出版物里边,隐去了当事人姓名,只以编号代替,不像刘蓓在群里看到的,关宁直发版本。女人偶尔会觉得奇怪,似乎自己看到的,是人家有意为之。

小说《禁果》,让刘蓓有两点收获:一、下定决心。虽然情节乱如麻,但情绪,唉!那是一种怎样的绝望呀!章非也曾那样。二、解决之道。"如果有一天,你见到这个叫作赵清的男人,记得直接杀掉,千万不要和他讲话。"关宁原话。

不说话就直接杀死,简单粗暴、快意恩仇,不失为一种解决之道,但刘蓓要做的,不仅是解决问题,更要让自己活下去,且活得好。毕竟,上有老、下有小。

所以,她和赵清讲话。

第九章

赵清将有关章非的信息，用机器语言编码后，植入了关宁的硬盘，也就是大脑，并尽可能多地、卸载掉一些别的记忆，相当于释放存储空间。曾被唤作关宁的男人，除了物理层面外，和之前那个，已无太多关联。

交货时，赵清对刘蓓一再强调："眼前这个关宁，不是关宁，而是预备章非，但在成为章非之前，最好先重新载入部分关宁，机器需要热身。这一步走完，再用重温记忆的方法，投喂章非。比如说，一起看场曾感动过彼此的电影，去一个难忘的地方旅行等等，目的都是让介质早日成为真正的章非。虽然眼下载入的信息有限，但好在意识框架已被初步建构，只要不断丰富信息，关宁，不，章非，就可以作为合格对象，再次被用于研究了。彼时，钱自然会按时打入你的账户，至于多少，要看提供信息的价值，比方说，住在关宁身体里的章非，在和他老婆，我是说你，做生活时的感受……"

听着赵清将话题荡漾开去，刘蓓也不多话，收敛目中恨意，笑笑点头，带着关宁版章非要走。

赵清再次提醒："合同签过，这笔财产，也就是介质，鉴于目前滞后的法律，虽然产权上没有权威说法，但他属于研究所，不认账的话，定有机构上门理论，至于形式，想想最吓人的恐怖片。"

大棒过后，胡萝卜奉上，赵清晓之以理："介质作用很大，科研上少它不得。"动之以情："关宁前妻和小孩，根据合同，每月都有钱收，毕竟硬件是人家的，你别给玩坏了。"

"太麻烦就算了，"刘蓓欲擒故纵，"还是让他住你们研究所吧！"

赵清解释："那样的环境下，介质永远成为不了章非，和你生活一段时间，人眼里看起来，没什么稀奇的，可要让机器理解，必须进行复杂的编码，以目前技术，那几乎不可能。"

赵清没讲，关宁是自己玩坏的，也不是不能修好，只是需用他从前的生活场景慢慢唤回，有点麻烦。刘蓓不愿直接成为"小白鼠"，而是提出了新思路。新思路被自己优化后，正好将关宁脑子盘活，一举两得。最有趣的是，刘蓓需要平衡，同一身体装两个男人的问题。说起来，这也算是个新课题，风险肯定会有，但收益，不正是因为风险的存在而存在吗？

刘蓓茫然地望着赵清，甚至带点儿楚楚可怜，那样子，很容易叫对方产生错觉。女人要那效果。赵清想什么，刘蓓能猜得八九不离十，但刘蓓想的，赵清则一无所知。

男人继续："举个人类常识的例子，小孩做鬼脸，妈妈笑了，可当时，爸爸心里正烦，一巴掌过去也是有的。请问，机器怎么去识别鬼脸背后的意义，通过图像、语音？给对方笑脸，还是一巴掌？"

刘蓓一副似懂非懂、崇拜的样子。

"所以，这就是我需要介质的原因！可以省去一些最基础，又最根本的东西，比如神经元的自然反应。其实每人，只是自以为的一个整体，如果细胞单元可以自由发声，张三就不是张三了，而是一堆细胞的集合。"

严肃过后，赵清举重若轻地补充道："另外，研究对象在真实环境下生活、进化，本身就是一项有益的尝试，说起来，我们也不算太超前，和机器人共同生活，早已不是科幻小说了。"

刘蓓点头，受益匪浅样子。

赵清看着眼前这个女人，依稀能从稍显浮肿的面庞下，找到当年清晰线条。男人走神，有没一种技术，可以让自己和多年前的这个女人相处？章非当年，在她身上的待遇怎样？爽吗？假设这项研究成熟，并且商用，不用想就知道，它的市场将大到无限。广告词这样写：男人，你将拥有所有女人，但凡人类历史上出现过，或者你能想象到的。记住，她是你的，你可以为所欲为。

"如果，你能给介质植入，同老婆亲热的片段，必将大大加速预热过程，接下来，对章非的载入，也用这个方便法门，效果稳定且快速。"赵清绷着脸，看女人腰腹的眼神，有种居高临下的褻意，仿佛在说，松了，都松了，能让介质爽得如从前的章非吗？

面对男人的挑剔目光，刘蓓再次想起，关宁小说里的话："如果有一天，你见到这个叫作赵清的男人，记得直接杀掉，千万不要和他讲话。"

女人隐忍，脸上笑笑，指指自己嘴巴。

"也是个办法。"男人耸耸肩，"舌头用好……"

关宁前妻的联系方式及住址，刘蓓早已查到，并通过电话约好，眼下，站在门前的她，只需摁响电铃即可见到对方。

据刘蓓所知，女人与关宁离婚后，飞快地嫁给了当年的初恋男友，那人也是二刷。现实生活中的他们，只是想象中的彼此，与本人无关。依靠想象建构出的美好，只存在于时间轴的彼端，而非当下。

年轻时，凭借爱情制造，自动忽略漏水小孔的船儿，时隔多年，强行驶入婚姻的汪洋大海后，很快沉没，整个过程，仿佛只为让这无序生命，弄出点熵增。

婚后不久，关宁前妻再次选择分居。独自带女儿过日子很辛苦，除了面对从未被撩起过的马桶垫圈一时走神外，真没时间胡思乱想。

胡思乱想的哲学表达叫审视人生，未经审视的人生和久经审视的人生，不知道哪个更没意义。

门铃响，听完刘蓓来意，关宁前妻说："请进！"

刘蓓计划第一步，最低限度地加载关宁，所以故意对他前妻，隐瞒了真实意图，只说是研究需要，以后派更大用场后，钱，自然不会少她。因怕女人坏事，刘蓓又试探着问，要不要见见关宁，还有，叫他那些弟妹也一起。

女人摇头，表示自己就算了，见面不知道说什么，孩子现在情绪稳定，没事别来烦。至于关宁弟妹，也只过年走动，到时候再说吧！刘蓓松口气。

根据关宁前妻提供的信息，刘蓓带着男人，去了他读幼儿园的地方，之后是中学、大学。效果没想象中好，城市模样大变样，参观老武汉展览馆之类学生时代的残存记忆，随着"轰隆"一声，灰飞烟灭。

无意中，刘蓓提到关宁原创小说片段，男人明显兴奋起来，面颊发红，瞳孔变大。后来发现，书籍、音乐、电影、绘画的效果都不错，它们是人类特定时期，精神活动的密封罐头。

高兴过后，问题还是没解决，变化虽然有，但总体来讲，远没达到刘蓓要的效果。如果，对关宁这台硬件的预热都打折扣，那么，对章非的载入，效果还能好吗？

刘蓓纠结起赵清的话，熟悉的亲密行为，可以加强刺激，有利于早日唤醒章非。那天,女人头一次独自喝酒,好吧!为了长治久安,刘蓓下定决心,排除万难。

站到关宁前妻家门口,踌躇满志的刘蓓,迟迟没有摁响电铃,多么想请求女主人,同以介质存在的前夫,再次颠鸾倒凤。

一只蝴蝶飞来,玻璃窗上磕头碰脑,女人忽然想笑,难道要一五一十跟对方交底,待床上事情办完,临了再说一声谢谢?别人肯定当自己六角亭跑出来的!

退而求其次呢?开口问候:夫人你好,从前和关宁做生活时,男人都有些什么反应,两人之间,有没什么特殊仪式?然后回去,亲身参加比赛……

女人踯躅样子,与其说在积极思考,莫若讲正下决心。电铃响,屋门开,面对关宁前妻,刘蓓说:"能不能……?"女人说的,是一个可行性方案,打了折扣的。

女小说家吞吞吐吐,运用了文学上的各种含蓄表达,即便如此,对关宁前妻说到想要她的旧内衣,并特别强调是和关宁做生活穿的那种时,还是囧到满面通红。

关宁前妻听罢,立想片刻,一句话没讲,扭头进去几分钟,拎个小塑料袋出来。刘蓓接过,转身离开时,逃跑似的,听见背后嘟哝:一群疯子,偏偏他们有钱……

机器煲热后,如果,能通过以数码形式保留的一系列日常生活片段唤醒亡夫,刘蓓想问:"天台坠落,你是故意的吧,为了我吗?"想象着男人为了自己不顾一切,刘蓓越来越爱章非,虚幻角色,没有缺点。

如果有人问刘蓓:章非的死,只是单纯意外,你还这样爱他吗?女人扪心自问,不会。如果那人又问,章非为了怕你难过,故意将自己的死亡表演得像是意外，你对他的爱，会起变化吗？女人的肺腑之言是，更爱，比明明白白地知道自己被他所爱更爱他。如果那人再问，这样一来，你的爱，只是他的爱的反射，像面镜子，究竟，你心里怎么想？女人将陷入沉思。最后一个问题：你愿意用自己的被爱，换取莫名其妙、不可救药、视死如归地去爱一个人吗？

知易行难。尽管脑袋里模拟过多次，可真到面对这个发丝柔软、身材微胖、皮肤枯白的男子时，刘蓓依然犹豫不决。

关宁前妻内衣，尺寸不够，小是小点儿，塞塞也能进去，况且，穿的目的不是穿，为被脱掉。问题还在于，除自己外，刘蓓从未穿过第二个人的内衣，内裤更别提。

事情的发展，在刘蓓意料之外，却又在情理之中。女人总是自作聪明，她们喜欢在发型、衣着、饰品一类东西上浪费时间。殊不知，这些只是手段，穿是为了脱，对于男人，特别是自己男人，绝对事倍功半。底牌早叫人家烂熟于心，还能变出花来？差异，男人要的是差异。他们是些顽童，充满好奇心，前进动力，表象是荷尔蒙，底色是求知欲。

买椟还珠、歪打正着，尽管与巅峰时期的自己，身体早已判若两人，但刘蓓，还是深深地吸引了对方。只不过，靠的不是内衣，而是穿内衣的动作。

男人默默地看了一会儿，像个鲁莽的小学生，猛然近身，却又立住不动，女人心生同情，碰碰他的手指，触电一般，男人忘了试探，沿腿根，一把将女人那片抵挡，褪到脚踝，生怕对方变卦样的，优先处理主要矛盾，再解背部搭扣……

女人忽然害怕起来，像个小女生，但限于此前的短暂瞬间，整体上，事情很顺利，进进出出，乏味又枯燥。男人都是西西弗斯，日复一日地推石头，那是他们的命，叫意义也行。

事毕，小伢样地，介质瞄着身边女人，忽然来一句："离成功不远了。"

刘蓓猛然想起，上次在扁担山陵园见时，他和赵清的对话。

关宁问："我看起来，是不是神经分分？"

"不是！"赵清随口应付。

"那我离成功还远。"关宁调侃完自己，苦笑。

刘蓓灵光乍现，学着赵清的办法，突然发问："什么是你要的成功？"

介质像个梦游者，突然被人定住，他使劲摇头，要把什么念头甩掉似的，同时，嘴里念念有词。

趁刘蓓仔细倾听，介质顺势将女人搂住，一对松弛的奶，加上汗液捣乱，男人胸前，瘪瘪地滑。好容易，女人终于从男人嘴里磕磨出三个字——小说家。仅凭这几个字，便构成了一首颠来倒去、缠夹不清的歌。

刘蓓意识到，离成功近了一步，她使劲挣脱出来，把自己洗得干干净净，特意打了痱子粉，全身香喷喷。

长长地呼出口浊气后，女人开始新的征程，并很快找到比较靠谱的方法，让关宁对自己身份认同变得可控，只不过时效很短。

那是在全文朗读《禁果》以后，关宁眼里有泪光闪动，刘蓓推推男人，见无动于衷，又小心翼翼地说："禁果。"

男人身体微微抖动。

女人大声连喊三次："禁果！禁果！禁果！"

男人号啕大哭。

女人问："如果有一天，你见到那个叫作赵清的男人，会怎么做？"

"直接杀掉，千万不要和他讲话。"关宁说完，两人相拥而泣，一分钟后，男人再次陷入浑浑噩噩。

第十章

在介质身上找到关宁的控制阀门后,刘蓓接着要做的,是复活章非。那个关于爱的问题,困扰女人很久,这不奇怪,相当长的历史时期,男人的爱,是女人饭碗,饭碗和事业是近义词,尤其穷人那里。衣食无忧,几乎是理想的同义词。

没人数落男人的事业心,但大家经常会嘲笑女人为爱痴狂,包括她们自己。竞争中,稀缺具有优势,在女人过分精明的时代,为爱痴狂的少数,变成欢爱市场上的香饽饽,于是,男人面前,女人大多遵奉公序良俗,只闺蜜那里尽情放肆。

刘蓓渴望听到男人的心声,她想知道,自己究竟被爱过没有,还是仅仅因为当年漂亮。爱和爱不一样,有些是爱,有些只是虚荣心。其实,漂亮也是自己的一部分,剥离了,自己便不完整。女人不讲逻辑,得不到想要的结果,永远都寝食难安。至于,用谁嘴巴告知,不重要。

床戏,对章非的效果不大,关于亡夫,刘蓓突然发现,自己知之甚少,婚姻里的按部就班,多少有些既来之则安之、逆来顺受的意思。他究竟喜欢以什么样的方式过生活,自己居然从未悉心了解。那夜,在费了不少口、舌和别的辛苦后,刘蓓突发奇想,故意趁动作行到一半时,发出春骚,"禁果!"她的呻吟,别有用心。

霎时间,男人眼里有波光闪动。

女人问:"你是谁?"

男人竖起食指,压双唇上,含含糊糊道:"小说家。"与此同时,腰部动作不停,环顾四周,目光闪烁,鬼鬼祟祟。

女人心跳加快,不知道是紧张还是兴奋。

男人问:"你老公呢?"

女人头晕。

男人说:"禁果的事,只能我们两个知道。"

刘蓓害怕,又问:"你是谁?"

"亚当!"男人回答。

刘蓓哭笑不得。

"夏娃吗?"男人摇摇头,愣愣神,忽然两眼放光,双目含泪道:"小说家谢谢你!"

女人犯糊涂,一瞬间,小说家几个字混淆了自己、关宁、章非,她试图澄清,身心努力挣扎,却怎么也找不到出口,忽然尿急,非常紧迫,生理高潮,不期而至……

终于,介质有了自我意志,哪怕一点点,几分钟后,刘蓓的兴奋感,随着对方再度迷失,变得没有把握,想着被唤醒的依旧是关宁,女人沮丧,失落感觉,像高台跳水。

面对这个发丝柔软、身材微胖、皮肤枯白的男子,刘蓓恨自己,事后,又心疼自己,再后来,又恨自己,恨自己委身于这样一个男人。

交欢对象,是女人衡量自我价值的标尺,尤其美女,包括外形迟暮、嘴巴谦虚,但模糊的心理认知,搁浅在我是美女这一险滩的前美女。若男方形象不佳，又无坚实的经济或力量后盾，她们会有吃亏感觉，倒不是非要得到点什么好处，只是那样的男人，社会意义上的失败者，会拉低自我认知。

成功本身，就是春药，女人普遍具有牺牲精神，前提是，牺牲要有价值，所以，她们喜欢把钱花在有本事的男人身上，风险不大，且隐有放长线意思，反之，即为倒贴，倒贴很难听，别说闺蜜议论，自己心理关都难过。这种行为，很好理解，银行放贷，也挑不差钱的给。

女人要往上走，婚姻方向弄反，叫下嫁，良好的自我认知，将大打折扣。幸好，刘蓓目标明确，更正面的表达为，有理想。她为了胜利，可以排除万难，否则，女人很难原谅自己。

高潮有益于身心健康，随即，刘蓓想透。她不再追求长久改善，能达到自己目的就行，哪怕一分钟。

借关宁身体，重塑章非的工作，有了新思路后，事情进展顺利很多，女人可以轻而易举地，通过多点刺激，引发章非的信息片段，在介质脑内生长，麻烦是，多点刺激，容易造成混乱，实验结果不稳定。

刘蓓苦苦思索、反复求证，在所有的开机方式里边，筛选出三种，最后，又从中确定了一个——抛媚眼。

女人媚眼，实乃无心之施，当年，众多男人趋之若鹜，皆因误会而起。章非的媚眼，不知是为刻意迎合，还是本就那样，他左眼眯起时长，大约别人三倍，如镜头慢放。

十几次实验下来，介质次次都有回应，瞬间换了个人，且情绪饱满。

一次，介质眼神变得极为熟悉，女人适时抛个媚眼过去，并问："我是谁？"男人不答，只学着刘蓓，飞一记媚眼回来，那神态，绝对是章非借关宁肉身还魂。

女人顺势又问:"你是谁?"

男人一愣,闭上左眼,诡谲一笑,和年轻时的章非,一模一样。

女人抓住机会,问出自己最想要的:"那天晚上,天台上边,我的手究竟……"

男人不答,眼眺远方。女人急急追问,男人一副烦躁样子,捂脸陷入混沌。

刘蓓的疑问,仍然没有答案。高空坠落前,章非说的那句"自己来!"究竟什么意思?

刘蓓问自己,难道不是早有预期答案吗?但为什么,仍执拗地要听男人亲口讲出来。那句话,女人心中,是否等价于,"我爱你!"

许多疑问,尚无头绪,但,不妨碍杀死赵清的计划进行。那个男人没了,苦苦追问是否意外事故的人,也就没了,随疑问消失的,还有赔偿过程中,最大的麻烦。无人关注章非的死,对活着的人,包括非著名小说家关宁,才算有个交代,虽然他,只是以介质形式存在。

刘蓓眼里,赵清不仅是赵清,更象征着某种秩序,某种让人像机器一样被驯化的秩序。女人厌恶这些,怀念小时候,可以雪地里,随便撒野的自己。随时随地撒野真好,不用担心电话那头,响起赵清的声音。

接到电话后,赵清很高兴,如果真如女人所讲,一个人可以借助另一个人的身体复活,当然,不是人们通常理解的复活,它不过是重载一组生化讯号,那将是研究工作的一次巨大飞跃。接下来,如果在材料科学、神经科学方面有所突破,就意味着,可以抛弃介质,直接生产人类。什么样的都行。

想到这里,赵清陷入沉思,真到那一步,关宁的身体,还有什么用处呢?如果有一天,关宁的前妻,忽然钻牛角尖,找自己索还这具肉身应该怎么办？重装他吗？也许人家想用最新材料，下载升级版的生化讯号，那时候的男人，体格健壮、坚硬如铁、意志坚定、学富五车，容貌上的修正，更是小意思。那还是关宁吗？但是不是关宁又有什么所谓，一组符号而已。

唉！人类，何苦眷恋旧日余晖……

专程登门，看过刘蓓演示，赵清略显失望。女人说换个地方，效果可能更好。于是，他们带着储存了章非灵魂片段的介质，上到天台。

天台有风，刘蓓一屁股坐到水泥围栏上，裙摆飞扬。赵清一惊，见女人双脚朝向天台内侧而非马路，才略略心安。刘蓓拍拍自己身边，示意赵清坐，男人脚不动，女人笑，声音清脆如铃，不像从她那个年纪女人体内，发出来的。

赵清脑袋里，再次闪现那个问题，章非的待遇如何，爽吗？如果技术允许，用最好的材料替换刘蓓身体，让她重新回到十八岁，自己应该很愿意到里边一窥究竟。胡思乱想着，男人靠近女人，女人伸出手，邀请男人坐上围栏，手指头上的指甲油，已些许斑驳，男人自动将其忽略，他更喜欢她的声儿，那个发音腔体，让人幻想绵绵，只要不刺透，谜样诱惑将永存。

屁股端坐水泥围栏之上，赵清腼腆地抽回右手，他略微盘点思路，对于刘蓓，自己更在意她的灵魂，说明什么，说明自己是一个脱离了低级趣味的人。想到这里，男人也学女人一样，轮番抬起两脚，对着天台内侧踢摆，欢快如十八岁少年。

"章非！"女人抛出媚眼，随即，指指水泥围栏，介质双手反撑，屁股弹起，挨赵清坐下。

赵清想笑，看来研究工作，真取得长足进展，美中不足，章非眼神，迅速溃散,整个介质,很快陷入混沌。

"禁果!禁果!禁果!"刘蓓像个女巫,念动咒语三次,男人眼中,波光闪动。

"这是赵清,"刘蓓提示,"如果有一天,你见到叫作赵清的男人,会怎么做?"

一种毛骨悚然的感觉,忽然抓住赵清,他想蹦到天台内侧,但整个人,被一双胳膊牢牢锁死。

"直接杀掉,千万不要和他讲话。"关宁的声音响起,介质抱着赵清,直接后仰,朝马路翻倒。

刘蓓跑到一楼,两个男人的身体,折成奇怪角度,血水里筛抖。女人跪坐介质旁边,喊章非名字,男人疲惫地睁开双眼,莫名其妙样子。女人抛出媚眼,男人忽然定住眼里的渐远波光,魂魄暂停离开。

"自己来!什么意思,章非,你死那天,是不是想好要自行了断?"女人急切地问,"你讲那个杀人挖金的故事前,是不是早就想好,要控制保单数额!"

男人不答,眼神像孩子,之后,目光渐暗,如星星亿万年前的光谱,逍遥远去,毫不留恋。

"爱我吗?"没有回答,女人叹口气,又道,"这一刻,你到底是谁?"

男人不答,闭上双眼,忽然,奋力睁开瞳眸,抛个媚眼,慢镜头样的,随后气散。

"果然……不是意……外。"旁边的赵清,断断续续说完,长出一口气,脑波和心脏血泵,停止工作。

围观众人,打电话叫来警察和救护车,有说女人被吓疯、满嘴胡言乱语的,有说是太过伤心,需心理疏导的……

终 章

1

章非问过刘蓓一个问题,怎么让谋财害命看起来不像谋财害命。刘蓓回答不出,章非讲,小说家必须回答。然后,讲了一个他不知从哪儿看来的杀人挖金的故事……

刘蓓领到章非意外死亡保险赔偿金,到账那天,回想男人说过的话:"自己来!"

2

关宁前妻,约刘蓓见过一次,女人心中,隐隐有种说不出来的憋闷,总觉着什么地方被人利用了,但,隐藏在章非笔名后的小说家,早已洞悉剧情走向,每句话防得滴水不漏。

女人悻悻而归,心里恨死刘蓓,却又无计可施,一时心痛关宁,一时心痛前夫死后,研究机构再没打过来的钱。

3

已故小说家章非,近来引起大量读者的关注,继《凌迟》热销以后,作品《意外》,再次获得好评,这些成绩的取得,主要归功于遗孀刘蓓。

据小说家的未亡人透露,除了不断整理出版一些章非手稿外,还会把自己同先生的生活点滴,以随笔形式呈现给读者。

先生作品,从谋篇到下笔,以及中间不断地增删润色、挠头返工,都会有所提及,希望读者朋友们喜欢,也希望获得大家继续支持。

4

从养老院被女儿刘蓓接回家以后,母亲的嘴巴就一直没停过。屋第几方便唦!那头二医院,这边中医院,楼底下是菜场,走几分钟可以进江滩,伢们上学,幼儿园、小学、初中、高中,都是几脚路……

钱没问题以后,刘蓓就一直找机会,说起来,事倒不难办,终于,把旧房子重新买了回来,只遗憾,有些老物件,在这一买一卖中,没了!

当年,人家主要是冲着学区买的,用完只想脱手,不像她们母女,老武汉、老汉口,这城,是血管里淌的、夜里头梦的,死后,骨头要埋的地方。

5

接到赵清老婆电话,刘蓓忑忑好久。扁担山陵园见面那天,故意早到,先去关宁碑前烧了些纸,又到章非坟前坐坐。

"我最好的作品是什么？"对着墓碑，女人喃喃自语，"活着的每时每刻！"

一个嫩爹爹，拿着蛇皮袋子，食腐动物眼神，碑前没有供奉水果，悻悻离开。行为背后，究竟什么生活状态，旁人了解吗？

约定地方，赵清墓前，他女人已经到了。远远地，刘蓓做深呼吸。两人半天不说话，刘蓓心里发毛。终于，赵清老婆从包里拿出一个档案袋，吞吞吐吐道："请章非老师，帮忙指正。"

见刘蓓一头雾水，女人解释，孩子大了不用人管，他爸爸走后，研究机构给一大笔钱，毕竟是因为工作，算作工伤。我从前就喜欢看小说，有时候也会手痒，现在总算有大把时间，孩子爸爸写了很多研究报告，帮他整理时见字如面，细看蛮有意思的，于是，整理出一部分，放进了我的小说。

"所以……"刘蓓如释重负。

"您是知名作家，经验丰富，请帮忙指正。"女人眼神，意味深长。

刘蓓避开对方视线，打开档案袋，抽出摞稿纸，首页是小说题目：解脱。

小说讲一个男人，起初以为自己是神，可以居高临下俯瞰世人，最后发现，"神"只是上头对他的角色设定，自己同样属于被研究对象，男人也曾努力改变，无效。

面对无处不在，强大的无形对手，终极解脱，只有一个办法——死亡。死亡不成，代价极大，大脑会被取出来永生。名可名，非常名，这里的永生是指，永无止境地接受各种痛苦信号输入，生生不息。

经过斗智斗勇，男人获得解脱，也就是死亡，不仅没有遭受无尽痛苦，还为家人谋了点实惠。书中写道：研究是全面的，死亡是种福利，角色设定有很多，明星、助理、富商、职员、领导、随从、小三、老王、城管、小贩、网红、鲜肉、警察、小偷、作家、患者……

6

"可惜了。"研究所新人想，"如果把赵老师的脑电波扫描下载，存入一个介质，是有可能读取的，等到技术成熟，我们就知道他临死前，想些什么了。"

新人双手交叉，枕于脑后，双眼盲目地环顾四周，一条旧标语，"做个好人！"挂在墙上。标语和墙面相互取暖，与研究所科技感十足的环境，格格不入。

她很费解，我们拥有强大的能力，往前再推进一步，就可以控制别人的脑袋，从而得到整个世界。墙上这句话，听起来像史前人类的自慰。新人喜欢新标语：死亡是通向远方的跳板！

全文完